_____ 님께

_____

_____ 드립니다.

너와 같이 먹는 음식이 하나하나 늘어날 때마다
너를 지켜줄 기억이 생겨나는 거라고
훗날 네가 혼자 서는 날에도 잘 버틸 수 있게

딸에게 차려주는 식탁

어른이 되어서도 너를 지켜줄
가장 따뜻하고 든든한 기억

김진영 지음

INFLUENTIAL
인 플 루 엔 셜

맛있는 한 끼의
기억을 위해

나는 '밥상 차리는 남자'다. 그렇다고 전업 주부라는 뜻은 아니다. 결혼과 동시에 맞벌이를 하는 아내와 집안일을 나누었는데 '밥상 차리기'가 내 몫이 되었고, 지금까지 어기지 않고 쭉 지켜오고 있다는 뜻이다. 대학에서 식품공학을 전공하고 군대에서도 취사병이었던 터라 요리에 나름 자신이 있었기 때문이다.

내 직업은 '식품 MD(merchandiser)'다. 상품을 만들며 재료, 방법, 포장까지의 모든 과정을 책임지고 진행한다. 가령 냉동만두를 제품화할 때 돼지고기는 어느 부위를 얼마만큼 넣을지, 포장은 1킬로그램 또는 500그램으로 할지 등을 처음부터 끝까지 결정하고 판매까지 책임지는 것이다.

식품공학을 전공하면 보통은 식품회사에 취직해 흰 가운 입고 연구실에서 과학자처럼 일을 하는데, 대학생 때 백화점에서 아르바이트를 하면서 그만 MD의 매력에 빠져 이 길로 들어섰다. 전국 팔도를 발로 뛰면서 좋은 식재료를 발굴하고 상품으로 개발한 뒤 판매해 대박을 터뜨릴 때의 짜릿한 성취감에 매료되었던 것이다. 그래서 대학을 졸업하자마자 뉴코아백화점 식품파트에 입사를 했고, 이후 20년이 넘게 초록마을과 쿠팡에 재직하며 전국을 돌아다니기 시작했다. 그 발품이 헛되지 않았는지 '조미료 치지 않은 국내산 쥐포', '버크셔 돼지고기', '청리 토종란' 등 많은 히트상품을 만들 수 있었다. 언젠가 내가 돌아다닌 거리를 대충 계산해보니 60만 킬로미터가 넘었다.

마지막으로 나는 '딸 윤희를 위해 특별한 식탁을 차리는 아빠, 유니셰프'이기도 하다. 그리고 이 글은 우리 부부 품에 찾아와 준 외동딸 윤희를 키우며 조금씩 써내려간 아빠의 육아 일기이자, 윤희의 성장 이야기라고 할 수 있다.

야간 근무를 하는 아내의 직업 때문에, 그리고 밥상을 차리는 내 역할 때문에, 나는 평범한 우리나라 아빠들보다는 육아에 많은 시간을 쏟을 소중한 기회를 가질 수 있었다. 생각해보면 부모가 자식에게 해줄 수 있는 것이 그다지 많지 않다. 아이들은 금방 크고 결국 자신들의 힘으로, 자기 두 발로 세상을 헤쳐가야 한다. 경제적인 지원도 한계가 있다. 사실 내가 그리 능력 있는 아빠도 아니다. 그러나 어릴 때 먹이는 음식만큼은 내 손으로 챙겨줄 수 있고, 그건 아이의 몸 안에 고스란히 남는다. 해주고 싶어도 일하느라 바빠서 못해주는 부모들이 더 많은 시대가 아닌가.

문제는 상상을 초월하는 윤희의 까다로운 입맛이었다. 자녀를 양육할 때 기본적으로 음식이 8할이라는 것은 부모라면 누구나 공감할 텐데, 그 중요한 음식에서 윤희를 키우는 게 정말 만만찮았던 것이다.

윤희는 김치를 싫어하는 거야 기본이고, 채소는 상추 아니면 눈길도 주지 않는다. 찌개는 국물만 떠먹고, 한참 맛있게 잘 먹던 국밥에서 대파 쪼가리 하나 나왔다고 숟가락을 놓는다. 돈 없어서 못 먹는다는 1++ 최고급 소고기도 윤희 입에만 들어가면 질긴 생고무로 둔갑한다. 대신 돼지고기. 그중에서도 돼지갈비는 끔찍하게 좋아하는데, 그러면서도 찌개 끓일 때 넣은 돼지고기는 또 먹지 않는다. 그야말로 종잡을 수 없는 입맛이니 밥상을 책임진 내게 윤희 입맛에 맞는 식탁을 차리는 일은 그야말로 고군분투가 아닐 수 없었다.

누군가는 자녀에게 잘못된 식습관을 들인 게 무슨 자랑할 일이냐고 할 수도 있을 거다. 하지만 그런 식습관을 들인 적도 없을뿐더러 무엇보다 나는 윤희의 식성에 크게 개의치 않는다. 그건 윤희만의 개성이라 생각하기 때문이다. 밥상은 언제나 즐거워야 할 자리다. 먹기 싫은 걸 억지로 먹이거나 아이를 닦달하는 순간, 그 밥상은 아무리 진수성찬이라도 걸인의 밥상이 될 뿐이다.

나 역시 어렸을 때는 나물 반찬을 끔찍할 정도로 싫어했고, 대학교에 가서야 대파를 먹었다. 가리는 음식이 정말 많았다. 그럼에도 부모님께서는 한 번도 밥상머리에서 뭐라 말씀하시지 않았다. 때가 되면 먹을 거라 하시며 입 짧은 막내아들을 너그러이 기다려주셨다. 그리고 부모님의 기다림처럼 이제는 가리는 것 없이 잘 먹는다. 어차피 시간이 지나면 다 먹게 될지 모르는데, 조바심 내며 굳이 아이를 닦달할 필요는 없다는 뜻이다.

물론 내가 윤희의 입맛을 고치려 노력하지 않는 것은 절대 아니다. 강압적으로 권하지 않을 뿐, 싫어하는 음식이라도 한두 번은 꼭 맛을 보게 한다. 맛을 모르면서도 지레 싫어하는 것과 맛을 알고 있으면서 꺼려하는 것은 전혀 다른 의미이기 때문에 일부러라도 다양한 음식을 소개시켜주려 노력한다. 지금은 입맛에 맞지 않더라도 훗날 아빠가 소개해줬던 기억을 떠올리며 음식을 맛볼 용기를 주기 위해서다. 추억은 힘이 센 법이다.

· ·

나는 내가 차린 식탁에 앉은 윤희에게 특별히 바라는 게 없다. 그저 맛있게 먹으면 된다는 생각뿐이다. 윤희가 한 끼의 식사를 맛있게 먹으면 그럼 된 거다. 이런 부담감 없는 즐거운 경험이 쌓여 윤희가 끼니를 소중하게 여기기를 바랄 뿐이다. 그래서 내가 만드는 요리는 셰프의 요리처럼 복잡하지도 예쁘지도 않다. 배고프다고 칭얼대는 윤희를 위해 맛있게 음식을 만들어주는 데 최선을 다할 뿐이다. 그 덕에 브라우니를 만들다가 번번이 실패하고, 누룽지 맛 머랭 쿠키를 만들기 바쁘다. 그 탓에 윤희에게 타박 받기 일쑤지만.

그러나 단 한 가지만큼은 최대한 신경을 쓴다. 바로 식재료다. 최선을 다해 몸에 좋은 친환경 먹을거리를 윤희에게 먹이려 노력하고, 제철 음식을 맛보여주려 애쓴다.

많은 사람이 요리를 할 때 유명 셰프나 블로거의 레시피를 검색한다. 여행지의 맛집을 검색할 때도 얼마나 맛있는지에 집중한다. 하지만 어떤 식재료를 사용하는지, 특히 제철을 맞은 식재료는 어떤 것인지는 잘 검색하지 않는다. 제주 은갈치를 예로 들면, 은갈치 맛집이 문전성시를 이뤄도 겨울철에는 굳이 맛집까지 찾아가 긴 줄을 설 필요가 없다. 겨울철은 갈치 자체가 맛있기에 어떤 집을 가도 맛있기 때문이다.

이처럼 식재료를 알면 요리는 단순해지고 맛은 깊어진다. 서울 서교동의 유명 중식당 '진진'의 왕육성 사부도 "요리에서 재료가 차지하는 비율이 7할이다"라고 내게 말한 적이 있다. 돼지고기 맛집을 검색할 때 맛있는 돼지 품종이 무엇인지 검색해보고, 배추김치를 먹으면서 배추의 제철이 언제인지 신경 쓰다 보면 음식은 저절로 맛있어진다. 손이 여물지 못해 요리가 어려운 사람일수록 이 사실을 꼭 기억했으면 한다.

지난 20여 년 동안 식품 MD를 천직으로 여기고 일하면서, 무엇보다 입맛 까다로운 윤희를 위해 몸에 좋은 건강한 음식을 만들기 위해 애쓰면서, 나는 자연스럽게 건강한 제품을 만들기 위해 열심히 노력했다. 내식구 입에 넣을 수 있는 음식을 소비자들에게도 팔아야 한다는 고집을 지켰다. 이런 노력 때문에 이제는 박찬일, 옥동식, 권숙수, 레이먼 킴, 정호영 등 전국의 유명 셰프들과 푸드 스타일리스트들도 새로운 메뉴를 개발하거나, 메뉴를 업그레이드시킬 때 내게 연락해 문의를 한다. 믿을 수 있으면서도 맛 좋은 식재료 산지를 나만큼 잘 알고 있는 이가 드물기 때문이다. 예를 들어 굴은 통영이 가장 유명하지만 유명하다고 맛있는 건 아니다. 단단하면서도 입 안이 꽉 차는 크기에 굴 향이 가득한 정말 제대로 된 굴은 남해 지죽리라는 곳에서 만날 수 있다. 이런 디테일한 정보를 나는 언제나 제공할 수 있다. 전국 방방곡곡을 60만 킬로미터 돌아다니며 발견한 정보들이다. 그래서 현미경 같은 미각들을 가진 '셰프들이 찾는 식재료 전문가'라는 소리도 듣고 있다. 부끄럽기도 하지만 그만큼 노력한 결과라는 자부심도 가지고 있다.

· ·

윤희와 윤희 친구들을 데리고 체험 학습을 떠났을 때였다. 친구들이 윤희에게 아빠랑 어떻게 그리 친하냐고 묻는 소리를 우연히 들었다. 그러자 윤희가 고민할 것도 없이 말했다.

"매일 밥 같이 먹는 사이라서 그래."

그날 윤희의 한마디에 그동안의 내 노력이 모두 보상받는 느낌이었다. '가족(家族)'이라는 말도 좋지만, 함께 밥을 나눠 먹는 '식구(食口)'라는 단어가 더 정겹던 어느 소설가의 말처럼, 윤희를 위해 밥상을 차리지 않았다면 지금의 우리는 어떤 모습일까? 윤희는 어떤 딸로 자라고,

나는 윤희에게 어떤 아빠였을지 감히 상상이 되지 않는다. 그만큼 나와 윤희는 음식을 통해 서로에게 진짜 부모와 진짜 자식이 될 수 있었다.

가정의 식탁에는 따뜻한 밥과 정성들여 만든 반찬이 있어야 한다. 또한 즐거운 이야기가 있어야 한다. 학교에서 돌아와 그날 있었던 일을 종알종알 신나게 떠드는 자녀가 있고, 귀담아 들어주는 부모가 있어야 한다. 따뜻한 밥과 맛있는 반찬을 함께 먹으며 나누는 이야기만큼 '식구'에게 좋은 것은 없다. 앞으로의 이야기는 이에 대해 15년간 쌓아온 나와 윤희의 작은 기록들이다.

차례

PART 1   딸에게 차려주는 식탁

PART 2 　 넌 이렇게 좋은 거 먹고 컸어

PART 3 　언제나 함께였으면 좋겠다

PART 4 이 순간을 기억할까

아무리 아파도 아무리 힘들어도 잊지 마렴
네 입에 뭐든 하나 더 넣으려고 애썼던 엄마 아빠를

딸에게 차려주는 식탁

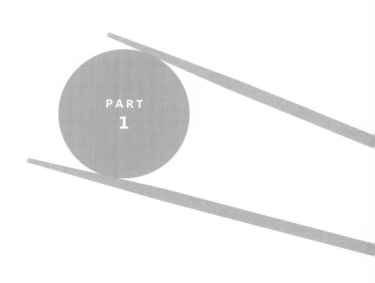

PART
1

네가 잘 먹어주는 것만으로도

다진 소고기죽

 사람이 살면서 집에 불이 나는 경우는 얼마나 될까? 인터넷으로 검색해 보니 1년에 가정집에 불이 나는 횟수는 대략 1만 400건에서 1만 600건 정도라고 한다. 우리나라 총 주택 수가 1670만 호 정도라고 하니 단순 계산으로도 0.0065퍼센트밖에 되지 않는다. 화재 사고가 뉴스에 자주 보도되지만 이 정도 확률이면 거의 없다고 보면 된다.

 그런데 우리 집은 15년 동안 불이 두 번이나 났다. 한 집에 불이 두 번 날 확률은 로또 1등에 당첨될 확률보다도 낮다. 로또 1등이라는 행운도 온 적이 없는데, 이 낮은 확률의 불행이 두 번이나 우리 집에 들이닥친 것이다.

 첫 번째 화재사고는 윤희가 네 살 때 일어났다. 제주도로 출장을 떠나는 날이라 새벽 일찍 잠에서 깼는데, 때마침 옆집 주민이 우리 집 현관문을 다급하게 두들겼다. 무슨 일인가 싶어 문을 여니 불이 났다는 것이었다. 깜짝 놀라 그제야 밖을 내다보니 아파트 공사장에서 난 불이 우리가 살고 있는 빌라 뒤편으로 옮겨붙고 있었다. 다행히 그때까지는 크게 번지지 않아 계단에 연기가 들어차지 않은 상황이었다. 나는 서둘러 아내를 깨우고 윤희를 안은 채로 집을 빠져나왔다. 지갑, 차 키, 휴대폰만 챙겼는데 집에서 나오고 얼마 안 돼 불길과 연기가 1층 앞까지 번졌다. 귀중품을 챙긴답시고 조금만 늦게 나왔다가는 큰일이 날 뻔한 상황이었던 것이다.

불이 난 빌라를 수리하는 동안 우리 가족은 같은 동네에 있는 처가에서 더부살이를 했다. 안 그래도 윤희를 처가에 맡기던 때라 어린 윤희는 밤마다 아빠 엄마를 볼 수 있다고 좋아했는데, 내 입장에서야 처갓집에 얹혀사는 게 솔직히 쉽지만은 않았다.

게다가 내 집이, 내 울타리가 불에 탔다는 것은 심적으로도 꽤 힘든 경험이었다. 내 집에 불이 날 걱정을 하고 사는 사람이 과연 몇이나 있겠는가? 그런 불행이 하필이면 왜 내게 찾아왔는지, 혹시 내가 무슨 죄라도 지은 것은 아닌지 쓸데없는 상상까지 할 정도였다. 그때마다 다친 사람 없이 액땜했으니 이제 더는 나쁜 일이 없으리라 긍정적으로 생각하려 노력하고 또 노력하며 한동안 마음을 다잡아야 했다.

우리 가족은 화재 수리를 마친 집에서 1년 정도 더 살다가 근처의 아파트로 이사를 갔다. 그런데 여기서 또다시 화재사고가 일어났다. 첫 번째 화재사고를 겪은 지도 벌써 몇 년 전이라 집에 불이 날 수 있다는 생각은 또다시 까맣게 잊고 있을 때였다.

본가에서 차례를 지내고 처가에 인사를 드리러 간 추석날이었다. 단독주택이었던 처가의 옥상에서 처가 식구들과 고기를 구워 먹으며 소주를 한잔하고 있었다. 갑자기 소방차 사이렌 소리가 요란히 나기 시작했고, 몇 대의 소방차가 우리가 살고 있는 아파트 쪽으로 올라갔다. "또 어디서 불이 났나 보네" 하시는 장인어른 말씀에 "그러게요, 명절에 불이 나니 정말 재수 없네요"라고 답하며 소주를 입에 털어 넣었다. 우리가 사는 아파트 단지 쪽이었지만 우리 집은 아닐 거라 생각했다. 그렇게 장인어른과 술을 마시며 10여 분 정도가 지났을까. 내 휴대폰에 모르는 전화번호가 찍혔다. 받아보니 아파트 경비 아저씨의 다급한 목소리가 들려왔다.

　"307호 맞으시죠? 어디 계세요? 지금 집에 불이 났어요."

　한참을 반응도 못한 채 얼어붙어 있었다. 또다시 집에 불이 났다는 황당함에 머릿속이 까맣게 암전이라도 된 듯했다. 가까스로 정신을 차리고는 허겁지겁 집으로 달려가 보니 이미 불은 꺼진 상태였다. 집 안 살림은 불에 타 형체가 다 무너졌고, 바닥은 물로 흥건했다. '망연자실' 그 자체였다.

　아수라장이 된 집 앞에서 아내와 함께 눈물을 흘리는 것 외에는 할 수 있는 일이 아무것도 없었다. 현장에서 건진 것이라고는 그릇과 수저 몇 벌 그리고 앨범이 전부였다. 앨범은 그나마 옷방 서랍에 있어 타지 않았지만 안타깝게도 어릴 적 윤희의 사진을 모아뒀던 컴퓨터와 노트북은 죄다 타버린 뒤였다. 따로 윤희 사진을 출력해 앨범을 만들어두지도, 따로 백업을 해두지도 않았었다. 한마디로 완전히 날려버린 것이다. 그래서 안타깝게도 윤희의 어릴 때 사진이 거의 없다.

그러나 나는 일찍 툭툭 털고 다시 일어설 수 있었다. 한 번 화재를 경험했기 때문은 아니었다. 다시 살아야 한다는 생각이 들었기 때문이다. 화재가 나고 이틀 뒤, 회사에서 걸려온 전화가 정신을 번쩍 들게 했다. 집 근처 직영 매장에 대표이사가 방문하니 매장에 가서 대기하라는 상사의 전화였다.

'그래, 살아야지. 악착같이 다시 일어서야지.'

내 사정을 봐주는 곳은 세상 그 어디에도 없었다. 차가운 현실이었지만 그래서 더욱 정신을 차릴 수 있었다. 이번에도 우리 가족은 한 명도 안 다쳤다는 감사한 마음으로 다시 일어설 수 있었다. 아내와 윤희를 보며 힘을 낼 수 있었다. 없던 힘이라도 짜내야만 했다.

집수리를 끝내고 불이 난 사실을 조금씩 잊어가던 때였다. 이번에는 윤희가 사스에 걸려 아프기 시작했다. 당시 사스는 엄청난 공포감을 심어준 병이라 윤희도 큰일이 나는 건 아닌가 싶어 하늘이 노래질 정도였다. 그러나 다행히도 병원 진료를 받고 처방약을 먹은 윤희는 금세 호전이 되었다. 열도 떨어지고 기침도 사그라졌다. 당시에는 전염의 우려로 가족 중 사스 확진 환자가 있으면 직장에 출근을 할 수 없었다. 그 바람에 상사의 눈총은 두 배로 강력해졌지만, 윤희는 유치원에도 안 가고 아빠도 집에 같이 있으니 아픈 몸에도 좋아했다.

그렇게 며칠을 끙끙 앓으며 맥을 놓고 있던 윤희가 배가 고프다고 칭얼거리기 시작했다. 아이가 배고프다는 말이 어찌나 반갑던지…… 상태가 정상으로 돌아온다는 신호였기 때문이다.

윤희가 밥을 먹기는 힘들 것 같아 죽을 끓일 생각에 집 근처 시장으로 달려갔다. 아플 때는 전복죽이 기력 회복에 최고지만 윤희는 전복을 먹지 않아 소고기 다진 것을 샀다. 집으로 돌아와 다진 고기를 약한 불에 살살 볶다가 불을 끄고 참기름을 조금 넣고 비볐다. 참기름은 불포화 지방산이 많은 기름이라 가능하면 열과 멀리하는 게 좋다. 그리고 불린 쌀 대신 밥을 넣고 죽을 끓인 뒤, 간장을 조금 넣어 간을 맞춘 뒤에 그릇에 담았다.

"윤희야, 아 해봐. 아……."

윤희의 부르튼 입에 호호 불어 식힌 죽을 한 숟갈 두 숟갈 먹여주던 그날의 풍경을 나는 지금도 잊지 못한다.

윤희가 초등학교에 입학하기 전까지 우리 집에는 참 많은 일이 있었다. 첫 번째 불이 나고 얼마 지나지 않아 출장길에 교통사고가 나서 차를 폐차한 일도 있었다. 고속도로에서 차가 떼굴떼굴 구를 정도로 큰 사고였는데, 다행히도 나는 잠시 기절한 게 전부였다. 병원에서 손가락에 밴드만 하나 붙이고 나왔다. 천만다행이 아닐 수 없었다. 그런데 사고가 나고 보름이 지난 뒤 아버지께서 갑작스럽게 돌아가셨다. 그 때문에 한동안은 '아버지께서 날 살리시고 당신이 가신 건 아닐까' 하는 생각에 매일이 괴로웠다.

그렇게 아버지가 돌아가시고, 두 번째 불이 나고, 윤희가 크게 아프고……. 불행은 한꺼번에 닥친다는 말처럼 우리 집에도 불행이 연달아 찾아왔었다. 그래도 정말 다행인 것은, 내가 지금도 여전히 식품 MD로 일하며 돈을 벌어 윤희한테 맛있는 밥을 해주고 있고, 윤희도 하루하루 잘 크고 있다는 사실이다. 그러면 된 거 아닌가 싶다.

나는 '그러면 된 거다'라는 말을 좋아하고 잘 쓴다. 나에게 찾아온 몇 번의 불행이 선물한 교훈이다. 새옹지마처럼 불행도 내 복이라고, 내 업이라고 받아들이려 노력하는 것이다. 그러니 이렇게 하루하루 윤희에게 계속 맛있는 밥상을 차려줄 수 있다는 것만으로도 나는 만족한다. 그러면 된 거다.

싫어하는 음식이라도 한두 번은 꼭 맛을 보게 한다.
맛을 모르면서 지레 싫어하는 것과 맛을 알면서 꺼려하는 것은
다르기 때문이다. 지금은 입에 맞지 않더라도
훗날 아빠가 소개해줬던 기억을 떠올리며 음식을 맛볼
용기를 주기 위해서다. 추억은 힘이 센 법이다.

모나고
울퉁불퉁해도 좋다

· · · · · · · · · · · · · · · · ·

늦가을 청송 사과

윤희를 임신했을 때, 아내가 입덧을 했다. 특별히 심한 입덧은 아니었다. 음식을 가려 먹거나 먹고 싶은 음식을 찾지는 않았지만 주로 과일과 떡을 먹었다. 오히려 입덧은 내가 더 심했다. 얼마나 아내를 사랑하면 그러냐는 소리에 쑥스럽게 웃을 수밖에 없었다. 헛구역질을 한 건 아니고, 꾸준히 색다른 뭔가가 먹고 싶었다. 갑자기 먹고 싶은 게 떠오르면 직접 사오기도 했고, 집에 있을 때 느닷없이 떠오르면 아내에게 퇴근길에 사다 달라고 부탁하기도 했다. 하루는 늦게 퇴근하는 아내에게 부탁을 했더니 "임신은 내가 했는데 왜 나보다 당신이 더해?" 하고 투덜거리면서도 고맙게도 내 부탁을 들어주기도 했다.

그 대신 아내가 먹는 과일과 떡은 내가 항상 준비했다. 허투루 하지 않고, 평소보다 더 신경 써서 산지에서 직접 확인해 안심하고 주문할 수 있는 것으로만 마련했다. 친환경으로 재배하고 생산한 것들만 아내에게,

그리고 배 속의 윤희에게 먹였다.

그렇게 열 달이 지나 윤희가 태어나고, 배 속에서 맛본 것들을 기억하는지 윤희도 떡과 과일을 잘 먹었다. 하지만 윤희의 입맛은 자라면서 나도 아내도 닮지 않았다. 윤희는 윤희 입맛이었다. 뭐든 가리지 않고 잘 먹는 아내와 달리 윤희는 제 입맛에 맞는 음식에만 집중했다. 팥소처럼 앙금이 들어간 떡은 몇 번 깨작거리다가 말고, 백설기는 큰 덩어리 하나를 주면 고사리 손으로 조금씩 뜯어 먹으며 몇 시간을 두고 다 먹었다.

윤희는 빵도 식빵이나 모닝롤처럼 속에 아무것도 들어가지 않은 빵을 좋아한다. 내가 단팥빵을 집으면 윤희는 소보로빵을 집는다. 한번은 출장 갔다가 근처의 이름난 빵집에서 오래 기다린 끝에 유명한 단팥빵을 사다줬지만 앙금이 들어 있다는 이유로 핀잔만 들었다. 우리나라에서 제일 유명한 단팥빵이니 한번 맛이라도 보라고 했더니 돌아오는 건 잔소리가 전부였다.

"그건 그 집 사정이고, 아빠는 내 입맛도 몰라?"

나는 아내와 윤희를 위해 과일은 친환경으로 재배한 것으로 구입하고 있다. 친환경 식품 전문 MD가 자기 가족에게 관행으로 농사지은 과일을 먹이면 그것만큼 이상한 것이 없지 않은가. 물론 친환경 식품이 몸에 더 이롭다는 건 아직 그 누구도 입증하지 못했지만, 그래도 굳이 친환경을 먹이는 이유는 딱 하나다. 더 맛있기 때문이다.

친환경 과일은 일반 과일보다 모양새가 작고 볼품없는 경우가 많다. 대신 과일 고유의 향과 아삭거림이 농약과 비료로 키운 예쁜 과일과 비교할 수 없다. 이는 당연한 이치다. 과일은 생물학적으로 세포가 분열하면서 그에 비례해 크기가 증가하는데, 농약과 비료는 세포의 크기를 빠르고 크게 키운다. 당연히 세포들의 밀도가 낮아지게 되니 농밀한 향도 잘 나지 않고, 아삭함도 떨어질 수밖에 없다. 조금 더 비싸더라도 내가 친환경 과일만을 고집하는 이유다.

특히 나는 사과는 꼭 친환경으로 재배한 것으로 구입할 것을 권한다. 사과는 고랭지에서 재배할수록 맛이 더 좋다. 일교차가 크면 클수록 과일의 당분과 아삭함이 배가되기 때문이다. 그리고 알이 굵지 않은 작은 사과라고 무시해서는 안 된다. 사과가 크다고 맛까지 좋은 건 절대 아니다. 물론 선물용으로는 큰 사과가 좋지만, 집에서 먹는 용도로 고른다면 작은 사과도 괜찮다. 작은 사과는 양이 적어서 먹기에 부담도 없고, 제철이 지나 가격이 떨어져도 그 맛은 쉽게 떨어지지 않아 일석이조다. 추석이 지난 늦가을에 경북 내륙의 청송 사과를 고른다면 아삭함과 단맛이 좋은 사과를 얻을 수 있다. 전국의 사과 산지를 다니면서 과일 매입자에게 얻은 팁이다.

지금이야 사과를 껍질째 먹는 사람들이 많이 늘어났고, 깨끗이 씻어 비닐에 낱개 포장한 제품도 나오고 있지만, 2000년대 초반까지는 사과를 먹을 때는 대부분 껍질을 깎아 먹었다. 깨끗이 씻는다 하더라도 농약 잔류물이 남아 있을 거라는 걱정 때문이었다. 하지만 우리 집에서는 사과 껍질을 깎을 일이 없었다. 유기농 사과이니 농약 걱정에서 자유로웠던 것이다.

그 덕에 당황스러운 해프닝도 겪어야 했다. 윤희가 네 살 때 내가 속한 낚시 동호회에서 열린 '새해맞이 가족 봉사의 날'에 윤희를 데리고 간 적이 있었다. 평일에는 일과 술 때문에, 주말에는 낚시 때문에 가족들과 함께하는 시간이 부족하니 '연말연시만이라도 가족에 봉사 좀 하자'는 동호회 남정네들의 일차원적 사고방식으로 기획된, 나름 참석하는 가족들도 많고 만족도도 높은 행사였다. 그 행사에서 회원 가족 중 한 분이 내가 준비해 간 사과를 깎아 윤희에게 건넸던 것이다. 그런데 껍질 없는 하얀 사과는 먹어본 적이 없는 윤희 반응이 어땠겠는가.

"이거 사과 아니야! 진짜 사과 줘!"

아이에게 과일을 먹이고 싶은 마음에 사과를 깎아줬던 그분으로서는 윤희의 황당한 말에 당황스러울 수밖에 없었을 것이다. 그분께 윤희가 왜 투정을 부렸는지 자초지종을 자세히 이야기하고, 사과를 껍질째 윤희에게 건넨 뒤에야 해프닝이 일단락되었다.

한편으로 누군가에게는 내가 '애 한번 유별나게 키우는 아빠'로 비쳤을 수도 있겠다 싶지만, 크게 개의치 않는다. 아이들 입맛은 정직하기 때문이다. 맛없는 것과 맛있는 것의 구별에 가차 없다. 그래서 비싼 건 아니어도, 건강하고 맛있는 것을 내 아이에게 먹이고 싶은 것이다. 모든 부모의 마음이리라. 내가 식품 기획자로서 끝까지 지키고자 하는 마음이기도 하다.

누군가는 윤희의 입맛이 너무 까다롭다고, 입이 그렇게 짧으면 안 된다고 할지도 모르겠다. 내가 애를 잘못 키우고 있다고 생각하는 이도 있을 거다. 그래도 나는 지금처럼 윤희를 있는 그대로 키우고 싶다. 윤희가 가지고 있는 본연의 정체성이 윤희 그 자체라고 생각하기 때문이다. 예쁜 사과도 좋지만, 모나고 울퉁불퉁하면 어떤가? 자기만의 향기를 잃지 않고 자랄 수 있다면, 그럼 된 거다.

나는 지금처럼 딸을 있는 그대로 키우고 싶다.
윤희가 가지고 있는 본연의 정체성이 윤희 그 자체라고
생각하기 때문이다. 예쁜 사과도 좋지만,
조금은 모나고 울퉁불퉁하면 어떤가?
자기만의 향기를 잃지 않고 자랄 수 있다면,
그럼 된 거다.

하나 올리던
계란프라이가 두 개가 되고

햄 없는 김치볶음밥

윤희는 배추김치를 잘 안 먹는다. 먹어도 아주 조금 먹는다. 라면을 먹을 때도 가차없다. 라면엔 김치인데 이걸 왜 모를까. 편의점에서 친구들이 김치에 라면을 먹을 때도, 윤희는 오로지 라면파다. 이유를 물으면 돌아오는 대답은 매번 똑같다.

"맛없어."

윤희는 김치가 맛이 없단다. 그래서 친할머니나 외할머니가 직접 담가주신 김치도, 음식점에서 내놓는 먹음직스런 겉절이도 가리지(!) 않고 안 먹는다. 김치의 매운맛 때문에 싫어하는 것도 아니다. 매운 음식도 곧잘 먹으니 말이다. 심지어 다른 김치 종류인 총각김치나 오이소박이도 그럭저럭 먹고, 잘 익은 깍두기는 없어서 못 먹을 정도다. 윤희는 유독 배추김치를 싫어하는 것이다. 일식으로 예를 들자면 메인인 회는 안 먹고 곁가지 음식만 잘 먹는 셈이랄까. 그런데 이런 윤희가 배추김치로 하는 요리를 주문할 때가 있다.

"아빠, 오늘 저녁 뭐야?"

"생각 중. 먹고 싶은 거 있어?"

"음…… 김치볶음밥 해줘."

맞다. 윤희는 배추김치는 싫어해도 김치볶음밥은 좋아한다. 그것도 김치를 4분의 1포기나 왕창 넣은, 밥 반 김치 반의 볶음밥을. 그리고 김치찌개도 사랑한다. 익든 안 익든 배추김치라면 질색하는 녀석이 기름에 달달 볶고, 돼지고기랑 콜라보를 이루면 숟가락을 들고 달려든다. 그래서 "김치볶음밥 해줄까?", "오늘은 김치찌개?" 하고 물으면, 윤희의 대답은 언제나 단순명료하다.

"콜!"

맛있는 김치볶음밥의 키포인트는 뭘까? 당연히 맛있는 김치가 있어야 한다. 우리 집은 본가와 처가에서 김장철에 담가 보내주는 햇김장김치가 익을 즈음 전년에 담근 묵은 김치가 떨어진다. 1년 내내 김장김치를 먹는다는 뜻이다. 맛있는 김치가 항상 준비돼 있으니 참치, 오징어, 햄, 고기 등 김치와 함께 볶는 부재료만 신경 쓰면 된다. 그리고 이때도 윤희의 입맛은 단호하다.

"참치 넣고 볶을까?"

"싫어."

"냉장고에 오징어 싱싱한 놈 있는데, 어때?"

"뭐, 그냥저냥."

"햄 넣을까?"

"아빠, 내 입맛 아직도 몰라?"

알지. 까다로운 우리 딸 입맛을 왜 모를

까. 윤희는 햄을 싫어한다. 이유도 배추김치처

럼 단순하다. 맛이 없단다. 햄이나 소시지를 싫어하는 아이가 드문데, 윤

희는 드문 아이 중 한 명이다. 특유의 훈연 냄새 때문인 듯한데, 쪼그만

녀석이 이런 말을 한 적이 있다.

"고기면 고기답게 씹는 맛이 있어야지."

그래서 우리 집 김치볶음밥의 부재료는 언제나 씹는 맛 좋은 두툼한

돼지고기다. 그것도 항정살을 애용한다. 항정살은 다른 돼지고기 부위

보다 지방과 살코기의 맛이 조화롭다. 카레를 할 때도 살만 있는 안심보

다 항정살을 추천한다. 지방의 고소하고 기름진 맛이 카레에 좀 더 깊은

맛을 더하기 때문이다. 고기는 퇴근길에 동네 마트나 재래시장에 들러

구입하는데, 삼겹살이나 목살보다 조금 더 비싸지만 200그램 한 팩에

5천 원 정도 하는 소량으로 구입한다.

김치를 송송 썰어 준비한 뒤 프라이팬에 항정살부터 볶는다. 이때도

그냥 볶는 대신 소금으로 밑간을 하면 맛이 더 산다. 항정살은 약한 불

에 천천히 볶아야 기름이 잘 배어 나온다. 센 불에서 볶으면 기름이 나

오기도 전에 익어 버린다. 돼지기름이 어느 정도 나오면 김치를 넣어 볶

는다. 그리고 김치가 익으면 밥을 섞기 위해 불을 잠시 끈다. 불이 켜져

있으면 마음만 급해져 김치와 밥을 잘 섞지 못한다. 윤희가 유치원 다

닐 때부터 10년 넘게 김치볶음밥을 만들어주며 터득한 나만의 노하우다. 그 10년 동안 볶는 밥의 양과 김치의 양이 점점 늘어, 이제는 넉넉히 3인분 정도는 볶아야 배부르게 먹을 수 있다. 아이가 크는 걸 이런 데서 느끼게 된다.

밥과 김치를 잘 섞은 후에는 식용유를 조금 더 넣고 볶아준다. 고기에서 나온 기름만으로 밥까지 볶기에는 부족하기 때문이다. 마지막으로 향긋함을 더하기 위해 참기름 몇 방울을 뿌린다. 우리 집은 남원 일대에서 재배한 참깨를 저온에 볶아 압착한 기름을 사용한다. 저온 압착 참기름은 엑스트라 올리브 오일처럼 은은한 향이 특징이다. 참기름은 미리 넣으면 향은 날아가고 쓴맛만 남기에 요리가 끝난 후에 넣는 것이 철칙이다.

프라이팬에 남은 잔열로 누룽지를 만드는 동안, 꼭 하나 더 만들어야 할 게 있다. 바로 계란프라이다. 윤희는 완숙, 나는 반숙이다. 윤희는 반숙된 계란 노른자의 고소함을 아직 모른다. 물컹한 식감을 낯설어 한다. 생각해보면 나도 어릴 때 반숙 계란을 먹지 않았다. 나이가 들며 어느 순간부터 반숙이 더 좋아졌기에 윤희에게도 이래라저래라 하지 않는다. 아, 깜빡한 팁 하나 더! 김치 볶을 때 간장이나 멸치액젓을 살짝 첨가하면 감칠맛을 더할 수 있다.

김치볶음밥이 다 되고 윤희를 부른다. 김치볶음밥에는 계란프라이 하나면 밑반찬이 따로 필요 없다. 나도 윤희도 국물을 안 먹어 따로 국이나 찌개를 끓일 필요도 없다. 오랜만의 실력 발휘에 은근 칭찬을 기대하고 있는데, 수저를 든 윤희의 얼굴이 뚱하다.

"윤, 뭐가 이상해?"

"왜 프라이가 하나야?"

'아차, 요 녀석 이제 두 개 먹지!'

아이가 커가며 밥의 양이 늘고 김치의 양이 늘었듯이, 계란프라이도 하나에서 두 개로 늘었는데 그만 깜박했다. 윤희가 볶음밥을 먹는 사이 얼른 계란을 하나 더 부쳤다. 그러면서 두 번째 계란은 노른자를 터뜨리는 것은 같지만, 살짝 덜 익혔다. 반숙과 완숙의 경계에 놓인 계란을 모른 척 볶음밥 위에 올려줬다.

"어때? 맛있어?"

"응."

짧은 대답이지만 이 정도면 매우 맛있다는 말인데 거기까지만 하면 얼마나 좋을까! 그러나 윤희가 끝내 한마디 더 보탠다.

"프라이 조금만 더 익히지."

고기도 씹는 맛, 아빠도 씹는 맛을 좋아하는 윤희에게 언제쯤 완벽한 칭찬을 들을 수 있을까. 그래도 윤희에게 반숙과 완숙 사이의 계란프라이를 먹일 수 있는 것만으로 행복한 날이었다. 그런 날들이 차근차근히 쌓이는 거다.

싫은 건 천천히 해도 돼

본가의 숙주나물

　인천에 있는 본가에 가면 밥상에 숙주나물이 자주 올라온다. 막내인 내가 좋아하기에 어머니께서 일부러 무쳐주시는 것이다.

　윤희는 아직 나물을 좋아하지 않는다. 나도 어릴 때는 윤희처럼 나물이 싫었다. 왜 먹는지도 무슨 맛인지도 잘 모르기에 어머니께서 시금치, 고사리, 도라지 같은 나물들을 무쳐도 시큰둥했다. 그런데 간장과 설탕, 마늘, 참기름으로 조물조물 무쳐낸 숙주나물은 유독 입에 맞았다. 경상도 손맛을 가진 어머니의 짭조름한 간이 밥과 같이 먹기에 참 좋았다. 그래서 차례나 제사를 지내고 식사를 할 때면 어머니께서는 숙주나물 접시를 으레 내 앞으로 슬쩍 밀어주시곤 했다.

　윤희가 태어나고 자라는 사이, 아버지가 돌아가셨다. 밤새 안녕이라는 말처럼 주무시다가 하늘로 가셨다. 다들 병원에 누워 고생하다 돌아가시는 것보다는 아픔도 고생도 없이 편히 가셨으니 다행이라 위로했지만 못난 자식은 서운함 속에서 몇 년을 보내야 했다. 가시는 모습도 안 보여 주고 가셨다고, 자식을 불효자로 만들었다는 생각에 아버지가 못내 섭섭했던 것이다. 시간이 흘러서야 모든 게 내 욕심임을 받아들일 수 있었다. 사실 스스로도 말도 안 되는 억지임을 알고 있었다. 하지만 막내 놈의 억지를 받아줄 아버지가 없다는 생각에, 억지를 받아줄 때까지 계속 억지를 부리고 싶었던 것 같다.

매년 3월에 아버지 제사가 있는데, 윤희가 초등학교 입학하기 전의 제삿날이었다. 제사를 지내고 둘러앉아 밥을 먹을 때였다. 그날도 어머니께서 숙주나물 접시를 내 앞에 놓아주셨고 나는 숙주나물을 조금 떠서 윤희의 밥 위에 올렸다. 그러자 윤희가 눈을 동그랗게 뜨고 쳐다봤다. 마치 먹으면 죽을 것 같은 음식을 왜 나한테 주냐는 표정이었다.

"아빠, 이거 뭐야?"

"숙주나물이라고 하는데 맛있어. 한번 먹어 봐. 언니하고 오빠도 맛있다고 잘 먹잖아."

평소라면 싫다고 했을 테지만 옆에 사촌언니오빠들이 있으니 윤희가 숙주나물 한 가닥을 입에 넣었다. 오물오물 씹는 윤희를 바라보고 있자니 꼭 대학 합격자 발표 때 같았다. 떨어지면 당분간 다시 공부를 해야 하듯, 처음 먹었을 때의 맛이 마음에 안 들면 당분간 먹일 생각을 포기해야 하기 때문이다.

그런데 다행히도 윤희가 별 반응 없이 숙주나물을 삼켰다. 싫으면 당장 뱉거나 칭얼거리는데 일단 싫지 않다는 의사 표시였다. 다시 줘도 먹을 수 있다는 것이기에 나는 윤희가 제사상에서 가장 좋아하는 산적을 먹을 때, 그리고 밥을 먹을 때 두 숟가락에 한 번 정도씩 숙주나물을 함께 줬다. 그렇게 윤희에게 숙주나물 맛을 알려줬다.

윤희에게 먹일 반찬 때문에 장을 보러 동네 마트나 시장에 간다. 가끔은 초록마을이나 할인점에도 간다. 가면 일주일치 재료를 사오거나 하진 않는다. 그때그때 생각나는 반찬 재료에 조금 더 사는 정도다. 매일 밥을 하면 할 게 별로 없다. 딱히 생각나는 게 없을 때도 많다. 뭘 해줄까 이 것저것 궁리하다 뭔가가 딱 떠오르면 그제야 마트에 간다. 집에서 살림하는 사람들이 평생 안고 가져가는 선택의 고통이다. 그러니 이 책을 읽는 독자 분들은 반찬 투정하지 마시길. 투정의 대상이 되는 반찬 하나를 만들기 위해 집에서 음식 하는 사람들은 수없이 고민한다. 그냥 하늘에서 툭 떨어지는 게 아닌 것이다.

그런데 그날은 고민을 해도 딱히 떠오르는 게 없었다. '눈에 보이면 생각이 나겠지' 하며 슬렁슬렁 동네 앞 마트로 갔다. 정육코너를 돌아보고, 채소 냉장고를 보니 숙주나물이 눈에 들어왔다.

'숙주나물을 해볼까?'

생각해보니 숙주나물은 먹기는 잘 먹었어도 해본 적이 없었다. 그래도 뭐 어렵겠나 싶어 한 봉지를 사들고 돌아와 레시피를 검색했다. 대충은 알고 있었지만 나물은 몇 분을 삶아야 되는지 같은 세세한 부분을 배워야 했다. 레시피를 보고 순창의 전통 간장, 남원의 저온 압착 참기름, 태안 자염 세 가지에 다진 마늘과 설탕 약간을 더해 양념을 만들고 나물을 무쳤다. 그리고 맛을 본 순간 고개를 갸웃했다.

'어라? 엄마가 해준 나물 맛이 아니네?'

나물을 너무 오래 삶고, 물기도 덜 짰기 때문이었다. 양념과 간은 얼추 맞았지만 식감이 흐물흐물했다. 맛을 본 윤희도 곧바로 지적했다.

"이거 할머니 거랑 달라."

"아빠가 좀 많이 삶았어."

"처음이니깐 그냥 먹어줄게."

큰 사정 봐주는 것 같아 윤희에게 고마웠다. 그런데 말뿐이었다. 윤희는 숙주나물에 다시 손을 대지 않았다. 같이 요리한 목살구이만 먹었다. 차라리 말을 말지.

첫 번째 실패 후, 얼마 뒤 다시 숙주나물 무치기에 도전했다.

"오홍, 맛이 괜찮아졌네."

그때야 윤희가 별말 없이 밥이랑 같이 먹었다. 그날 이후 숙주나물은 가끔 반찬 구성이 애매할 때 식탁 위 한자리를 차지하는 메뉴가 됐다.

윤희는 숙주나물 말고 다른 나물은 여전히 먹지 않는다. 곰취나 달래 순 나물을 해준 적이 있었는데, 살짝 맛만 보고는 그만이었다. 그나마 김밥에 들어간 시금치는 빼지 않고 잘 먹는다. 그래서 겨울에 시금치가 제철일 때가 돌아오면 김밥이나 볶음밥을 자주 만든다. 이런 식으로 조금씩 나물 먹는 것을 늘리고 있다. 그러면 된 거다.

꼭 한 번은 해보자

수제비와 칼제비

"됐지!"

수저를 식탁에 탁 내려놓으면서 윤희가 큰일을 치른 표정을 지었다. 하기야 큰일은 큰일이었다. 수제비를, 그것도 반 그릇이나 먹었으니까.

그날은 윤희에게 처음으로 수제비를 먹인 날이었다. 그런데 윤희가 수제비를 먹기에 앞서 별별 요구를 다 했다. 새우튀김을 먹은 대가로 휴대폰을 사줬던 게 화근이었다. 그 뒤로 낯선 음식을 먹일 때마다 윤희가 협상 카드를 내밀었다. 아이들은 정말 영악하다. 나쁘다는 뜻이 아니다. 뭐든 잘 배운다는 뜻이다. 부모가 모범을 보여야 하는 이유가 그래서다. 잘못하다가는 버릇이 들까 싶어 단호하게 대처했다.

"안 돼. 싫더라도 한 번은 먹어."

눈치 백 단 윤희가 내 말에 대구 없이 수저를 들었다.

나는 윤희에게 음식을 강요하지 않는다. 그러나 항상 꼭 한 번은 먹게 한다. 경험도 없이 음식에 대한 편견을 가질까봐서다. 나도 여전히 가지를 잘 안 먹는다. 많은 사람이 가지를 좋아하지만 내 입에는 맛이 없는 채소일 뿐이다. 부모님도 굳이 내 입맛을 꺾지 않으셨다. 성인이 된 뒤로도 내 입맛에는 여전히 가지가 맞지 않았다. 단지 윤희도 나처럼 경험을 통해 좋은 것과 싫은 것을 구별하기를 바랐다. 내가 바라는 것은 그것뿐이다.

수제비를 먹을 때면 옛 기억들이 떠오른다. 어릴 적부터 살던 집들은 대부분 마당이 있었다. 평택에서 부평으로 처음 이사 온 집에도 마당이 있었고, 두 번째로 이사 간 집 마당에는 포도나무가 있어 그네를 걸어놓고 타던 기억이 흐릿하다. 세 번째로 이사 간 집에도 조그만 마당과 대청마루 그리고 건넛방과 연결된 비좁은 쪽마루가 있었다. 장맛비가 추적추적 오는 날이면, 어머니는 쪽마루에 앉아 밀가루를 반죽했다.

수제비하면 뜨끈한 국물이기에 분명 겨울에도 먹었을 텐데, 이상하게도 겨울에 먹었던 기억은 여름만큼 강하지 않다. 추적추적 장맛비가 내리는 날, 잘 익은 신김치와 콩나물을 잔뜩 넣어 커다란 양은 냄비에 끓이던 수제비만 유독 기억에 또렷하다.

칼국수와 수제비가 합쳐진 칼제비는 70년대부터 우리 집 메뉴에 있었다. 어머니께서는 나만 있으면 수제비를, 아버지만 계시면 칼국수를 끓이셨다. 희한하게도 같은 반죽인데도 나는 칼국수가 맛이 없었다. 뚝뚝 끊어지는 국수의 질감이 별로였다. 아버지와 내가 다 집에 있으면 어머니는 칼국수를 밀고 반죽을 조금 남겨 수제비를 뗐다. 그렇게 만든 수제비는 칼국수를 먹지 않는 내 몫이었다. 혹여나 내 그릇에 면발이 조금이라도 있으면 나는 아버지 그릇으로 옮겨 담았다. 어머니 그릇에 옮겼다가는 등짝을 맞았다. 입 짧은 막내를 위해 수제비를 떼면서도 얄밉기는 하셨나 보다. 이제는 예전의 나처럼 윤희가 자기가 안 먹는 음식을 나에게 준다. 아마도 이런 게 유전자의 힘인가 싶다.

지금은 나도 칼국수를 먹는다. 직장 동료들이 칼국수로 점심을 하자는 말에 순순히 따라나선다. 하지만 일부러 찾아서 먹지는 않는다. 반대로 수제비는 여전히 즐겨 먹는다. 출장 간 곳에 수제비로 유명한 집이 있으면 웬만하면 짬을 내어 찾아간다. 예전 회사 근처 역삼역에 있는 단골 수제비집도 좋아하지만, 가장 맛있게 먹은 수제비는 구례에 출장 가서 우연히 발견한 곳이었다. 아침나절에 구례에 도착해 끼니를 때우려고 식당을 찾았는데 '다슬기 수제비'라는 메뉴가 적힌 곳이 있었다.

'다슬기로 수제비 국물을 낸다고? 신기하네.'

그 맛이 궁금해 문을 열고 들어갔더니 때마침 주인장 아저씨가 하룻밤 숙성한 반죽을 다시 치대고 있었다. 빨간 고무 대야에 가득 담긴 반죽을 들어 올릴 때마다 찹쌀떡처럼 쭉쭉 늘어나는 반죽에서 수제비를 끓였을 때의 쫄깃한 식감이 절로 상상될 정도였다. 집에서 끓이는 수제비가 전문식당 맛을 못 내는 이유가 반죽의 숙성 시간이 짧아서다. 24시간 동안 숙성된 반죽의 쫄깃한 맛을 이길 수가 없는 것이다. 우리밀로 할 경우는 특히 더하다. 우리밀로 반죽하면 아무리 숙성을 해도 뚝뚝 끊어지기 바쁘다. 우리밀이 우리 땅에서 나서 좋지만, 글루텐 함량이 적어 수제비나 칼국수를 할 때는 좋은 선택이 아니다.

잠시 뒤 주문한 다슬기 수제비가 나왔는데, 한 숟갈 떠먹은 순간 절로 탄성이 터졌다. 다슬기의 시원한 국물과 함께 하루 숙성한 반죽으로 뜬 수제비의 식감은 그야말로 최고였다.

가끔 집에서 수제비를 끓일 때가 있다. 대개는 윤희를 위한 밥을 짓지만, 가끔은 나를 위한 밥상을 차린다. 특히 집에 맛있는 감자와 신김치가 있을 때는 수제비를 끓인다. 윤희가 학교 가고 없는 장마철의 점심에는 반죽을 치대는 일도 잦아진다. 비가 내리면 하던 일을 멈추고 밀가루, 소금, 물을 섞으며 반죽을 하는 것이다.

반죽이 다 되면 아쉬운 대로 두어 시간 짧게 숙성해 수제비를 뜬다. 반죽을 가능한 한 얇게 떠 보들보들한 식감을 즐기고 싶지만 마음처럼 되지는 않는다. 하기야 좀 두꺼우면 어떤가. 두꺼우면 두꺼운 대로 쫄깃한 식감을 즐길 수 있으니 말이다.

윤희가 집에 있으면 사정이 좀 달라진다. 칼국수를 끓이던 어머니께서 막내를 위해 수제비를 넣어 칼제비를 끓이셨듯이, 나는 라면 면발을 넣어 윤희를 위해 '라제비'를 끓인다. 마른 멸치나 멸치액젓으로 육수를 내고 수제비를 끓이다가 반죽이 얼추 익으면 수제비를 건져내고, 그 국물에 라면을 넣어 끓이는 것이다. 그렇게 나는 수제비를 먹고 옆에서 윤희는 라제비를 맛있게 먹는다. 슬그머니 수제비 하나를 떠 윤희 그릇에 올려놓으면 '하나 정도는 너그러이 봐주겠다'는 표정으로 먹는 윤희를 보는 즐거움도 만만찮다. 물론 즐거움에 취해 연거푸 수제비를 줬다가

는 다른 사태가 벌어지겠지만. 결과가 빤한 일은 나
도 굳이 할 생각은 없다.

수제비를 윤희 그릇에 올려놓는 것만큼이나 하지
말아야 할 게 있다. 묵은지를 썰어 넣어 얼큰하고 시원한
김치수제비를 먹고 싶을 때도 있지만, 윤희의 라제비를 위해서는 참아
야만 한다. 윤희는 김치 넣은 라면은 절대 먹지 않기 때문이다. 김치찌개
는 좋아하는 녀석이 말이다. 라면은 오롯이 라면 고유의 맛으로만 먹어
야 제맛이라나 뭐라나. 그러고 보면 윤희는 단순한 맛을 좋아한다. 떡은
백설기나 증편처럼 별다른 고명이 들어가지 않은 것만 먹고, 빵도 팥소
가 들어간 것보다는 앙금 없는 보리빵을 즐겨 먹는다. 윤희도 윤희 나름
의 일관성이 있는 것이다.

후드득, 유리창 두드리는 소리가 난다. 기다리던 비가 내리기 시작한
다. 오랜만에 이름값을 한 기상청을 칭찬하며 냉장고에서 반죽을 꺼낸
다. 어젯밤 비가 내린다는 예보에 미리 숙성시켜 놓은 반죽이다.

'윤희도 없으니 오랜만에 묵은지 넣어 푹 끓인 시원한 수제비를 먹어
야지.'

생각만으로도 흥얼흥얼 콧노래가 나오는데, 갑자기 초인종이 울린다.
딩동, 딩동이 아니라 딩동, 딩동, 딩동 사정없이 초인종이 울린다.

"아빠, 문 열어!"

현관문 밖에서 들려오는 우렁찬 목소리에 김치통을 다시 냉장고에 집
어넣는다. 쩝, 입맛을 다시다가도 뭐 어떠랴 싶다. 윤희에게 맛있는 라제

비를 끓어줄 수 있으니 그것만으로도 나는 만족한다. 비가 오는 날이면 윤희도 아빠가 끓여주던 라제비가 생각날 때가 올 거다. 라제비 대신 수제비를 좋아하는 날이 올지도 모른다. 그럴 때 뜨끈한 국물을 먹으며 아빠를 기억해주면 된다.

내 딸의 소울 푸드

고추장 오리 불고기

세상에 고기 싫어하는 아이가 있을까? 윤희는 돼지고기, 오리고기, 닭고기 순으로 고기를 좋아한다. 그런데 소고기는 그다지 좋아하지 않는다. 입 안에서 씹을 새도 없이 사르르 녹는 최고급 한우도 윤희는 식감이 퍽퍽하단다. 그럴 때면 식품 MD로서 윤희의 식감에 대해 진지하게 연구해보고 싶은 심정이다. '지갑 얇은 아빠를 위해서'라는 답이라도 나올까 싶어 착수는 못하고 있지만. 돼지고기를 가장 좋아하는 윤희지만 각별히 여기는 고기 요리가 또 있다.

"아빠, 우리 오리 불고기 언제 먹고 안 먹었지?"

"왜? 오리 불고기 먹고 싶어?"

"응, 안 먹은 지 오래된 것 같아서."

이렇게 윤희는 종종 오리 불고기를 해달라고 조른다. 그것도 고추장 양념에 잰 오리 불고기를 좋아한다. 어린 여자애가 오리고기를 좋아하는 경우는 별로 없을 텐데, 여기에는 이유가 있다.

우리 부부는 신혼 때부터 쭉 맞벌이를 했다. 서울 신정동 처가 근처에 신혼집을 마련한 것도 그 때문이었다. 윤희는 어릴 때부터 장모님 손에서 컸는데, 장모님과 친한 어르신 중 한 분이 동네에서 오리탕집을 하셨다. 자연스레 손님이 한가한 오후의 오리탕집은 십 원짜리 고스톱을 치고 집안 대소사를 나누는 어르신들의 사랑방이 되었고, 병아리처럼 장모님을 따라다니던 윤희는 어르신들의 귀여움을 독차지했다. 장모님이 바쁘실 때면 돌아가면서 윤희를 친손주처럼 돌봐주실 정도로 말이다. 오리탕집이 어린 윤희의 놀이터였던 셈이다.

그 덕에 이유식을 끝낸 윤희가 제일 처음 맛본 고기가 오리고기일 정도로 친숙하다. 그러다가 오리탕집이 문을 닫게 되면서 빈자리를 돼지갈비가 차지하게 됐지만, 그럼에도 여전히 오리 불고기는 윤희의 소울푸드인 것이다.

나는 마트에서 파는 미리 양념해 포장한 오리고기를 구매하지 않는다. 고기의 질을 떠나 양념부터 마음에 들지 않기 때문이다. 저렴한 가격에 초점을 맞춘 상품들이기에 질 좋은 양념을 쓰는 상품이 드물다. 그래서 나는 집에서 조금 멀어도 내가 근무했던 초록마을을 찾아 냉동 오리고기를 구입한다. 일반적으로 고기는 냉동을 하면 맛이 떨어진다고 여기는데, 요즘은 냉동기술이 많이 발전해 해동만 잘해도 그 맛이 생고기 못지않다.

해동은 냉장고에서 하룻밤을 두고 천천히 하는 게 가장 좋다. 하지만 시간이 없을 때는 찬물에서 급속 해동을 해도 된다. 찬물로 해동한 고기를 체에 받쳐 물기를 빼는 사이 양념장을 준비한다. 고추장, 고춧가루, 다진 마늘을 넣고, 소금 대신 재료의 풍미를 더해주는 멸치액젓을 넣는 것이 나만의 방법이다. 여기에 설탕, 대파, 양파를 넣고 해동이 끝난 오리고기를 버무려 잰다. 내가 만드는 양념장은 주재료인 고기만 그때그때 달라질 뿐, 돼지고기를 잴 때도 방법이 비슷하다. 그런데 집에서 직접 고추장과 고춧가루만으로 양념을 하면 판매용 양념과 달리 붉은색이 선명하지 않다. 시중에서 파는 양념에는 붉은색을 도드라지게 하는 색소를 넣기 때문이다.

밥을 하고 뜸이 얼추 들었을 때 양념에 재어놓은 고기를 프라이팬에 볶고, 고기를 살 때 같이 사온 상추와 오이를 씻어 다듬는다. 채소를 잘 안 먹는 윤희지만 고기 메뉴를 차릴 때만큼은 왜 상추와 오이는 없냐고 타박한다.

오리 불고기가 다 익으면 김치, 상추, 오이, 쌈장으로 단출하게 상을 차린다. 밥을 차릴 때 밑반찬은 따로 차리지 않는다. 나는 밑반찬에 공을 들이기보다 메인이 되는 요리에 집중하는 스타일이다. 메인이 맛있으면 윤희는 밑반찬이 필요 없는 아이다.

"김윤, 밥 먹자."

김윤은 내가 부르는 애칭이다. 이름 앞의 두 글자만 부르는 것이다. 김윤희 이름 그대로를 부를 때도 있는데, 그때는 혼을 낼 때다.

"김윤, 물 떠오고."

손이 모자라서가 아니다. 나는 식사를 차릴 때 수저를 놓든 물을 떠오든 윤희가 하나라도 거들게 한다.

"오리야 오랜만!"

윤희가 갓 지어 김이 솔솔 나는 밥 한 숟가락을 상추에 얹고, 오리 불고기를 가득 올려 볼이 불룩해지도록 먹기 시작한다. 얼추 입 안에서 씹던 밥이 목으로 넘어갈 즈음 오이 한 조각을 쌈장에 찍어 먹는다. 집에 있는 고추장과 된장을 섞어 만든 특제 쌈장이다. 윤희의 얼굴 표정에서 '바로 이 맛이야!'가 읽힌다.

"맛있어?"

"응."

"옛날 오리탕집보다 맛나?"

"음, 생각 좀 해보고."

'생각 좀 해보고'라는 말에 피식 웃음이 난다. 맛있다는 윤희만의 시니컬한 표현이기 때문이다. 다시 오리 불고기를 한 쌈 크게 싸 먹는 윤희를 보며 생각한다.

'그래, 어디가 더 맛있는 게 뭐가 중요하겠니? 맛있게 많이 먹으면 된 거지.'

그러면 된 거다.

실수하는 아빠를
보며 큰다는 것

초콜릿 브라우니

윤희가 초등학교 3학년 때였다. TV에 윤희가 좋아하는 연예인이 요리사와 함께 브라우니를 만드는 장면이 나왔다. 한창 TV를 보던 윤희가 물었다.

"아빠, 저거 만들 줄 알아?"

"당근이지!"

"떡 말고 저거!"

"그래, 떡 말고 저것!"

저것이란 바로 브라우니였다. 그런데 브라우니 이야기에 웬 떡이냐고? 여기에는 슬픈 사연이 있다.

대학교 때 나는 식품가공학을 전공하며 제빵연구회라는 과내 동아리에서 활동했다. 그리고 제빵연구회에서는 당근케이크, 스펀지케이크, 식빵, 모닝빵, 쿠키 등을 직접 만들어 교내에서 판매하곤 했다. 제빵 실력을 갈고닦을 기회가 있었던 것. 이런 자신감으로 옛 실력을 발휘해 윤희에게 식빵을 직접 만들어준 적이 있었다. 그런데 어찌된 일인지 20년 전의 실력은 온데간데없고, 오븐에서 나온 식빵은 겉은 바게트처럼 딱딱하고 속은 쫀득쫀득 떡이 졌다. 이도 안 들어가는 겉을 떼어내고 윤희에게 맛을 보여줬더니, 윤희가 천진난만한 얼굴로 물었다.

"아빠, 이거 떡이야?"

내가 봐도 진짜 떡이었다. 그날 이후로 아빠가 만드는 반찬은 찰떡같이 믿어도 아빠가 만드는 빵은 절대 믿지 않으니, 떡 이야기가 나올 수밖에!

"흠, 아빠 옛날처럼 또 떡 만드는 거 아냐?"

TV 화면 속의 먹음직스런 브라우니와 못미더운 아빠를 번갈아보며 묻는 윤희가 어찌나 얄밉던지.

'야, 초딩 3학년이 옛날은 무슨 옛날이냐!'

투덜대면서도 주먹을 불끈 쥐었다. 비록 대학 시절에 만들어본 적은 없지만, TV 화면을 보니 쉽게 만들 수 있을 것 같았다. 브라우니는 버터, 초콜릿, 설탕, 계란, 밀가루로 만드는 초콜릿 향이 풍부한 케이크의 일종이다. 식빵처럼 반죽과 발효에 숙성까지 복잡한 과정도 필요 없고, 순서에 따라 재료만 섞으면 그만인 것 같았다. 잘만 하면 식빵을 만들면서 잃었던, 아빠의 제빵 실력에 대한 신뢰감까지 한 방에 해결할 수도 있지 않겠는가!

곧바로 인터넷 검색을 통해 몇 가지 레시피를 고르고, 그중 가장 맛있어 보이는 것을 골라 브라우니를 만들기 시작했다. 그런데 가장 맛있다는 의미는 가장 만들기 어렵다는 의미와 같다. 다만 그때는 몰랐을 뿐. 얼마 뒤에 닥칠 비극도 모른 채 집 앞 마트에 가며 윤희에게 말했다.

"김윤, 찬장에 보면 개량저울 있을 거야. 꺼내서 깨끗이 닦아놔."

"내가 왜? 귀찮아."

"작은 노동이라도 직접 해야 제대로 된 맛을 느낄 수 있는 거야. 얼른."

입을 삐죽이면서도 찬장을 뒤적이는 윤희를 뒤로 하고 마트로 달려가 브라우니 재료를 사왔다. 그리고 준비한 재료를 순서대로 넣으며 브라우니를 만들기 시작했다. 첫 번째 순서는 설탕과 계란을 섞어 크림을 만드는 것. 제대로 크림을 만들지 못하면 굽는 사이 조직이 무너지게 된다. 집에 자동 거품기가 없어 손으로 열심히 거품기를 돌려 크림을 만들었다. 팔이 뻐근해질 때까지 거품기를 휘저으니 모양이 그럴싸했다. 됐다 싶어 나머지 다른 재료를 섞고 오븐에 구웠다. 잠시 뒤 오븐에서 달콤한 초콜릿 향이 나기 시작했고, 덩달아 내 기대감도 부풀어 올랐다.

다 구워진 듯해 오븐을 열다가 황급히 문을 도로 닫았다. 짙은 초콜릿 향이 침샘을 자극했지만, 굽기 전 반죽보다 오히려 볼륨이 꺼진 브라우니가 빵틀 안에 떡처럼 널브러져 있었다. 그 모습이 마치 널브러진 내 자존심 같았다.

"안 익었어? 냄새는 좋은데?"

"그, 그게. 아하하하."

윤희가 멋쩍게 웃기만 하는 내 어깨 너머로 오븐을 보고는 웃음을 터뜨렸다.

"아이고, 이번에는 떡라우니 만드셨어요? 으하하."

"떡라우니? 그, 그거 재밌네. 아하하하."

나도 민망함을 지우려 윤희와 같이 웃었다. 하지만 속으로는 울었다. 그날 이후로 몇 번 더 시도했지만 떡라우니만 실컷 만들었고, 결국 '안 되는 거는 안 되는 거'로 여기고 한동안 브라우니에는 눈길도 주지 않았다.

그로부터 몇 년의 시간이 흐른 어느 날, 우연히 다시 기회가 찾아왔다. 신제품 촬영차 방문했던 초콜릿 전문점 카카오봄에서 수제 초콜릿을 만드는 재료인 커버추어를 얻은 것이다.

'떡 본 김에 제사 지낸다고, 다시 한 번 도전해봐?'

나는 브라우니 만들기에 다시 도전했다. 한두 번 실패한 것도 아니니 뭐 어떠랴 싶었다. 사실 실패해도 괜찮을 것 같았다. 어느덧 중학교 2학년이 돼 중2병을 앓고 있는, 툭하면 짜증 부리고 세상 다 산 듯 우울해하는 윤희와 오랜만에 떡라우니를 앞에 두고 낄낄거리며 웃을 수 있다면 그건 그것대로 좋을 듯했기 때문이다.

이번에는 복잡한 레시피 말고 간단한 레시피를 따랐다. 그리고 손 반죽 대신 믹서기에 거품기를 달고 반죽했다. 재료가 잘 섞이고 공기가 잘 혼합되도록 말이다.

"흠, 과연 잘될까?"

윤희가 열심히 반죽하는 아빠를 향해 끌끌 혀를 차고는 자기 방으로 들어갔다. 단 1퍼센트의 기대감도 없는 얼굴이었다. 분명 저런 냉정함은

지 엄마 유전자지, 내 유전자는 아니다.

'그래도 일부러 실패할 수는 없잖아. 제발 오늘은 무너진 아빠의 자존심 좀 만회하자. 아자!'

반죽을 오븐에 넣고 초조하게 20여 분을 기다린 끝에 오븐을 열었다. 오호, 겉모양은 제대로 나온 것 같았다. 브라우니를 식혀 칼로 써니 부들부들한 촉감이 딱 베이커리에서 파는 브라우니였다. 한 조각 입 속에 넣자 혓바닥 힘만으로도 살살 부서졌다. 씹기도 전에 입 안에 초콜릿 향을 듬뿍 남기고 사라졌다.

"김윤!"

이 얼마만의 당당한 외침인가!

"왜?"

심드렁한 얼굴로 나온 윤희의 코에 브라우니를 들이밀었다.

"이번에도 냄새는 좋네."

한 입 살짝 물었던 윤희가 이내 손바닥을 하늘 높이 올려 내밀었다. 짝! 싱글벙글 웃으며 마주 손바닥을 내밀어 마주쳤다. 실로 5년 만에 받아본 하이파이브다.

"아빠, 우유 있어? 우유랑 줘."

얼른 우유를 따라주다가 나도 모르게 입꼬리가 슬그머니 올라갔다. 딸 키우는 재미가 이런 재미인가 싶었다. 그리고 다시 스멀스멀 도전의식이 샘솟았다.

'지난번에 실패했던 식빵도 다시 만들어볼까?'

또 실패할 가능성이 높지만, 윤희와 함께 웃을 수 있다면 그것만으로도 된 것 아닐까 싶다. 그리고 자식을 키우는 부모의 마음으로 작은 바람을 조미료처럼 살짝 첨가한다면, 윤희가 '아빠의 도전과 실패의 역사(!)'를 보며, 실패 앞에서 움츠리고 도망칠 필요 없다는 것을 배울 수 있기를 기대해본다. 물론 윤희는 깔깔깔 웃기 바빠서 절대 그런 생각 안 하겠지만……. 뭐 어떤가. 그렇게 우왕좌왕하는 부모를 보면서 즐거워했던 추억을 가진 자식이 더 부모와 사이가 오래 좋지 않겠는가.

아이는 커가며 자신만의 시간이 필요해진다.
혀로 아픈 상처를 핥는 동물처럼
스스로 상처를 쓰다듬고 치유하는 연습이 필요하다.
그렇게 제힘으로 홀로 서는 연습이 필요하다.
부모가 다 해줄 수는 없는 법이니까.

구운 고기도
뜸을 들이자

숙성육 스테이크

"으, 저 새빨간 피는 뭐야?"

어릴 적 패밀리 레스토랑에서 스테이크를 처음 접한 윤희의 표정을 잊을 수가 없다. 핏물이 흥건한 고기를 우아하게 썰고 있는 이들이, 윤희의 눈에는 딱 원시인이었을 것이다.

"원래 스테이크가 그래. 더 구우면 질겨져서 이때 먹는 게 더 맛있어."

맛있는 스테이크를 먹는 법을 가르쳐주어도 소용없었다. 윤희는 완전히 익은 부분만 몇 점 먹고 샐러드 바만 들락거릴 뿐이었다.

외식 메뉴로 스테이크만큼 좋은 게 없다. 하지만 스테이크 한번 먹으려면 먼저 심호흡을 하고 지갑 사정을 머릿속으로 계산하기 마련. 자연스레 통신사 멤버십이나 카드 포인트 사용 여부, 할인 쿠폰이 있는지 등등 조금이라도 싸게 먹을 방법을 총동원하기 시작한다. 칼질하면 폼도 나거니와 샐러드 바 뷔페도 즐길 수 있어 좋지만, 먹기 전부터 머리를 복잡하게 만들고 카드 결제일이 다가오면 가슴 한편을 서늘케 하는 부작용도 동반한다.

그렇다고 스테이크를 집에서 직접 해먹는 사람도 많지 않다. 여러가지로 부담스럽기 때문이다. 우선 굽는 방법부터 녹록하지가 않다. 그러나 용기가 없다면 가정식 스테이크는 요원한 일. 한두 번 정도 실패를 하면서 배워나가면 된다. 실패가 있어야 그다음에 성공했을 때, 희열이 더해진 맛을 느낄 수 있다!

부담되는 소고기 값, 외식할 때 1인분 값으로 4인 가족이 즐길 수 있는 방법이 있다. 가격이 저렴한 부위인 '설도'를 사용하는 것이다. 나 역시 집에서 스테이크를 구울 때 설도를 사용한다. 설도는 수입산은 100그램에 2천 원에서 3천 원 정도, 한우는 100그램에 4천 원에서 5천 원 정도다. 보통은 국거리, 불고기 감으로 주로 사용되는데, 두툼하게 썰어 스테이크를 해먹어도 좋다는 것은 의외로 잘 알려져 있지 않다. 축산 농가를 돌아다니며 얻은 팁이다.

설도로 스테이크를 굽기 위해서는 약간의 수고가 필요하다. 바로 '숙성'이다. 요즘은 웬만한 고깃집 간판이나 식당 소개에 '숙성'이라는 말이 여기저기 붙어 있다. 처음에는 소고기에 불어닥친 숙성 열풍이 이제는 돼지고기에까지 불고 있다. 도대체 숙성육이 어떻기에 가격이 비싼데도 다들 난리인지, 왜 일반 고기와 다른지 궁금해 하면서도 대부분 어떤 의미인지를 잘 모르고 먹는다.

숙성육이란 한마디로 '고기의 경직된 근육을 풀어서 먹는 것'이라 할 수 있다. 소나 돼지를 도축하면 하루 사이에 근육이 딱딱해지는 사후 경직 현상이 일어난다. 갓 도축한 고기가 맛이 최고라고 말하는 분들도 많지만, 사실 객관적으로 보면 맛이 덜하다. 숙성이 필요하다는 뜻이다. 숙성은 냉장 온도에서 고기를 보관, 고기에 있던 효소가 근육을 절단해 부드럽게 만드는 과정이다. 시간이 흐르며 근육이 단백질로, 단백질이 아미노산으로 분해되는 것이다. 숙성이 잘된 고기는 요구르트 향이나 치즈 향이 나고 감칠맛이 좋다.

고기 숙성법에는 두 가지가 있다. 건조 숙성(dry aging)과 습식 숙성(wet aging)이다. 건조 숙성은 냉장 온도에서 바람을 쏘이는 방법이고, 습식은 진공 포장을 해 일정 기간 숙성하는 방법이다. 가정에서는 건조 숙성이 어렵지만, 습식 숙성은 손쉽게 할 수 있다. 정육점에서 고기를 살 때, 정육점에 구비되어 있는 진공 포장기로 300그램 내외로 포장해 달라고 한 뒤 김치냉장고에서 보름 이상 보관하면 끝이다. 김치냉장고에 여유 공간이 없다면 얼음을 채운 밀폐 용기를 사용해도 된다. 일반 냉장고는 자주 여닫아 온도가 일정치 않기 때문에 사용을 권하지 않는다.

숙성육은 스테이크뿐만 아니라 잘게 잘라 불고기나 국을 끓여도 좋다. 숙성된 향을 품은 고기로 끓이는 소고기 뭇국은 밥 한 공기를 뚝딱 해치우는 마법을 부린다. 진짜다. 한번 해보시라.

밥 짓는 사이 숙성육을 먹을 만큼 꺼내 소금 간을 한다. 그리고 밥이 다 되면 뜸을 들이는 동안 뜨겁게 가열한 프라이팬에 고기를 올린다. 이때 환기는 필수다. 생각 외로 연기가 많이 나기 때문이다. 고기가 '치이익'

소리를 내며 갈색으로 익어간다. 적당히 익었다 싶을 때 고기를 뒤집고, 올리브 오일을 부은 뒤 불을 중간 정도로 줄인다. 고기 표면이 짙은 갈색으로 변하면 버터 한 숟가락 정도를 넣고 불을 약하게 줄인 뒤 앞뒤로 다시 굽는다. 버터가 없으면 생략해도 좋지만 풍미가 떨어진다.

스테이크를 잘 굽는 방법은 타이밍 싸움이다. 오일 넣는 타이밍, 버터 넣는 타이밍은 두어 번 하다 보면 자연스레 감이 잡힌다. 잘할 수 있을까라는 걱정보다는 실행이 먼저다. 그리고 마지막으로 밥을 뜸들이듯, 구운 고기도 뜸을 들여야 한다. 구운 고기를 젓가락으로 꺼내 집게 위에 올려 밑면까지 잠시 식혀야 육즙이 골고루 퍼진다.

소스는 따로 만들지 않는다. 전문 셰프처럼 고기 굽고 난 기름에 버터를 녹이고 밀가루를 넣어 볶은 뒤 레드 와인이나 포도 주스를 넣어 소스를 만들어봤지만, 만드는 것도 번거롭거니와 무엇보다 윤희의 한마디에 포기했다.

"아빠, 난 그냥 소금."

그래서 우리 집 스테이크 소스는 윤희의 깔끔한 정리처럼 소금이 전부다. 나 역시도 소금에 찍어 먹는 걸 가장 좋아한다. 가장 단순한 방법이 가장 맛나게 먹는 거라는 생각도 든다.

원래 윤희는 돼지고기가 더 맛있다며 소고기를 잘 먹지 않았다. 특히 스테이크는 어릴 적의 기억 때문인지 잘 손대지 않았는데, 내가 쿠팡에서 숙성육 상품을 팔기 위한 사전 테스트로 집에서 소고기 숙성육을 구워준 이후부터 그 맛을 알기 시작했다. 숙성육의 부드러운 질감 때문인지 입맛 까다로운 윤희도 별말 없었다. 음식을 내줬을 때 별말이 없다는 것은 맛있다는 의미다. 심지어 빨간 핏물이 나와도 이제는 상관없이 잘 먹는다.

그러던 어느 날, 김치냉장고에서 40일 넘게 숙성한 고기를 발견했다. 보통은 20~30일 정도 숙성시키는데, 숙성 사실을 까맣게 잊고 있었던 것이다. 보통 숙성이 잘못되면 요구르트 같은 산뜻한 향이 아닌 썩은 향이 난다. 그런 것은 미련 없이 버려야 한다. 40일 숙성육은 다행히도 부드러운 육질에서 향긋한 치즈 향이 났다. 그런데 고기를 먹던 윤희의 얼굴이 일그러졌다.

"찔겨!"

내가 고기를 다 굽고 잠시 한눈을 판 사이, 아내가 크게 깍둑썰기를 해버렸던 것이다. 스테이크는 4~5밀리미터 정도로 자르는 게 적당하다. 윤희가 스테이크를 밥에 올려 함께 먹기에 알맞은 크기이기 때문이다.

아무리 고기가 좋고, 잘 구워도 잘 자르지 못하면 질겨질 수밖에 없다. 결국 윤희한테 오랜만에 스테이크 구워주고 핀잔만 듣고 말았다. 그런데 내가 한창 핀잔을 듣고 있을 때, 삐리릭 현관문 열리는 소리가 들렸다. 뒤이어 아무 소리도 들리지 않았다. 평소라면 꾀꼬리 같은 목소리로 "여보, 윤! 나 간다!" 하고 인사를 건넸을 아내가 몰래 도망을 친 것이다.

'사고를 쳤으면 뒷수습을 해야지!'

입맛 까다로운 딸인 거 잘 알면서 무심한 아내가 그날따라 왜 이리 원망스러운지. 그래도 어쩌겠나. 내가 좋아서 사는 마나님인데.

"윤, 이것 봐. 아무리 스테이크를 맛있게 구워도 마지막 마무리가 잘못되면 이렇게 맛이 없어지는 거야. 세상 일이 다 그래. 무슨 일이든 마무리가 아주아주, 아주! 중요한 거야. 음, 역시 오늘도 멋진 교훈을 얻은 날이었어. 안 그래? 아하하하!"

"흥, 여기서 그런 말이 왜 나와?"

구렁이 담 넘어가듯 엉뚱한 말을 늘어놓는 아빠를 윤희가 얄밉다는 표정으로 흘겼다. 그러면서도 아빠의 가르침에 감동한 탓인지, 아니면 불쌍해진 탓인지는 모르겠지만, 맛없는 스테이크를 끝까지 먹어줬다. 딸, 고맙다!

힘들고 지친
딸에게 보내는 위로

돼지 항정살 구이

"아빠, 나 배고파!"

오랜만에 듣는 하이 톤의 목소리에 마음이 울컥했다. 중학생이 된 지 얼마 안 되었을 때 윤희는 계속 풀이 죽어 지냈다. 그러다 4월의 어느 날, 예전처럼 밝고 힘찬 아이로 돌아왔다. 힘들어하는 윤희를 한 달 넘게 숨 죽이며 지켜보던 내가 딸에게 해줄 말은 하나였다.

'고마워, 내 딸.'

윤희는 이런저런 사정으로 같은 초등학교 출신 아이들이 단 세 명만 진학한 중학교에 배정을 받았다. 부모로서 걱정이 클 수밖에 없었다. 그 마나 친한 친구들과 같은 학교로 가게 된 것을 다행이라 여겼다.

그런데 첫 등교를 하고 일주일이 지날 즈음부터 윤희의 얼굴에 조금 씩 먹구름이 끼기 시작했다. 예상처럼 같은 학교 출신 친구끼리 어울리 는 집단에 끼지 못해 겉도는 어려움도 컸고, 같은 반 친구인 동호 때문에 받는 스트레스도 큰 모양이었다. 윤희랑 초등학교 2학년 때부터 쭉 같은 반이었던 동호는 호남 형의 얼굴에 벌써부터 키가 170센티미터가 넘는 아이였다. 자연스레 동호를 좋아하는 여자아이들이 많았는데, 다른 아이들과는 데면데면하면서도 동호와는 허물없이 장난치는 윤희가 소위 '재수 없는 아이'로 찍혔던 것이다. 아이들이 "둘이 사귀지?" 하고 놀릴 때마다 윤희가 받는 스트레스는 이만저만이 아니었다.

그렇게 보름 정도가 흐르자 윤희가 집에 오면 자꾸 배가 아프다고 했다. 병원을 찾아도 특별한 증상은 없었다. 걱정됐지만 꼬치꼬치 묻지 않고 윤희가 스스로 말해주기를 기다렸다. 내 질문 자체가 윤희에게 스트레스가 될 수도 있으니까. 입맛이 사라진 윤희는 예전처럼 배고프다는 말도 잘 하지 않았고, 무엇을 해줘도 잘 먹질 않았다. 그렇게 또 보름 정도가 지난 어느 날이었다. 집으로 돌아온 윤희 얼굴이 평소보다 훨씬 더 어두웠다. 더 이상 기다릴 수 없어 조심스럽게 윤희에게 다가갔다.

"김윤, 무슨 일 있었어?"

"아빠한텐 이야기 안 할 거야."

"왜 안 하는데?"

"아빠한테 이야기 안 할 거라고!"

윤희는 방문을 닫고 들어갔다. 나는 윤희가 다시 나오기를 기다렸다. 굳게 닫은 마음의 문을 열듯이. 시간이 더디게 흘렀다. 지금 당장 방에서 나와 아빠를 찾기 바라는 것도 내 욕심일지 모른다는 생각이 들었다.

'언제든 괜찮아. 아빠는 언제까지나 기다려줄 테니까.'

얼마나 시간이 흘렀을까. 닫혔던 문이 기적처럼 열렸다. 윤희의 눈에는 눈물이 가득했다.

"아빠⋯⋯."

말없이 팔을 벌려주자 윤희가 내 품에 안겨 대성통곡을 했다. 토닥토닥 가만히 윤희 등을 두드려줬다. 서럽던 울음소리가 조금씩 줄어들고, 윤희가 차분히 이야기를 꺼냈다. 여느 때처럼 동호랑 장난을 치고 있는데, 동호를 좋아하는 여자애들이 이전보다 훨씬 더 심하게 둘을 놀렸다고 했다. 그래서 참다못한 동호가 불같이 화를 내며 여자아이를 때리려 했다는 것이다. 친구들이 말려 다행히 큰 문제는 없었지만, 그 뒤로 아이들이 자신을 보며 수군대는 모습이 끔찍하다는 거였다. 이야기를 다 듣고 윤희한테 내 생각을 조심스레 말했다.

"일단 걔들이 잘못을 했네. 그런데 너도 생각해볼 게 있어. 내가 누구를 좋아하고 있는데, 누군가는 그 애랑 장난치고 잘 놀아. 나는 말도 못 꺼내는데 말이지. 게다가 좋아하는 애는 나한테 말도 잘 안 걸어. 그러면 내 기분은 어떨까? 무시당한다고 느낄 수도 있지 않을까? 아빠가 보기에는 애들이 윤희가 부러워서 그런 것도 있고, 자기들하고도 놀자는 신호일 수도 있는 것 같아. 그러니까 동호 말고 다른 친구들한테도 조금만 시간을 할애해봐. 다만 친해지기 위해 물건을 주지 말고, 시간을 줘봐."

윤희는 고개를 끄덕이면서도 한마디 툭 내뱉었다.

"그래도 학교는 가기 싫어."

이튿날 나는 일부러 윤희를 끌고 나와 광화문, 인사동을 거쳐 명동까지 걸었다. 봄빛이 완연한 길을 걸으며 어제 이야기를 다시 나눴다. 물론 내가 먼저 꺼내지는 않았다. 나와 함께 몇 시간 걷고 난 윤희는 한결 편해진 얼굴이었다. 이후 윤희는 용기를 내어 다른 친구들에게 먼저 다가가기 시작했다. 그렇게 4월의 반도 지났다.

"아빠, 배고파!"

오랜만에 듣는 윤희다운 목소리에 어찌나 반갑고 고맙던지……. 겉으로는 표현 못했지만, 잘 이겨내리라 믿었지만, 혹여나 왕따가 되는 건 아닌가 싶어 걱정이 컸다. 그만큼 씩씩하게 이겨내고 원래 모습으로 돌아와 힘차게 배고프다 하는 윤희가 고마웠다.

윤희는 이제 한 고비를 넘었다. 물론 내년이면 천하 안하무인 중2다! 그때는 외적 갈등이 아닌 내적 갈등을 시작하겠지. 흔들리는 자아와 싸움하게 되겠지. 그때에도 힘이 들 때는, 아빠를 찾아줬으면 좋겠다.

자, 그때는 그때고. 일단 배고픈 윤희를 무엇을 해줄까 생각했다. 딱히 뭘 먹고 싶다 해달라는 음식이 없기에 윤희를 보며 고민했다. '한 달 넘게 지치고 힘들었던 딸을 위한 음식은…… 역시 고기가 정답이겠지?'

"김윤, 돼지구이에 상추 어때? 콜?"

"콜!"

윤희가 좋아하는 돼지고기를, 그것도 가장 좋아하는 항정살을 샀다. 소금과 후추를 뿌려 밑간을 하고 오븐에 맛있게 구웠다. 상추쌈을 싸서 크게 한 입 먹는 모습을 보니 한 뼘 정도 큰 윤희가 보였다. 아이들은 이렇게 큰다.

스스로 상처를
어루만질 수 있게

지리산 간장 넣은 미역국

윤희가 중학생이 되고 처음 맞는 열네 번째 생일이었다. 보통은 아침 밥을 짓기 위해 6시 30분에 알람을 맞춰 놓는데, 그날은 평소보다 30분 전에 일어났다. 며칠 전부터 초콜릿 케이크 노래를 부르던 윤희를 위해 생일 케이크는 초콜릿 듬뿍 바른 놈으로 미리 준비했다.

쌀을 씻고 밥을 안친 뒤 전날 밤 물에 담가놓았던 미역을 씻었다. 1년 에 두 번 아내와 딸의 생일 미역국을 준비하는 아침은 보통의 아침과는 뭔가 다르다. 매년 하는 일인데도 언제나 맨 처음 미역국을 끓이는 기분 이다. 무려 서른여섯 시간을 엄마 뱃속에서 버티다 세상에 나온 윤희가 벌써 열네 살 중학생이라니…… 어디 아픈 데 하나 없이, 부모 속 썩이 지 않고 잘 크고 있는 윤희에게 감사하다. 나만의 착각일지도 모르지만, 윤희도 우리 부부 딸로 태어난 걸 그리 싫어하지는 않은 것 같아 그것도 참으로 감사하다.

그런데 반곱슬인 아빠를 닮아 머리카락 때문에 스트레스 받는 거 하나는 윤희한테 너무 미안하다. 사실은 어제도 몇 달에 한 번씩 매직파마를 하지 않으면 안 되는 사자머리 때문에 윤희가 작게나마 상처를 받은 일이 있었다.

"아빠, 나 앞머리 할까?"

"꼭 해야 해? 엄마도 너 앞머리 하면 아침마다 관리 못할 거 같다고 걱정하던데."

"관리 잘할게. 그러니까 미용실 가자. 응?"

"그래, 가자!"

생일 선물 셈 치고 윤희와 함께 아파트 앞 상가에 있는 미용실에 갔다. 미용실 원장님께 윤희 앞머리를 해달라고 부탁하고, 나는 기다리기 뭐해 밖으로 나와 담배를 피워 물었다. 그런데 어찌된 일인지 금세 윤희가 밖으로 나오는 것이었다. 눈에 눈물이 가득한 채로.

"왜, 왜 그래? 무슨 일이야?"

"원장 아저씨가…… 곱슬머리는 앞머리 하는 거 아니래……."

"그 사람 장사할 줄 모르네. 미용실이 여기만 있나? 다른 곳 가자."

자식 눈에서 눈물이 나면 부모 입장에서는 피눈물이 나는 법이다. 불끈 화가 치밀어 근처 미용실을 다 뒤져서라도 윤희에게 앞머리를 해주려고 했다. 그런데 이번에는 윤희가 고개를 저었다.

"싫어, 나 안 할래."

기분이 많이 상했는지 윤희가 집에 가자며 내 손을 잡아끌었다. 중학생이 된 윤희는 요즘 머리 때문에 자주 상처를 받는다. 초등학교 때 받던 스트레스와는 또 다르다. 그때는 아이들이 사자머리라 놀려서 그랬지만, 중학생이 된 지금은 스스로 외모에 압박을 받는 것 같다.

집으로 돌아온 윤희가 조용히 자기 방 문을 닫고 들어갔다. 이럴 때 가만히 내버려두는 게 좋다. 어릴 적에는 무조건 옆에 있어주는 게 좋지만, 아이는 커가며 자신만의 시간이 필요해진다. 혀로 아픈 상처를 핥는 동물처럼 스스로 상처를 쓰다듬고 치유하는 연습이 필요하다. 그렇게 제힘으로 홀로 서는 연습이 필요하다. 부모가 다 해줄 수는 없는 법이니까. 언젠가는 헤어질 시간이 오니까…….

한 시간 정도 지났을 즈음, 윤희가 방에서 나왔다. 다행히 기분이 나아졌는지 얼굴이 한결 좋아 보였다.

"아빠, 나 여름 방학에 앞머리 할까? 머리 이상해도 애들 안 만나면 그만이잖아."

"그래, 그러자. 아빠가 최고로 잘하는 데로 모실게."

"약속한 거다! 아, 배고프다. 밥이나 먹자."

힘을 내는 기특한 딸을 위해 최고의 밥상을 준비할 시간이었다. 그런데…… 최고급 미용실은 앞머리 하는 데 얼마나 할까…….

식품 MD라고 특별한 미역을 먹는 건 아니다. 다만 대기업에서 만들어 파는 제품 대신 전국 산지에서 직접 판매하는 미역을 구입한다. 간편하게 끓일 수 있게 포장된 미역은 깊은 맛이 나지 않기 때문이다.

미역국을 끓일 때는 향이 연한 참기름이 좋다. 보통은 향이 진한 참기름을 좋다고 말하지만, 향이 강하다는 것은 고온에서 볶아서일 뿐 품질과는 아무런 상관이 없다. 참깨의 품질이 좋다면 오히려 저온에서 살짝 볶아야 한다. 올리브 오일도 생 올리브에서 짠 기름과 아닌 것이 대우가 다르듯이 말이다. 저온에서 볶아 짜낸 참기름은 향이 여리지만, 그만큼 여러 식재료와 잘 어울린다. 반면 향이 강한 참기름은 저만 잘났다는 듯 다른 식재료의 향을 죽여버린다.

약한 불에 미역을 저온 압착 참기름으로 볶고, 간장으로 간을 해 미역국을 끓였다. 간장은 지리산에서 전통 장을 연구하고 계시는 고은정 선생님이 주신 간장을 쓴다.

아침 생일상을 먹은 뒤, 아내가 차를 가지고 나가지 않아 오랜만에 윤희를 학교까지 차로 태워다 주었다. 그러면서 눈치 못 채게 윤희를 살피는데 어제 일은 이미 어제의 일이 된 것 같다. 몇몇 친한 친구들에게 어떤 생일 선물을 받게 될지 한껏 기대에 부푼 얼굴이다. 그러나 매직이 풀리는 만큼 윤희의 머리카락 스트레스는 다시 원점으로 돌아갈 거다. 그러면 "이번 생은 망했어!" 하고 투덜대기 바쁠 거다.

"학교 다 왔다. 친구들이랑 싸우지 말고."

"응, 이따 봐 아빠!"

학교 앞에 도착한 윤희가 차에서 내려 뛰어간다. 찰랑대는 윤희의 까만 뒷머리에서 하얀 새치 하나가 눈에 확 띈다. 뒷머리에만 있어 아직 모르는 것 같다. 새치는 우리 집 내력이다. 나도 중학생 때부터 새치가 났다. 조만간 곱슬머리에 이어 새치까지 생긴 걸 알게 되면 윤희 녀석 "이번 생은 폭망했어!" 하고 나를 종알종알 괴롭힐 게 빤하다. 윤희한테는 정말 미안하지만 뭐 어쩌겠나. 이제 와서 물릴 수도 없는 일인데.

그나저나 오늘 저녁은 또 무얼 준비해야 할까? 아침에 끓여준 미역국을 저녁에 또 낼 수도 없는 일이고……. 하루하루 밥상 차리는 건 윤희의 머리 스타일을 고민하는 것만큼 정말 어려운 일이다. 그래도 아내와 딸을 위한 일이기에, 밥상 고민은 말 그대로 행복한 고민이다. 뭐 가끔은 행복한 지옥일 때도 있지만, 그럼 또 어떤가. 행복한데!

기다림을 배운다는 것

· ·

채소가 보이지 않는 카레

나는 매일매일 윤희를 위해 밥상을 기획한다. 윤희가 세상에 태어난 순간부터 하루도 빠짐없이 해온 일인데도, 매일 새로운 제품을 기획하는 기분이다. 마치 중요한 식품 기획 프로젝트 보고서를 작성하듯 말이다. 그리고 기획서를 쓸 때 첫 마디가 풀리면 그 다음은 저절로 진도가 나아가듯이, 무엇을 차릴까 머리를 싸매다가도 메뉴가 결정되면 그 뒤는 일사천리다.

오늘의 기획은 카레다. 다른 반찬 필요 없이 잘 익은 깍두기 하나만 곁들이면 되는 카레 말이다! 기획치고는 너무 무성의한 것 아니냐고? 천만의 말씀. 무성의한 것이 아니라 심플한 거다. 좋은 기획은 원래 심플하다. 절대 변명이 아니다. 그런데 이 심플한 카레 기획에는 한 가지 함정이 있다.

"아빠 기억나? 우리 일본에서 카레 먹었던 곳."

"하카타역 백화점 지하 말이지?"

"응, 거기!"

맞다. 일본 후쿠오카를 여행한 뒤로 집에서 카레를 할 때마다 윤희는 그때 먹었던 카레를 꼭 꺼내든다. 14년 자기 평생 그렇게 맛있게 먹은 카레는 처음이었고, 그 이후로도 먹어보지 못했다고. 기획은 심플한데 눈높이, 아니 맛의 높이가 너무 올라가버린 것이다. 웬만큼 맛있는 카레가 아니면 명함도 못 내밀 정도로.

"그럼 아빠가 해준 카레는 맛없어?"

"아빠가 해주는 것도 맛이야 있지. 그래도 그 카레랑은 비교 불가야."

은근히 마음이 상해 물어봐도 윤희는 선을 딱 긋는다. 역시 심플함의 맛을 아는 녀석답다.

카레는 만드는 방법이 거기서 거기 같지만, 의외로 꽤 다양한 방법이 있다. 인터넷을 검색해 봐도 수많은 레시피가 떠돈다. 보통은 고기, 양파, 당근, 감자 같은 재료들을 큼직큼직 썰어 씹는 맛을 즐기는 경우가 많은데, 우리 집은 고기 빼고는 죄다 갈아버린다. 양파를 볶고 나서는 믹서에 갈고, 감자도 당근도 갈아버린다. 이유는 딱 하나다. 채소가 조금이라도 씹히면 윤희가 잘 안 먹기 때문이다. 윤희가 자라며 채소가 입에 좀 익숙해진 것 같아 믹서 대신 칼로 잘게 다져 카레를 만든 적도 있었다. 음식은 맛과 향, 영양도 중요하지만 무언가를 이로 씹을 때의 즐거움도 큰 법이라 윤희에게 그 맛을 알려주고 싶었다. 그렇게 두근두근 설레는 마음으로 카레를 내놓고 윤희의 반응을 살폈다.

"어때? 먹을 만해?"

아빠의 긴장감도 모른 채 한 술 뜬 윤희가 고개를 끄덕였다.

"응, 괜찮아."

다행히 윤희가 잘 먹었다. 그래서 다음번에는 조금 더 욕심을 내 채소를 듬성듬성 다져 카레를 만들었다. 결과는 어땠을까?

"아빠, 맛없어. 그냥 예전처럼 해줘."

윤희의 한마디에 2년 가까이 진행한 '김윤희 채소 익숙해지기 프로젝트'가 한 방에 훅 날아가고 말았다.

고기 외에는 절대 다른 흔적이 없어야 하는 우리 집 카레를 만들 때 신경 쓰는 나만의 포인트는 바로 육수다. 카레 가루 안에 고기 육수 성분이 첨가돼 있지만, 아무래도 맹물보다는 육수가 맛의 깊이를 더해준다. 그래서 나는 닭백숙이나 수육을 만들고 남은 국물을 버리지 않고 지퍼백이나 밀폐용기에 넣고 냉동 보관한다. 갑자기 카레를 할 때 육수로 사용하면 화학조미료를 넣지 않아도 맛이 더 좋아지기 때문이다.

미리 만들어놓은 육수가 없을 때는 머리를 굴려 급조할 수도 있다. 돼지고기를 볶을 때 약간의 요령을 부리는 것이다. 방법은 간단하다. 돼지고기를 프라이팬에 올리고 가장 약한 불에서 천천히 굽는 것이다. 그러면 고기가 금세 익지 않고 기름과 육즙을 흥건히 뱉어내는데, 프라이팬바닥에 수분이 증발하며 육즙이 눌러붙으려 하는 타이밍에 불을 높이고 뜨거운 물을 붓는 것이다. 그러면 급조한 것치고는 꽤 괜찮은 육수가나온다. 물만 넣어 카레를 할 때보다 향과 맛이 깊은 카레를 맛보시라.

육수가 팔팔 끓으면 채소 간 것과 카레 가루를 잘 풀어 넣는다. 카레 가루는 그때그때 사서 썼는데, 윤희가 후쿠오카에서 신세계를 경험한 뒤로는 일본식 고형 카레를 주로 사용한다. 솔직히 국내 제품보다 맛이 더 풍부하기는 하다.

카레를 만들며 피망을 몰래 꺼냈다. 급히 채를 썰어 양파랑 같이 볶고는 피망의 'ㅍ' 자도 안 보이도록 갈고 또 갈았다! 몸에 좋지만 윤희가 절대 먹지 않는 피망을 어떻게든 먹이고 싶은 아빠의 애틋한(?) 마음이 벌인 일이다. 예전에 윤희가 지금까지도 안 먹는 표고버섯을 갈아 넣었더니 귀신같이 알아챈 적이 있었다. 아무리 잘 갈아도 표고버섯 특유의 향이 사라지지 않는다는 것을 깜박한 내 실수였다. 이런 전적이 있다 보니 윤희가 밥에 카레를 비벼 먹을 때면 언제나 조마조마하다.

"윤, 카레 맛 어때?"

"응, 괜찮네. 다 갈아서 먹기 편해. 근데…… 아빠 뭐 뭐 넣었어?"

"돼지고기, 양파, 감자, 당근, 그, 그게 전부지."

아빠의 떨리는 목소리를 알아챈 건지, 아님 민감한 미각이 발동한 건지 윤희가 주방을 둘러보다가 눈을 반짝였다.

"아빠, 저거 피망 맞지?"

개수대 수챗구멍에 널브러진 피망 꼭지들이 윤희에게 딱 걸렸다.

"아하하하, 저, 저 녀석들이 왜 저기 있지?"

"뭐 안 보이니까 상관없어. 이번에는 그냥 먹을게."

어쩐 일인지 윤희가 피식 웃고는 카레를 마저 먹는다.

윤희도 언젠가는 채소가 큼직하게 들어간 카레를 먹을 거다. 큼직큼직 썬 감자도 당근도 피망도 씩씩하게 먹을 때가 올 거다. 내가 할 일은 참을성을 갖고 그날을 기다리는 것이다. 그러고 보면 아이를 키운다는 것은 기다림을 배우는 것인지도 모르겠다. 큼직한 채소도 가리지 않고 먹는 그런 날이 조금 빨리 오면 안 될까 싶기도 하고, 조바심이 날 때도 있지만, 뭐 이렇게 피망을 먹였으니 이것도 나름 성공이지 않겠는가.

딸바보가 음식을 만들 때

세멸치볶음

TV 프로그램에 생선 눈알만 골라 맛있게 파먹는 다섯 살 꼬마아이가 나왔다. 담당 PD와 아이가 생선 눈알이 왜 맛있는지 주고받는 대화를 듣던 윤희가 소리를 질렀다.

"아빠, 쟤 미쳤나 봐!"

그렇다. 윤희는 생선 눈알을 싫어한다. 하기야 어른 중에도 생선 눈알을 못 먹는 사람들이 많으니 유별날 일도 아니다. 그런데 윤희는 정도가 조금 심하다. 멸치볶음을 좋아하면서도 윤희한테 멸치는 '대가리에 눈알이 붙은 건어물'이다. 하루는 멸치를 볶아줬더니 윤희가 심각하게 말했다.

"아빠, 쟤가 나 쳐다봐!"

"쟤? 누구?"

"쟤, 멸치 말이야!"

멸치는 크기에 따라 세멸, 자멸, 소멸, 중멸, 대멸 다섯 가지로 나뉜다. 멸치가 부화해서 커지는 순서다. 다 자란 멸치인 대멸이 봄철 해안가에 찾아와 산란한 것이 세멸이다. 이 세멸이 소멸, 중멸의 시기를 거쳐 다시 대멸이 된다. 대멸은 겨울이 되면 다시 산란을 위해 따뜻한 남쪽 바다로 이동한다. 세멸의 기준은 1.5센티미터 이하, 자멸은 1.6~3센티미터 이하다. 말 그대로 한 끗 차이다. 세멸과 자멸의 경계에 있는 1.5~1.6센티미터 크기의 멸치들은 굳이 자를 대고 엄격하게 구별하지 않는다. 하기야 누가 자를 대고 일일이 그걸 구분하겠는가?

멸치를 구입할 때 일반적으로는 볶음용 멸치, 국물용 멸치 해서 그 용도에 따라 구입하는 경우가 많다. 그러나 볶음용 멸치라고 해서 국물용 멸치와 품종이 다른 건 아니다. 멸치 크기에 따라 용도의 차이를 둔 것뿐이다. 식품 MD 입장에서는 왜 용도의 차이를 두는지 모르겠다. 볶음용 멸치로도 충분히 국물을 낼 수 있고, 국물용 멸치를 볶아도 무방한데 말이다. 그러니 꼭 포장지에 적힌 용도로만 멸치를 사용할 필요는 없다. 만약 국물을 내야 하는데 국물용 멸치가 없을 경우 냉동실에 있는 볶음용 멸치를 사용해도 충분하다.

좋은 멸치는 딱 하나만 보면 된다. 표면이 은빛이 나는지만 보면 된다. 비늘이 떨어진 멸치도 상관없다. 흔히 소고기보다 비싸다는 죽방멸치를 최고로 치지만 사실 먹어보면 일반 멸치와 별 차이 없다. 예전에는 잡은 멸치를 육지로 가져와 삶고 말리는 과정에서 내장이 터지거나 상했기 때문에 죽방멸치가 귀한 대접을 받았다. 그러나 요즘은 선상에서 바

로 삶아버리기 때문에 품질의 차이가 거의 없다. 멸치
가 노란색을 띠지만 않으면 그만이다.

멸치볶음을 만드는 방법은 간단하다. 먼저 약한 불에
프라이팬을 올리고 기름을 두른 뒤, 저민 마늘을 넣어 은근
하게 10분 정도 튀기듯이 볶는다. 이렇게 마늘 기름을 미리 만들고 준비
한 멸치와 간장을 넣고 볶으면 마늘과 간장의 향과 맛이 배면서 멸치의
잡냄새를 제거할 수 있다. 멸치가 다 익었다 싶으면 불을 끄고 마지막으
로 꿀을 넣는다. 다시 불을 켤 필요는 없다. 프라이팬에 남은 잔열로 볶
아도 충분히 멸치에 꿀을 코팅할 수 있다. 불을 켜고 볶아도 되지만 양념
이 잘 타기 때문이다.

만약 매콤한 맛을 원한다면 마늘 기름을 낼 때 고춧가루나 다진 청양
고추를 같이 넣어주면 된다. 이렇게 만들어진 기름을 촘촘한 망에 걸러
내 멸치와 볶으면 깔끔하면서도 매운맛 나는 멸치볶음을 만들 수 있다.

우리 집에서 멸치를 볶을 때는 보통 세멸을 사용한다. 그런데 한번은
자멸 크기의 솔치(말린 청어새끼)를 사다 볶은 적이 있었다. 솔치는 멸치
보다 회색빛과 푸른빛이 더 돌지만 양념에 볶으면 『자산어보』를 쓴 정
약전 선생도 구분 못할 만큼 똑같다. 그래도 멸치보다 더 고소한 맛을 자
랑하기에 일부러 솔치를 구해와 정성을 다해 볶았던 것이다. 그런데 솔
치를 본 윤희의 반응에 깜짝 놀라고 말았다.

"아빠, 쟤는 눈이 더 크잖아! 쟤 멸치 맞아?"

세상에 정약전 선생도 헷갈릴 자멸과 솔치를 눈 크기로 구분하다니!

놀라운 분별력으로 솔치볶음에 손도 대지 않는 윤희를 위해 나름의 대안을 제시했다.

"눈이 거슬리면 밥에 숨겨서 먹어봐. 그럼 눈이 안 보일 거잖아."

내 말대로 밥에 솔치를 숨겨 몇 순갈을 먹은 윤희는 맛은 괜찮은데 그래도 못 먹겠다고 곧 포기를 하고 말았다.

"아빠, 도저히 못 먹겠어. 쟤들이 자꾸 쳐다봐."

결국 맛을 고려해 정성을 들인 솔치볶음은 윤희에게 차갑게 외면당하고 말았다. 그렇다고 윤희에게 잔소리는 절대 하지 않았다. 식탁은 밥을 먹는 곳이지, 부모의 잔소리를 먹는 곳은 아니기 때문이다. 누누이 이야기하지만 우리 집은 밥 먹을 때 신변잡기 외에는 아무 이야기도 안 한다. 찬이 없어도 밥상머리가 즐거우면 맛있는 식사가 되지만, 산해진미를 차려도 잔소리가 곁들여지는 순간 그 밥상은 걸인의 밥상이 된다고 믿기 때문이다.

기억은 대물림된다. 어릴 적 밥상머리 앞에서 즐거웠던 추억이 많다면, 그 아이는 자라서 똑같은 밥상을 차릴 거다. 반대로 어릴 적 꾸중 들었던 적이 많다면, 그와 똑같은 밥상을 자녀에게 대물림할 가능성이 높다. 그렇기에 나는 윤희에게 즐거운 밥상을 물려주고 싶다. 윤희도 나중에 그랬으면 좋겠다고, 아니 그럴 거라고 믿는다. 앞으로도 꾸준히 지켜나갈 내 밥상머리의 철학이다.

윤희에게 솔치를 볶아준 며칠 뒤였다. 친정집에 다녀온 아내 손에 멸치볶음이 담긴 반찬통이 들려 있었다. 윤희가 외할머니한테 눈이 엄청

나게 큰 멸치를 아빠가 볶아줬다고 일렀던 것이다. 그날 저녁 장모님이 해주신 멸치볶음을 먹으면서 윤희가 신신당부를 했다.

"딱 이 크기야. 알았지?"

"알았어. 다음에는 꼭 이 크기로 볶아줄게."

대답을 하기는 했는데 아무리 살펴봐도 장모님표 멸치랑 내가 볶은 솔치랑 뭐가 다른지 모르겠다. 그럼 어떠랴. 우리 딸 입맛 한번 까다롭다고 한숨을 내쉴 바에야, 우리 딸 관찰력 최고라고 즐거워하는 게 내 정신 건강에도 이롭다. 딸바보 아빠의 하루는 그렇게 가는 법이다.

귀한 것은 절대
흔해지지 않는다

········

맨 곱창돌김

식탁용 조미김이 처음 출시된 게 80년대 초반이었다. 그때만 해도 초겨울이 되면 김을 굽는 냄새가 집집마다 진동을 했다. 어머니께서도 시장에서 김을 한 톳 사와 참기름을 발라 석유곤로에 한 장 한 장 구우셨다. 그리고 비닐봉투에 담아 눅눅해지지 말라고 주둥이를 꽁꽁 싸맨 뒤 도시락 가방에 넣어주시곤 했다. 그렇게 김은 어머니들의 정성과 수고로움이 가득한 참으로 귀한 반찬이었다.

그러던 어느 날 한 친구가 일회용으로 포장된 도시락 김을 학교에 가져왔다. 화려한 포장지 앞에서 내가 싸온 김이 얼마나 초라해 보이던지……. 왠지 맛도 훨씬 더 좋을 것만 같았다. 힘들게 한 장 한 장 기름을 바르고 뜨거운 불 앞에서 김을 굽고, 자식이 눅은 김을 먹을까 싶어 비닐 주둥이를 고무줄로 꽁꽁 싸매던 어머니의 수고로움과 정성 같은 것은 생각나지도 않았다. 그래서 어머니께 몇 번을 조르고 졸라 도시락 김을 반찬으로 싸가며 뿌듯해했다. 창피한 기억이다. 지금 생각하면 참 못나고 어리석기 그지없었다.

세월이 흐르며 가격이 만만찮던 도시락 김도 값이 저렴해지고, 집집마다 벌이가 늘어나면서 더 이상 집에서는 김을 굽지 않게 되었다. 얇은 종잇장을 씹는 느낌의 식탁용 조미김의 질감에 익숙할 대로 익숙해졌다. 그럼에도 '추억의 절반은 맛'이라 했던 박찬일 셰프의 말처럼 어머니가 손수 구워주셨던 투박한 김 맛이 순간순간 떠오른다.

"그때 그 김이 진짜 맛있었는데……."

초록마을에서 일할 때 김 제품을 직접 출시했었다. 좋은 원초에 국내산 참기름과 소금을 이용하면 맛있는 김을 만들 수 있겠다고 생각한 것이다. 시중에 이미 비슷한 상품들이 많았지만 친환경 매장인 초록마을에는 아직 편리하게 자른 김 제품이 없을 때였다. 좀 더 좋은 원초에 식탁용 조미김의 편의성까지 더하면 잘 팔릴 듯해서 수개월에 걸쳐 샘플링한 뒤 상품을 출시했고, 예상대로 성공을 거뒀다. 지금도 내가 만든 김 제품은 초록마을 매장의 베스트셀러다. 그런데 직접 만든 인기 상품을 집에서 윤희와 함께 먹으면서도 아쉬운 생각이 계속됐다.

'이거보다 더 맛있는 김은 없을까?'

아무리 좋은 원초를 사용해도 가공식품에는 한계가 있을 수밖에 없기 때문이다. 제조해서 식탁까지 오는 데까지 시간이 걸리기에 맛이 반감되는 것이다. 결국 방법은 한 가지밖에 없었다.

'그럼 내가 직접 구워볼까?'

그때부터 집에서 김을 굽기 시작했다.

내가 선택한 김은 곱창돌김이었다. 김에는 돌김, 김밥김, 재래김, 파래김 등 몇 가지 종류가 있다. 그리고 이들 대부분은 포자를 뿌려 양식한다. 초록마을에서 김 상품을 기획하며 좋은 원초를 찾으러 여러 산지를 찾아다녔었다. 맛있는 김은 참기름도 필요 없이 불에 구워 양념간장만 조금 콕 찍어 먹어도 맛있는데 그런 김을 찾으러 전국을 돌아다녔다. 그렇게 발품을 팔며 생산자들에게서 추천받은 김 중에 '곱창돌김'이 있었다.

곱창돌김은 10월 말에서 11월 사이 잠깐 나타났다 사라지는 김으로 모양새가 곱창처럼 생겼다고 해서 붙여진 이름이다. 정확히는 돌김을 길게 기른 것인데 재고를 쌓아두고 팔 만큼의 양을 만들지 않는 것으로 알고 있다. 곱창돌김은 다른 김에 비해 입천장에 붙지 않고 스스로 녹는다. 여리고 여린 단맛이 다른 돌김에 비해 향도 더 좋다.

곱창돌김 한 장 한 장에 참기름을 발랐다. 당연히 참기름은 향이 강하지 않은 저온 압착 참기름을 사용했다. 그리고 소금은 늘 그렇듯 태안 자염을 뿌렸다.

'이렇게 만들면 김 한 장에 대체 얼마를 받아야 하는 거야?'

직업이 직업인지라 김을 재며 원가 계산을 해봤는데, 상품으로 출시했다가는 소비자들이 기절하지 않을까 싶었다. 그렇게 이런저런 생각을 하며 몇 장이나 발랐을까? 슬슬 어깨가 뻐근해지고 허리가 묵직해지기 시작했다. 자연스레 집 반찬에 형과 누나 그리고 내 도시락 반찬까지 싸주시던 어머니가 떠올랐다. 그래서 어머니가 만날 어깨가, 허리가 아프

섰구나 생각하니 가슴이 울컥했다.

　시간과 정성을 들여 준비한 김을 다 재고, 직화로 구울까 하다가 넓적한 프라이팬을 가열해 김을 구워보았다. 시장을 오가며 눈여겨봤던 방법이었다. 한 장 한 장 구운 김을 자르고 윤희를 불렀다.

　"김윤, 이것 좀 먹어봐!"

　윤희와 함께 흰 쌀밥에 김을 올려 입에 넣었다.

　"아……!"

　절로 탄성이 터졌다. 갓 지은 밥과 갓 구운 김의 궁합은 정말 한없이 자애로웠다. 12첩 왕의 반상인들 부럽지 않았다. 거기에 일반 김, 일반 참기름, 일반 소금이 아닌 곱창돌김, 저온 압착 참기름, 태안 자염으로 구운 김이라면 두말할 필요가 없었다.

　"김윤, 어때?"

　윤희에게 물었지만 윤희는 아무 말 없이 김만 먹고 또 먹었다.

　하루는 참기름 대신 들기름을 발라 김을 구워봤다. 나는 사실 참기름보다는 들기름 특유의 야생성을 더 좋아한다. 윤희 입맛에도 맞으면 앞으로는 들기름을 바를 계획이었다. 그러나 김을 입에 넣자마자 윤희의 얼굴이 일그러졌다.

　"아빠, 김 맛이 왜 이래?"

　"들기름으로 구워서 그래. 아빠는 들기름으로 구우면 더 맛있거든."

　"그건 아빠 입맛이고!"

　윤희가 짜증을 부렸다. 윤희 입에는 들기름이 맞지 않았던 것이다. 그 뒤로 며칠을 나 혼자 먹으면서 윤희에게 권했지만 여전히 돌아오는 대답은 '아니'였다.

들기름 김을 다 먹고 다시 김을 구웠는데, 이번에는 아무것도 바르지 않고 그냥 구워버렸다. 그래도 내 입맛에는 좋았다. 하지만 윤희는 들기름 때보다 훨씬 더 성화를 냈다. 새우나 조개 같은 바다 향이 나는 해산물을 질색하는 윤희 입맛에는 비릿한 향이 그대로 올라오는 맨 김이 맞을 리가 없었던 것이다.

그 이후로 윤희에게는 참기름을 발라 구운 김만 준다. 윤희 모르게 들기름 몇 방울을 넣었는데 아직까지 들키지는 않았다. 그리고 나는 맨 김을 구워 먹는다. 추억의 절반은 맛이라 하지 않았던가. 지금 당장은 윤희가 먹지 않더라도, 아빠와 함께 먹는 식탁에 맨 김이 있었다는 기억만이라도 남길 수 있도록 말이다.

"그게 맛있어?"

내가 맨 김에 밥을 싸서 먹는 모습을 보고 윤희는 이해가 안 된다는 표정을 짓지만 말이다.

나는 직접 김을 굽는다. 김이 흔하디흔한 반찬이 된 세상이지만 정성을 다해 굽는다. 그러면 그 김은 결코 흔한 게 아니다. 가치는 정해진 것이 아니라 만들어가는 것이니까. 부모가 아이를 키우는 것도 그렇지 않을까? 아이는 정해지지 않았다. 부모와 함께 어떻게 커 가느냐에 따라 아이의 가치는 달라질 거다. 그걸 믿기에 나는 매일 정성껏 김을 굽는다. 윤희에게 맛있는 반찬을, 즐거운 기억을 선물하려고.

나는 직접 김을 굽는다.
김이 흔하디흔한 반찬이 된 세상이지만 정성을 다해 굽는다.
그러면 그 김은 결코 흔한 게 아니다. 가치는 정해진 것이 아니라
만들어가는 것이니까. 부모가 아이를 키우는 것도 그렇지 않을까.
아이는 정해지지 않았다. 부모와 함께 어떻게 커 가느냐에 따라
아이의 가치는 달라질 거다.

숙성의 맛,
성장의 맛

. . . .

수제 육포

숙성육에 대해서 열심히 공부한 적이 있다. 숙성 기간을 15일, 30일, 45일씩 달리하며 맛을 조사하는 등 숙성육으로 다양한 실험을 했다. 식품 MD로서의 일이기도 하지만, 고기를 좋아하는 윤희에게 조금 더 맛있는 고기를 먹이고 싶은 아빠의 마음이 더해지니 공부도 훨씬 더 잘됐다. 협력업체에서 주는 상품만 판매해도 상관없지만, 무릇 식품 MD라면 음식의 원리와 변화 정도는 알고 있어야 한다는 게 평소의 내 생각이다.

우리 집에는 김치냉장고 두 대, 일반 냉장고 한 대가 있는데, 김치냉장고의 한 칸을 비워 200그램 단위로 소포장한 고기를 숙성하며 실험을 진행했다. 숙성육의 성공과 실패는 온도와 진공 포장에 달려 있다. 일반 냉장고처럼 문을 자주 열고 닫으면 온도 관리가 힘들 수밖에 없다. 만약 일반 냉장고에서 고기를 숙성할 때는 얼음을 채운 밀폐용기에 담아 숙성하는 게 좋다.

　숙성이 잘된 고기는 포장을 풀면 발효된 유산균으로 인해 요구르트나 치즈 냄새가 난다. 하지만 온도 관리에 실패하거나 조금이라도 고기에 산소가 닿았다면 포장을 푸는 순간 사방에 썩은 내가 난다. 말 그대로 숙성한 고기가 아니라 썩힌 고기가 된 것이다. 그런 고기는 가차 없이 버려야 한다. 아깝다고 가지고 있어봤자 집에 쾨쾨한 썩은 내만 풍길 뿐, 잘못해서 먹기라도 했다가는 응급실 신세를 져야 한다.

　'이번에는 숙성육으로 뭘 만들어볼까······.'

　숙성육으로 스테이크, 불고기 등 다양한 레시피를 윤희를 베타테스터로 삼아 시험해보다가 괜찮은 아이디어가 하나 더 떠올랐다.

　'숙성육 육포는 어떨까?'

　전통적으로 육포를 만드는 과정은 무척 번거롭다. 바람이 잘 통하는 그늘에서 고기를 말리며 간장 소스를 발라줘야 하는데, 수시로 바르고 뒤집으며 며칠 동안 육포를 붙잡고 늘어져야 한다. 이런 번거로운 방법 말고 다르게 만들 수 없을까 고민했다. 일반적인 방법을 답습한다는 것은 의미가 없는 일이기 때문이다. 고민 끝에 간단한 방법을 생각해봤다.

　'고기가 좋으면 소금만으로 가능하지 않을까?'

　향신료는 냉장고가 없던 시절에야 항균과 보존 그리고 나쁜 냄새를 없애기 위해 꼭 필요했겠지만, 지금처럼 집집마다 냉장고가 있는 시절에는 있어도 그만 없어도 그만인 식재료라는 게 개인적인 생각이다.

　아이디어를 떠올렸다면 이제 실행만 남았다. 먼저 숙성육을 1센티미터 정도 두께로 잘랐다. 그리고 고기 위에 소금을 골고루 뿌려주고는 가정용 식품건조기에 넣었다. 자기 전에 65도로 12시간 세팅을 해놨더니 다음 날 아침에 고기가 잘 건조되어 있었다. 겉은 딱딱하지만 속은 말랑말랑했다.

'오, 이거 생각보다 훨씬 괜찮은데!'

씹을수록 고기에서 구수한 육즙이 흘러나와 맛이 좋았다. 육포 만들기에 성공했다 확신하고 베타테스터 윤희를 불렀다.

"김윤, 빨리 와서 이것 좀 먹어봐!"

"이거 뭐야? 육포처럼 생기기는 했네……. 조금만 떼 줘."

아빠 밥을 그렇게 먹고 자랐으면서도 윤희는 새로운 음식 앞에서 항상 경계의 눈초리를 번득인다. 먹어도 탈나지 않는 놈만 준다는 것을 분명 알고 있음에도 말이다! 그렇다고 처음이자 최고의 베타테스터한테 뭐라 할 수도 없고. 육포를 쭉 찢어 작은 놈으로 건넸다.

"좀 짜네. 다음에는 소금 간 좀 신경 써봐."

오물오물 육포를 씹던 윤희가 한마디 툭 던지고는 제 방으로 들어갔다. 그런데 짜다면서, 맛있다고 칭찬도 안 해주면서 하나 더 들고 들어가는 이유는 뭔데? 게다가 얼마 지나지 않아 방에서 쪼르르 나오더니 두 개를 더 가져갔다.

'짜식, 맛있으면 맛있다고 하지.'

남은 육포를 냉장고에 넣어뒀더니 윤희 녀석이 냉장고 앞을 지나갈 때마다 하나씩 꺼내 물며 다 먹어치웠다. 그렇다고 더 해달라는 소리는 없었다. 있으면 좋고 없어도 아쉬울 거 없다는 윤희의 언제나의 그 태도 그대로였다.

소고기 숙성육 육포에 성공한 김에 버크셔 돼지고기로도 도전을 해 봤다. 특히 비계가 붙어 있는 앞다릿살을 이용했다. 버크셔 돼지를 키우는 농장에 갔을 때, 버크셔를 육종한 박화춘 박사가 권하는 바람에 난생처음 비계를 생으로 먹어본 적이 있었다. '식품 MD가 겁먹은 모습을 보이면 안 되지' 하는 마음에 눈 딱 감고 먹었는데 의외로 부드럽게 녹는 비계 맛이 꽤 괜찮았다. 그 경험이 있기에 비계를 함께 말려도 괜찮겠다 싶었다.

소고기와 달리 12시간 정도를 말렸는데도 비계 부분이 덜 말라 몇 시간 더 건조를 했다. 역시 살코기 부분은 예상한 맛 그대로였다. 그런데 비계를 맛본 순간 깜짝 놀랐다. 그 맛이 신세계였다! 바짝 마른 비계가 입에 들어오자마자 체온에 녹으며 입 안에 풍미를 가득 풍겼다. 학교에 갔다 온 윤희한테 건넸더니, 역시 소보다는 돼지고기를 좋아하는 식성답게 지난번보다 맛있단다.

그날 밤 둘이 TV를 보며 육포를 씹었다. 윤희는 살코기, 나는 비계를 공략했는데, 역시 고기만 씹을 때보다 훨씬 풍미가 좋았다.

"김윤, 맛있어?"

"응, 이건 좀 괜찮네."

"아빠는 비계 있는 부분이 더 맛있는데……."

윤희의 '괜찮다'는 대답에 자신감을 얻어 슬쩍 비계를 권하자 윤희가 인심이라도 쓰듯 말했다.

"응, 그러니까 비계는 아빠 먹어."

그 뒤로 스테이크를 만들기 위해 돼지 등심을 주문하면, 남은 자투리 살로는 육포를 만든다. 윤희 간식으로도 좋고, 장거리 운전할 때 허기를 달래기에도 좋기 때문이다. 아, 윤희가 잠든 늦은 밤 아내와 함께 간단히 한잔할 때의 술안주로도 안성맞춤이다.

윤희는 지금 쑥쑥 자라고 있다. 성장의 시간을 지나고 있다. 그 시간이 너무 빨라서 좌충우돌 정신이 없을 때도 많지만, 성장이란 원래 그런 맛이 아니겠는가. 그리고 언젠가 윤희에게도 숙성의 시간이 찾아올 거다. 나는 그때를 기다리고 있다. 숙성의 맛을 알기에 기다리는 시간이 마냥 지루하지만은 않다. 사실은 그때가 빨리 왔으면 싶다가도 한없이 늦게 찾아왔으면 싶기도 하다. 부모도 이렇듯 좌충우돌 성장하고 숙성해가는 것일 테다. 아이를 키운다는 것은.

화려한 거, 요란한 거, 비싼 거. 그런 것보다
네가 매일 먹는 밥, 그걸 더 많이 신경 썼어

**PART
2**

넌 이렇게 좋은 거 먹고 컸어

낯선 것에
익숙해지는 법

· · · · · · · · · · · · · · · · · · · ·

소금과 감자와 군만두

"아빠 소금은?"

윤희가 우리 집에서 먹는 태안 자염을 따로 찾을 때가 있다. 바로 찐 감자와 군만두를 먹을 때다. 감자랑 만두를 소금에 찍어 먹는다고 하면, 고개를 갸우뚱하는 분들이 많이 계실 거다. 보편적인 방법은 아니기 때문이다. 윤희 역시 처음에는 소금의 맛을 몰랐다.

찐 감자는 6월과 9월 사이, 내가 윤희한테 종종 해주는 간식이다. 왜 6월과 9월 사이에만 해주냐고? 윤희에게 쪄주는 감자가 이 시기에만 나오기 때문이다.

감자는 점질감자와 분질감자로 나뉘는데, 두 감자는 각기 다른 특징이 있다. 점질감자는 물기가 많고 단단하며 열에 강한 특징을 가지고 있다. 반면 분질감자는 삶았을 때 감자 표면에 하얀 분이 나고 혀와 입천장의 압력만으로도 쉽게 부서지는 특징을 가지고 있다. 바로 이 분질감자가

장마가 시작하는 6월부터 가을이 시작되는 9월 사이에만 나온다. 남작, 두백, 하령 같은 낯선 이름의 품종들이 대표적인 분질감자다.

윤희가 유치원에 다닐 때부터 여름이 되면 분질감자를 구해 쪄주거나 구워줬다. 처음에는 익숙한 설탕과 함께 감자를 먹었다. 어린아이의 입에는 역시 설탕의 단맛이 익숙하니까. 윤희는 고사리 손으로 찐 감자를 호호 불면서 달콤한 설탕에 찍어 오물오물 잘도 먹었다.

그러다가 윤희가 초등학교 3학년에 올라가고서부터 살살 꾀기 시작했다. 처음부터 소금을 앞에 들이밀지는 않았다. 감자를 찌면 윤희에게는 설탕을 내주고, 대신 나는 소금을 찍어 먹었다. 아이들은 새로운 것 앞에서 호기심을 가지고 다가오거나, 본능적으로 뒤로 물러선다. 윤희는 대체적으로 뒤로 물러서는 타입이다. 그러니 소금을 찍어 먹어보라고 권해도 싫은 소리 듣기 십상이었다. 이럴 때는 옆에서 꾸준히 보여주는 것만으로도 좋다. 낯선 것을 꾸준히 보여줘 조금씩 익숙해지게 만드는 것이다.

1년 뒤, 여름이 되자 감자를 다시 주문했다. 그리고 김이 모락모락 나는 찐 감자를 소금에 맛나게 찍어먹고 있으니 윤희가 슬쩍 물었다.

"아빠, 감자 소금에 찍어 먹으면 맛있어?"

"응, 설탕보다 맛있어."

이 녀석이 이제 미끼를 무는구나 싶었다. 그러나 잠시 소금을 바라보던 녀석이 그냥 자기가 먹던 대로 설탕에 푹 찍어 먹었다. 괜찮았다. 밀당만큼 재미있는 게 또 있겠는가.

장맛비가 오락가락하는 어느 오후였다. 내리던 비가 그치고 해가 슬그머니 머리를 내비치고 있었다. 간식으로 찐 감자를 먹기 딱 좋은 날씨였다. 감자를 찌고는 윤희를 불렀다.

　　"윤, 감자 먹자."

　　평소대로 설탕과 소금을 준비했다. 감자 껍질을 벗겨 접시에 놓는데, 윤희가 슬그머니 또 물었다.

　　"아빠, 진짜 소금으로 먹는 게 더 맛있어?"

　　"궁금하면 먹어봐. 아빠가 너한테 먹는 걸로는 거짓말 안 하잖아."

　　"안 했나?"

　　윤희가 툭 묻는 순간 목이 콱 메었다. 차라리 감
자 먹다 목이 메지. 딸 한소리에 목이 메다니……. 그
런데 감자를 조금 떼어낸 윤희가 마침내 소금에 살짝 찍어 오물오물 혓바닥에서 굴리듯 씹는 것이었다. 마치 약을 먹듯 조심스런 모양새였다. 다행히 윤희의 표정이 나쁘지 않았다.

　　"뭐 괜찮네."

　　윤희는 그리 말하면서도 이내 다시 원래대로 감자를 설탕에 찍어 먹었다. 하지만 무엇이든 처음이 어렵지 두 번째부터는 쉬운 법이 세상의 이치 아니겠는가. 역시나 감자 하나를 다 먹고 하나를 더 까주니 윤희가 감자를 소금에 찍어 먹었다.

　　"어때 소금이 더 맛있지? 소금은 짠맛도 있지만 재료가 가지고 있는 맛을 돋보이게 하는 역할도 해."

"몰라. 그래도 아직은 설탕이 더 맛있는 거 같아."

"응, 윤희 편한 대로 먹어."

이런 소소한 공방을 몇 번 겪고 나니 10킬로그램 감자 한 박스가 바닥을 보이기 시작했다. 그리고 윤희가 어느 날 마침내 설탕이 없어도 된다고 했다. 비로소 소금의 맛을 알게 되었던 것이다. 그래서 다음으로 윤희에게 소개해준 것이 군만두였다.

지금은 사라졌지만 서울 신정네거리역에서 집으로 올라가는 언덕길을 끼고 시장이 길게 자리 잡고 있었다. 퇴근길에 찬거리를 즐겨 구입하는 곳이었는데, 역시 시장의 매력은 소소한 간식이 아니던가. 동네에 떠도는 소문에 분식 팔아서 빌딩을 올렸을 거라는 오래된 떡볶이집에서 윤희랑 떡볶이에 순대랑 튀김을 종종 먹었는데, 초등학교 입학한 뒤로 주문은 항상 윤희가 하도록 했다. 정해진 금액 내에서 먹고 싶은 것을 골라 주문하게 한 것이다.

처음에는 많이 어려워했지만, 윤희는 조금씩 지출 계획을 짜나가기 시작했다. 이것저것 원하는 대로 사주는 것은 아이에게 좋지 못한 소비 습관을 들이게 한다. 어릴 때부터 계획을 짜는 습관을 들여야 하는 것이다. 실제로 어릴 때부터 습관을 들여서 그런지 윤희는 금액 내에서 떡볶이와 순대 그리고 군만두를 주문했다. 그리고 떡볶이 국물에 군만두를 찍어먹는 윤희 앞에 소금 종지를 슬쩍 들이밀었다. 그러자 윤희가 눈을 동그랗게 떴다.

"이것도 소금에 찍어 먹으라고? 순대만 그러는 거 아냐?"

"한번 찍어 먹어봐. 나름 맛있어."

살짝 의심의 눈초리를 보내던 윤희가 찐 감자 먹던 때를 떠올렸는지 용기를 냈다. 그리고 내 예상처럼 별소리 없었다. 괜찮다는 신호였다. 그날 이후로 군만두를 먹을 때면 윤희는 간장 종지를 쓰지 않게 됐다.

집에서 군만두를 구울 때는 후추가 잔뜩 들어간 대기업 제품은 삼간다. 초록마을에서 내가 기획한 만두나 쿠팡에서 만들었던 버크셔 만두를 구워주는데, 이 둘은 고기를 최대한 넣어서 만든 제품이다. 고기나 두부 같은 재료가 튼실하면 후추로 맛낼 필요가 없다. 그런데 윤희가 아빠가 기획한 만두보다 더 좋아하는 만두가 있다. 아주 가끔 연남동이나 연희동에 있는 만두 전문점에서 만두를 사오면 윤희는 눈에 불을 켜고 달려든다. 그럴 때마다 역시 아무리 좋은 재료로 만들어도 가공식품은 한계가 있다는 생각이 든다.

해마다 6월이 되면 멀리 남쪽에서는 여름 감자가 나온다. 그런데 지난해까지 주문해 먹던 영덕의 생산자가 감자 농사를 안 지어 올해는 전라도의 신품종 감자를 주문했다. 포슬포슬함이 다른 것 못지않다고 해서 그 맛이 궁금한데, 결국 중요한 건 윤희가 좋아할지 안 할지 아니겠는가. 까다로운 윤희 입맛에 맞다면 그럼 된 거다. 부모 마음이란 다 그렇다.

세상에서 가장 비싼 새우

새우튀김

윤희가 초등학교에 입학했을 때였다. 우리 부부에게 큰 고민을 안겨준 게 바로 윤희의 휴대폰 문제였다. 어린아이한테 휴대폰을 사주는 시기는 늦으면 늦을수록 좋다는 말을 나 역시 수긍한다. 휴대폰보다는 손에 책을 쥐고 있어야 할 나이이니까.

하지만 맞벌이 부모의 입장은 또 다를 수밖에 없는데, 윤희가 집 근처 외할머니 댁에서 살다시피 하며 근처 학원에 다니니 자주 통화해야 할 일이 생겼기 때문이다. 학원 갔다 올 시간이 지났는데 안 들어온다는 할머니의 연락에, 허겁지겁 학원에 전화를 걸어야 할 때도 많았다. 윤희랑 통화를 못하니 애가 닳는 경우가 심심찮게 생겼던 것이다. 결국 윤희에게 휴대폰을 사줘야겠다고 결정을 했는데, 그냥 사주기보다는 뭔가 구실이 있으면 좋을 것 같았다. 아이에게는 선물을 줄 때도 그 이유를 명확히 하는 게 좋다고 생각했기 때문이다. 때마침 좋은 기회가 찾아왔는데, 사연은 이렇다.

매년 봄과 가을이 되면 우리 집은 양가 행사로 바쁘다. 봄에는 본가의 아버지, 처가의 장모님 생신이 일주일 간격으로 잡혀 있고, 가을에는 어머니와 장인어른의 생신이 일주일 간격이다.

그해 장모님 생신은 횟집에서 치렀다. 장모님께 어디가 좋으실지 여쭤보니 동네에서 유명한 횟집을 고르셨기 때문이다. 강원도 강릉이나 고성에서 수산물을 직송하는 곳으로, 나도 종종 들러 한잔하던 단골이라 장모님 생일 축하 자리로도 괜찮다 싶었다. 그런데 예약을 하고 나서야 아차 싶었다.

'윤희 녀석 심통 부리겠네. 이를 어쩐다……'

윤희는 회도, 같이 나오는 해산물도 전혀 먹지 않았다. 통영에 놀러가서 활어와 수산물을 파는 중앙시장에 갔다가 윤희 때문에 구경도 못한 적도 있었다. 생선 비린내 때문에 못 살겠다니 어쩌겠는가. 같이 갔던 일행들이 싱싱한 생선과 말린 건어물을 사는 동안 윤희랑 손 꼭 잡고 꿀빵 하나를 오물오물 씹던 기억이 지금도 생생하다.

어린아이들 대부분이 생선 비린내를 싫어한다지만, 윤희는 정도가 정말 심한 편이다. 집 근처 시장의 어물전 앞을 지날 때도 코를 막고 뛰어갈 정도고, 매년 꽃게 철에 처갓집에서 꽃게 찜을 먹을 때도 윤희를 위해 따로 삼겹살이나 돼지갈비를 구워야 할 정도다. 모두가 게 다리를 들고 뜯을 때 윤희는 할아버지가 옥상에서 키운 상추에 돼지갈비 쌈을 먹는다. 다들 게가 더 맛있다고 권해도 윤희는 도리질만 할 뿐 꿈쩍도 안

한다. 아주 어렸을 때도 할머니가 게살을 조금 떼서 입에 넣어주면 곧바로 뱉어냈다. 할머니나 외할머니는 물론이고 가족 중에서도 게를 싫어하는 사람이 없는데 윤희만 유별났다. 그러니 횟집에 들어서는 윤희 표정이 어땠겠는가.

"아빠, 미워!"

"미안해. 그런데 할머니께서 회가 드시고 싶대. 내년에는 윤희가 좋아하는 고깃집으로 하자고 아빠가 이야기할게."

어르고 달래 간신히 자리에 앉히고는 생선구이부터 먼저 청했다. 다행히 생선 구운 것은 비린내가 덜해 곧잘 먹기 때문이었다. 그렇게 윤희가 생선구이에 밥을 먹는 동안 회가 나오고 새우, 오징어, 고구마, 단호박 튀김이 나왔다. 윤희는 새우튀김은 안 먹는데 오징어 튀김은 조금 먹는다. 희한하게도 반건조 오징어 구이는 또 잘 먹는다. 내 딸이지만 정말 이해가 안 갈 때가 많다. 오징어 튀김을 먹는 윤희를 보다가 이때다 싶어 윤희에게 제안을 했다.

"김윤, 새우튀김 먹으면 아빠가 휴대폰 사줄게. 소원이잖아."

윤희를 키우면서 처음이자 마지막으로 무엇을 하면 소원을 들어주겠다는 제안을 한 순간이었다.

"진, 진짜?"

윤희의 눈이 휘둥그레졌다. 가슴에 손을 얹으면 쿵쿵대는 심장 소리에 깜짝 놀랄 게 분명했다.

"잠시, 잠시만! 나 생각 좀 할게."

윤희의 말에 나는 가만히 있었다. 내가 아니어도 주변에서 알아서 윤희를 부추겼다. 처제와 할머니가 바람을 넣고, 아내는 윤희에게 먹기 싫으면 먹지 말라고 역공작을 펼쳤다. 처제가 새우 머리를 떼어 몸통만 내밀자 한참을 손을 들었다 놨다 하던 윤희가 마침내 눈을 질끈 감고는 새우를 먹었다. 그러고는 몇 번 씹더니 꿀꺽 삼키고는 한숨을 푹 내쉬었다. 먹는 동안 숨을 참았던 거다.

"윤, 맛없지는 않지?"

"응. 그렇게 이상하지는 않네. 그래도 더는 안 먹을래."

무슨 끔찍한 경험을 했다고 몸을 부르르 떤 윤희가 이내 나를 빤히 쳐다봤다. 당장 휴대폰 내놓으라는 눈빛이었다. 하지만 그날은 대리점이 열려 있는 곳도 드물고, 사봤자 개통도 안 되는 토요일 저녁이었다.

나는 월요일에 반차까지 내고 학교 수업이 끝난 윤희를 데리고 대리점을 찾아 휴대폰을 사줬다. 윤희는 단축번호 1번을 아빠 번호로 입력했다. 그다음은 자기가 좋아하는 순서대로 입력했는데, 엄마의 단축번호를 물어봤더니 '노코멘트'라고 했다. 그때 알았다. 1학년 어린아이도 숨기고 싶은 비밀이 있다는 것을.

윤희에게 휴대폰이 생기고 몇 년이 지난 어느 날이었다. 윤희가 시장에서 떡볶이를 사왔는데, 순대에 새우튀김까지 종이봉투에 담겨 있지 않은가!

"김윤, 너 새우튀김 먹어?"

"응, 떡볶이 먹을 때만. 친구들이 맛있대서 같이 먹어봤는데 괜찮더라고."

윤희가 별거 아니라는 듯 말하고는 새우튀김을 떡볶이 국물에 맛있게 찍어먹었다. 한때는 끔찍하게 여기던 새우튀김이 윤희의 입 속으로 바쁘게 사라져갔다.

그 모습을 보며 역시 아이에게 싫어하는 음식을 억지로 먹일 필요는 없다는 것을 다시금 확신했다. 나 역시 어렸을 때는 안 먹는 게 많았다. 대학에 들어가 소주를 마시면서 자연스럽게 전부 다 먹게 됐다. 대파도 대학 때부터 먹은 것 중의 하나다. 그래서 윤희가 라면에 묻은 조그만 대파를 건어내는 걸 보고도 별말 하지 않는다. 어차피 나중에 다 먹게 될 테니 말이다. 언젠가 다 소중한 안주가 될 것이다.

맞다. 나는 벌써부터 성인이 된 딸내미와의 한잔을 학수고대하고 있다. 그때가 되면 나는 세상에서 가장 비싼 새우튀김을 먹었던 옛 추억을 나누며 윤희와 킬킬대고 있지 않을까. 그날이 빨리 왔으면 좋겠다.

별미를 느끼게 해주고파서

찬물에 보리굴비

1995년 식품업계에 처음 발을 들여놓았을 때만 해도 굴비는 스무 마리 한 두름을 기본으로 포장해 팔았다. 그런데 어느 시점부터 열 마리를 한 두름으로 엮어 판매하더니, 요즘은 굴비로 유명한 전남 영광이나 법성포도 열 마리 포장이 대세로 자리 잡았다.

2000년도 초반 초록마을에서 일할 때, 나는 과감히 딱 두 마리로 포장을 묶었다. 먹을 만한 크기의 굴비를 한꺼번에 열 마리나 구입할 사람도 드물거니와 포장재 가격 거품을 뺀다면 좋은 굴비를 조금이라도 더 저렴하게 팔 수 있을 거라 판단했다. 내 예상처럼 소포장 굴비는 큰 인기를 끌었다.

나는 요즘도 매년 수차례 영광을 찾는다. 그리고 그때마다 굴비가 더 이상 굴비가 아니라는 생각을 한다. 저염식이 유행하며 굴비도 간이 약해졌을 뿐만 아니라, 예전에는 두어 달 건조하던 걸 지금은 고작 여섯 시간 정도만 건조하기 때문이다. 여전히 굴비라고 부르지만 오랫동안 바싹 말리지 않고 수분만 조금 뺀 것이니 '저염 조기'라 부르는 게 정확하지 않을까 싶다. 그래서 이름뿐인 굴비 말고, 다른 대안은 없을까 고민하다가 찾은 것이 보리굴비였다.

보리굴비는 냉장고가 없던 시절, 해풍에 말린 굴비를 상하지 않게 겉보리에 보관하면서 불리기 시작했다. 영광 칠산 바다를 찾은 조기떼가 그물에 올라와 햇볕에 익어가는 시기가 보리를 수확하는 시기와 겹치기도 하거니와 굴비가 보리의 향을 머금어 짠맛도 줄고 비린내가 없어지기 때문이다.

영광 시내를 둘러보면 보리굴비 정식을 파는 곳이 쉽게 눈에 띈다. 풍성한 남도 반찬에 큼지막한 보리굴비를 내는 점심 특선이 1인분에 3만 원 정도다. 값은 비싸지만 시원한 녹차 물에 밥을 말아 굴비를 찢어 먹으면 여름날 이보다 더 좋은 밥상은 없다 싶다.

그런데 식당에서 파는 보리굴비는 사실 참조기가 아니라 대부분 부세다. 부세라고 무시하는 것은 절대 아니다. 사실은 같은 가격이면 참조기에 비해 맛이 떨어지기는커녕 살집이 두툼해 더 먹을 만한 게 부세라고 생각한다. 실제로 몇 년 전 영광에서 부세와 굴비를 사다가 집에서 비교 테스트를 한 적도 있었다. 테스트 대상은 역시 윤희였다. 부세와 굴비를 한 마리씩 찌고 윤희에게 줘보았다.

"김윤, 첫 번째가 맛있어, 두 번째가 맛있어?"

"첫 번째가 좋아. 부드러워."

윤희가 선택한 첫 번째는 부세였다. 부세가 살집이 있다 보니 굴비에 비해 씹는 맛이 부드러웠다. 굴비는 쫄깃한 맛이 조금 더 도드라졌다.

그럼에도 전통적으로 조기는 귀하고 값비싼 생선이고 부세는 흔하고 값싼 생선이라는 선입견 탓인지, 여전히 부세를 보리굴비로 속여 파는 곳이 많다. 이런 잘못된 인식은 하루빨리 바뀌어야 하지 않을까 싶다. 먹는 사람들이 혼동하지 않도록 정확한 정의가 필요한 음식도 있는 법이니까 말이다. 무엇보다 요즘은 국내산 부세를 사용하는 곳도 거의 없다. 대부분은 중국산 양식 부세를 수입한다. 굴비는 참조기를 말린 것만 굴비라 불러야 한다는 게 식품 MD로서의 고집이다.

내가 하는 굴비 요리는 대부분 찜이다. 오롯이 굴비 본연의 맛을 즐길 수 있고, 무엇보다 입맛 없을 때 간단하게 찌기만 해도 일품요리 못지않게 식탁이 풍성해지기 때문이다. 일반적으로 조기를 찔 때 소금기를 빼고 육질을 부드럽게 하기 위해 쌀뜨물에 20여 분 불리라고 하는데, 요즘 굴비는 염도도 낮고 바싹 말리지 않아 그럴 필요가 없다. 흐르는 물에 깨끗이 씻고 곧바로 찌면 된다. 시간이 흐르면서 식재료는 변하는데 레시피가 그대로인 것들이 너무 많다.

한여름 더위가 맹위를 떨치던 어느 날이었다. 보리굴비를 쪄 얼음까지 띄운 찬물에 말아 먹는 모습을 보던 윤희가 걱정스럽게 말했다.

"아빠, 배 아파."

뜬금없이 무슨 소린가 싶었는데 찬 거 많이 먹으면 배앓이를 한다는 뜻이었다. 이렇게 가끔 윤희도 저만의 방식으로 나를 걱정하는 듯싶다.

"김윤, 이 정도는 괜찮아. 이렇게 먹으면 별미야. 너도 먹어볼래?"

"그렇게 맛있으면 아빠나 먹어."

걱정도 잠시. 윤희는 언제나 마이웨이, 자기 방식대로 뜨신 밥에 굴비를 먹었다. 그런데 윤희가 갑자기 얼굴을 찌푸리더니 개수대로 달려가 입에 넣었던 굴비를 뱉어냈다.

"김윤, 왜 그래?"

"윽, 냄새가 이상해."

왜 그러나 싶어 확인해보니 까만 내장이 섞여 있었다. 아무리 잘 말려도 내장이 있는 뱃살 쪽은 살짝 고린내가 나기 마련이다. 나는 오히려 그 부위를 맛있게 먹지만 윤희 입에는 끔찍했을 거다.

굴비를 맛있게 먹는 다른 방법도 있다. 김치찌개에 한번 넣어보시라. 굴비를 넣고 국물을 내면 국물이 어찌나 시원한지 모른다.

오늘의 굴비 요리도 굴비김치찌개다. 굴비를 깨끗이 씻고 마늘 몇 쪽과 함께 냄비에 넣고 끓인다. 굴비는 살집이 적어 한 사람당 한 마리, 부세는 한 사람당 반 마리면 충분하다. 20분에서 30분 정도 끓여 굴비가 푹 익으면 잘 익은 김치를 넣고 한소끔 더 끓이면 된다. 매운맛을 좋아하면 청양고추 몇 개 썰어 넣으면 얼큰한 국물이 목을 넘어갈 때 감탄사가 절로 난다. 참조기 매운탕이 시원하다고 하지만 굴비의 꼬리지느러미에도 미치지 못한다. 시원한 국물에 밥을 비비고 김치와 굴비 살점을 올려 먹다 보면 금세 밥 한 공기가 뚝딱이다. 세상에 밥도둑을 자처하는 반찬들이 많다지만 굴비김치찌개는 진짜 대도(大盜) 중의 대도다. 얼음물에 먹는 굴비가 1이라면 굴비김치찌개는 거짓말 조금 보태 10정도랄까.

그럼 윤희의 밥도둑은 뭐냐고? 당연히 돼지갈비가 1등이다. 이 변하지 않는 윤희의 식성에 언제쯤 변화가 찾아올까 궁금해진다. 굴비의 포장이 바뀌듯이 세상은 늘 변하니까.

'가족(家族)'이라는 말도 좋지만, 함께 밥을 나눠 먹는
'식구(食口)'라는 단어가 더 정겹다던 어느 소설가의 말처럼.
딸을 위해 밥상을 차리지 않았다면 지금의 우리는
어떤 모습일까. 분명 지금과 많이 달랐을 것이다.

얼마나 입맛이 정확하면

버크셔 돼지곰탕

"안녕하세요, 옥동식입니다."

지난겨울 옥동식 셰프에게서 전화가 왔다. 옥동식 셰프와는 버크셔 국밥과 관련해 메신저로 몇 가지 조언을 해주면서 안면을 튼 사이였다. 그는 당시 재직하던 호텔을 그만두고 개인 식당을 준비하고 있었는데, 준비 중인 메인 메뉴가 바로 버크셔 돼지곰탕이었다. 전화의 목적도 버크셔 돼지곰탕의 마지막 레시피를 결정하기 전에 테스트를 해달라는 것이었다.

그런데 테스터는 내가 아니었다. 나는 단지 중간 전달자였고, 테스터는 비공식 한돈 홍보대사 윤희였다. 옥동식 셰프는 돼지곰탕을 먹은 윤희의 반응이 궁금하다고 했다. '얼마나 입맛이 정확하면 윤희에게 테스트를 부탁할까.' 기분이 묘했다. 분명 버크셔 품종으로 곰탕을 최초로 끓여 이 세상에 알린 것은 나였다. 그런 나를 제쳐놓고 윤희를 찾다니. 묘한 상실감을 느꼈다.

전라북도 남원의 버크셔 농장을 처음 찾은 때는 2014년 봄이었다. 버크셔 돼지고기 맛에 반한 나는 바로 그 자리에서 입점을 결정했다. 22년 식품 MD를 해오면서 그런 경우는 흔치 않았다. 아무리 맛있는 음식을 발견해도 고기나 과일과 같은 생식품은 포장 단위 등을 상황에 따라 수정하고, 가공식품의 경우는 원료의 배합 비율을 바꾸는 등 까다로운 절차를 거친 후에야 입점 결정을 내렸다. 하지만 버크셔 돼지고기는 예외였다. 지금까지 먹어왔던 돼지고기와 맛의 차원이 달랐다.

그날 집에 돼지고기 샘플을 가져와 수육을 만들었다. 식재료 자체가 좋으면 향신료가 필요 없다. 청리닭이나 제주 재래닭을 삶을 때 딱 마늘 한두 쪽만 넣고 삶듯이, 이날도 버크셔 돼지고기 앞다릿살 500그램에 마늘 두어 개, 소금만 조금 넣고 1시간을 삶았다. 그리고 윤희가 좋아하는 상추까지 준비했다.

"오호, 돼지고기네. 근데 왜 안 구웠어?"

돼지고기여도 윤희는 삶은 것보다는 양념해서 구운 걸 좋아한다.

"테스트야. 한번 먹어봐."

윤희가 흥미로운 얼굴로 맛을 보더니 괜찮다고 했다. 맛이 아주 좋다는 표현이다. 이런 식으로 윤희는 내 첫 번째 테스터 역할을 자주 했고, 그 테스트 결과를 페이스북에 자주 올렸다. 그러며 돼지고기 맛에 관해서는 가히 군계일학인 윤희 이야기가 주위에 슬슬 퍼지기 시작했고, 이를 눈여겨본 옥동식 셰프가 테스터로 윤희를 선택했던 것이다.

어쨌든 버크셔 돼지고기 500그램은 둘이 먹기에는 양이 많아 고기가 좀 남았다. 남은 고기를 냉장고에 넣고, 고기 삶은 물을 보니 국물이 맑았다. 맛을 보니 토종닭과 소고기 맛이 났다. 예전부터 고기 삶은 물은 따로 보관했다가 찌개를 끓였는데, 이 국물로는 국밥을 만들어도 괜찮겠다 싶었다. 다음 날이 휴일이라 늦은 아침을 준비하다 어제 남겨둔 국물이 생각났다. 마침 찬밥도 있어서 곰탕을 끓였다. 남은 국물 데우고 남은 고기를 넣은 것이 전부였지만 윤희도 맛있게 먹었다. 깍두기가 너무 크다는 잔소리 빼고는 별말이 없었다.

그런데 나도 맛있게 먹었지만 뭔가 아쉬움이 남았다. 기름을 제거하면 어떨까 생각도 해봤지만 그러면 돼지고기 고유의 풍미가 옅어질 듯했다. 그래서 그날 이후로 수육을 끓일 때 같이 넣을 식재료를 바꿔가며 수개월 동안 테스트를 해봤다. 대파, 생강, 통후추 등을 넣어봤지만 원하는 결과가 나오지 않아 불만이었다. 계속 식재료 조사를 하던 중 우엉이 돼지의 기름을 제거하는 데 효과적이라는 글을 봤다. 우엉을 준비해 수육을 끓였다. 몇 개월 동안 계속 수육을 끓이다 보니, 나도 나름 반선수가 되어 있었다. 처음에는 돼지고기의 특성을 몰라 고기가 부서질 정도로 너무 오래 삶았었는데, 어느새 쫀득하게 잘 삶게 됐다.

우엉을 넣으니 맛이 정말 달라졌다. 한층 깔끔한 맛이 났다. 아르키메데스가 '유레카'를 외치며 욕조를 뛰쳐나갔듯 국자를 들고 주방을 뛰쳐나가고 싶었다. 윤희의 반응도 좋았다. 심지어 "오호 괜찮은데!" 하는 소리까지 들을 정도였다. 그 뒤로 돼지고기를 삶을 때는 항상 우엉을 넣는다. 버크셔 돼지고기의 너무 진한 맛을 잡는 데는 이것만 한 것이 없다. 우엉이 지방을 분해하는 효과가 있어서인지 국물도 그전보다 맑아졌다. 이렇게 만들어낸 국물이 지금 옥동식 셰프가 '옥동식'에서 만들고 있는 돼지곰탕의 원형이 되었다. 최근에는 녹각영지로도 테스트를 해봤는데 우엉과 비슷한 효과가 났다. 이건 아직 어떤 셰프도, 생산자도 모르는 비법인데, 이 책이 베스트셀러가 되면 어쩌지?

남원으로 설날 관련 출장을 다녀오는 길, 옥동식 셰프와 통화를 하고 용산역에서 만나 국밥 샘플을 받았다. 때가 저녁때인지라 아빠만 오기를 기다리는 윤희 때문에 긴 이야기는 나누지 못한 채 서둘러 집에 왔다. 밥을 하고 옥동식 셰프가 준 국밥 샘플을 데웠다. 윤희를 부르고, 마치 내가 한 것처럼 시치미를 떼고 맛을 보여줬다.

"어때, 윤?"

"흠, 아빠가 한 거 아니지?"

윤희의 질문에 깜짝 놀랐다. 대체 어떻게 알아챘을까?

"아빠는 고기 두껍게 썰잖아. 이렇게 얇게 못 썰어."

윤희의 대답에 또 한 번 놀랐다. 내가 보기에는 두께가 거기서 거긴데 말이다. 내 딸이라서가 아니라 옥동식 셰프가 테스터를 기막히게 선정한 것은 분명했다.

"사실 아빠 아는 사람이 테스트 좀 해달라고 부탁해서. 어때?"

국물과 고기를 먹고는 윤희가 딱 두 마디 했다.

"국물은 괜찮네. 근데 고기가 너무 얇아. 씹을 게 없어."

윤희 말을 옥동식 셰프에게 그대로 전했다. 그리고 나중에 물으니 진짜로 고기 두께를 살짝 조정했다고 귀띔했다. 하루에 딱 100그릇만 파는 옥동식 셰프의 돼지곰탕은 지금도 손님보다 음식이 먼저 동이 날 정도로 인기다. 한 일간지 인터뷰에서 옥 셰프가 윤희에 대해 언급한 기사가 나와서 윤희에게도 보여줬다. 그랬더니 윤희가 별 관심 없는 듯 툭 한마디 던졌다.

"그래? 알았어."

자기가 조언한 국물이 많은 사람의 입맛을 사로잡고 있다는 말에 으쓱댈 줄 알았는데 내가 틀렸다. 윤희에 대해 모르는 것이 이렇게 하나 더 늘었다. 모른다는 것은 새롭다는 뜻도 된다. 세상에 처음 나온 그날의 윤희처럼 내게 딸이란 언제나 새로운 존재다. 그래서 세상 모든 아빠들을 바보라고 하는가 보다.

자기가 조언한 국물이 많은 사람의 입맛을
사로잡고 있다는 말에 으쓱댈 줄 알았는데 내가 틀렸다.
딸에 대해 모르는 것이 이렇게 하나 더 늘었다.
모른다는 것은 새롭다는 뜻도 된다.
세상에 처음 나온 그날처럼 내게 딸이란 언제나 새로운 존재다.
그래서 세상 모든 아빠들을 바보라고 하는가 보다.

싫은 것도
때로는 도움이 된다

호랑이콩밥

"김윤, 뭐 해?"

윤희가 밥 사이사이 숨은 콩을 골라내느라 정신이 없다. 그것도 쌀알과 크기가 엇비슷한 렌틸콩이니 오죽 집중을 할까. '세계 5대 건강식품'에 선정되었대도, 유명 연예인이 즐겨 먹으며 유행 중이라 얘기해줘도 윤희의 반응은 한결같다. 쌀은 쌀이요, 콩은 콩일 뿐이다.

'그 집중력으로 공부를 좀 해봐라!'

아빠의 정성보다는 제 입맛이 먼저인 윤희가 얄밉다가도 서툰 젓가락질로 작은 콩과 씨름하는 모습을 보면 어느새 피식 실소가 난다.

"김윤, 그러지 말고 딱 한 번만 먹어봐. 진짜 고소하다니까."

"아니, 전혀."

아빠의 간절한 부탁도 단칼에 거절하는 윤희는 오로지 흰밥파다. 흰쌀밥에 뭐가 섞여 있으면 밥맛이 제대로 느껴지지 않는다나 뭐라나. 달달한 콩자반마저 퍽퍽해서 싫다니 할 말이 없다.

"아빠가 콩 좋아하는 건 이해하겠어. 하지만 아빠가 좋아한다고 나도 좋아하는 건 아니야. 앞으로 나한테는 주지 마."

윤희가 흰 쌀밥에 콕콕 박힌 콩을 골라내는 게 어지간히 짜증났는지 눈을 흘긴다. 그렇지만 나도 가끔가다 내가 좋아하는 걸 먹고 싶을 때가 있다. 그럴 때면 유명한 웹툰 이름처럼 '마음의 소리'를 따른다.

'너만 먹고 사냐? 나도 먹고 좀 살자!'

우리 집에서는 콩을 밀폐용기에 물과 함께 넣어 냉장고에 보관한다. 그러면 밥할 때마다 일일이 불릴 필요 없이 그때그때 사용할 수 있다. 많은 분들이 콩을 상온에 보관하는데 의외로 쉽게 상하는 게 콩이다. 그럴 바에야 냉장고에 넣어놓고 가끔 물만 보충하면 편하게 잡곡밥을 지을 수 있다. 현미도 마찬가지다. 보통 밥하기 10시간 전부터 현미를 불리는데, 이러면 식감도 떨어질뿐더러 시간도 많이 걸려 귀찮기만 하다. 이때도 앞의 방법을 따라 하면 쉽게 현미밥을 즐길 수 있다. 발아현미 공장을 몇 번 방문하며 체득한 방법이다.

내가 또 하나 눈물을 머금고 체득한 방법이 있다. 콩을 쌀과 섞지 않고 위에 고명처럼 올리고 밥을 짓는 것이다. 그게 무슨 노하우냐고? 콩을 싫어하는 윤희와 콩을 좋아하는 내가 찾은 타협점이니 나름 노하우 아니겠는가. 물론 밥주걱으로 일일이 콩을 내 밥그릇에 옮겨 담는 모습이 한심해 보일 때도 있지만, 뭐 어쩌겠는가. 각자 개성대로 먹는 거지.

윤희가 콩을 잘 안 먹어 귀리로 바꿔본 적도 있었다. 보리밥은 그래도 해주면 잘 먹으니 비슷한 귀리도 괜찮지 않을까 싶었던 것이다. 소심하게 귀리를 반 주먹 정도만 넣고 밥을 짓고, 윤희의 반응을 살폈더니 별다른 소리가 없었다.

'오호, 귀리는 입맛에 맞나 보네?'

콩보다는 반응이 괜찮은 것 같아 이튿날 과감하게 귀리 양을 늘렸다. 그러자 곧바로 반응이 왔다.

"아빠, 그만 좀 하지."

어제도 말은 안 했지만 알고 있었다는 뜻이었다. 결국 나는 가끔 귀리 반 주먹으로 타협 아닌 타협을 해야 했다.

얼마 전 충남 홍성을 찾았다. 2002년 가을 처음 방문한 뒤로 홍성은 고향보다도 더 많이 방문하는 고장이다. 해마다 쌀 작황이 다르니 매번 직접 찾아가 확인을 할 수밖에 없기 때문이다. 초록마을에서 일할 때는 한 달에만 몇 번을 다녔는데, 횟수는 많이 줄었지만 지금도 1년에 한두 차례는 꼬박꼬박 찾고 있다.

그런데 오랜만에 홍성을 찾았더니 비료 등 농자재를 팔던 작은 마트가 로컬푸드 매장으로 변신해 있었다. 전북 완주에서 시작한 로컬푸드 매장은 김포에서 꽃을 피운 후 전국 단위 농협 매장에 입점해 운영되는 곳이다. 잘 운영되는 매장도 있지만, 바나나 같은, 그 지역 특산품이 아닌 제품도 파는 등 아직까지 전체적인 운영이 매끄럽지는 않다. 그래도 로컬푸드 매장은 식재료의 보물 창고 같은 곳이다.

특히 채소는 다른 마트에서 취급하는 것보다 훨씬 좋다. 당연한 일이다. 채소는 땅에서 수확한 뒤에도 호흡을 한다. 그리고 호흡을 위해서는 에너지가 필요한 법이라, 수확해 에너지 공급이 중단된 순간부터 잎사귀의 포도당을 소비하게 되고, 결국 시간이 흐를수록 단맛이 떨어지게 된다. 즉, 수확과 동시에 채소는 맛을 잃기 시작한다. 그런데 로컬푸드 매장은 인근에서 갓 수확한 싱싱한 채소를 파니 에너지 손실이 적을 수밖에 없는 것이다.

판매대를 둘러보니 단호박, 가지, 감자 등 갖가지 신선한 채소들 사이에서 호랑이콩이 눈에 띄었다. 호랑이콩의 정식 명칭은 덩굴 강낭콩이다. 알이 크고 표면에 줄무늬가 있어 호랑이콩이라 불리는데 밤처럼 단맛과 고소한 맛이 나는 특징이 있다.

'호랑이콩을 넣어도 윤희가 뭐라 하지 않을 것 같은데……'

잠깐 고민하다가 호랑이콩 한 봉지를 구입했다. 가격도 착해 한 봉지에 3천 원이었다. 윤희가 갑자기 콩에 맛을 들여서? 천만의 말씀이다. 서툰 젓가락질로도 쉽게 골라낼 수 있을 만큼 알이 굵기 때문이다.

호랑이콩 옆에 진열된 말린 생강도 한 봉지 집어 들었다. 회색빛이 도는 모양새가 건조기에 넣고 집 앞 마당에서 직접 말린 것 같았다. 물론 말리지 않은 게 향이 좋지만 집에서는 생강을 자주 쓰지 않다 보니 상하는 경우가 많다. 향은 조금 손해 보더라도 말린 생강을 구입해 쓰는 게 낫다 싶었다.

출장을 끝내고 집으로 돌아와 호랑이콩을 넣고 저녁밥을 지었다. 역시나 윤희가 열심히 씩씩하게 콩을 골라 내 밥 위로 옮겨 담았다.

"김윤, 하나만 먹어보면 안 될까?"

"싫어, 콩 싫단 말이야."

"김윤, 아빠가 그랬지. 싫든 좋든 한 번은 먹어보고 거절하라고."

평소와 달리 아빠가 한 번 더 권하니 윤희도 분위기 파악을 했는지 삐죽 입을 내밀고는 콩을 집어 들었다. 그러고는 입에 넣고 오물대는데 딱 사약 받는 장희빈 표정이다.

"어때 맛은 있지? 꼭 밤처럼 고소하고 달지 않아?"

"음, 나쁘지 않네. 그래도 밥에는 넣지 마. 밥은 흰밥이 최고야."

흰밥 예찬론을 설파하며 윤희가 다시 젓가락을 놀려 콩을 골라냈다. 그런데…… 오호, 이제 보니 젓가락질이 몰라보게 달라져 있다. 역시 콩은 완전식품이다. 먹지 않아도 젓가락질 연습에 효과만점이니 말이다! 능숙하게 젓가락질을 하는 윤희를 보며 딸바보는 또 하나의 긍정론을 펼친다. 싫은 것을 골라내는 수고로움도 때로는 도움이 될 때가 있다고.

그날 이후 주방에서 굴러다니던 호랑이콩은 콩국수로 그 임무를 마쳤다. 매년 6월에서 7월 사이에 많이 나오는 호랑이콩은 밥에 넣어도 좋지만 콩국수를 해먹어도 좋다. 콩국수를 꼭 백태로 만들 필요는 없다. 콩이라면 어떤 콩이든 맛있는 콩국수를 만들 수 있다. 호랑이콩을 두어 시간 불려 삶은 뒤 믹서에 갈고, 삼베주머니에 걸러내 고소한 콩물을 만들면 완성이다. 연한 회색빛이 도는 호랑이콩 콩국수는 맛도 백태 콩국수보다 조금 더 구수하다. 더운 여름 나만을 위한 별미다. 윤희가 커서도 콩을 싫어할 수 있겠지만, 그래도 콩국수를 보면 제 아빠 생각은 나겠지.

부지런함을 배우고
가르치는 식탁

· · · · · · · · · · · · · · · · · · ·

곰탕과 장조림

어느 무더운 여름날이었다. 3년 숙성한 멸치액젓으로 담근 깍두기가 잘 익었나 맛을 봤다가 아뿔싸 큰일 났다 싶었다. 덜 익어서냐고? 너무 익어 시어 빠졌냐고? 아니, 매우 잘 익어 저절로 곰탕 국물을 불렀기 때문이다.

'이 더위에 무슨 곰탕을 끓여!'

바짓가랑이를 붙드는 생각을 떨치고, 지갑만 들고 후끈한 공기를 가르며 언덕을 달려 내려갔다. 동네 시장에서 양지를 구입하기 위해서였다.

신정역 출구를 나오면 신정산 자락에 따개비 떼처럼 다닥다닥 붙은 오래된 다세대주택들이 눈에 가득 들어온다. 도시 계획 없이 생긴 동네라 집도 골목도 그야말로 우후죽순인데, 언젠가부터 언덕배기 골목을 따라 점포들이 하나둘 자연스레 들어서며 시장 골목을 형성했다. 현대화된 시장도 아니고, 세월에 찢기고 삭은 부직포가 겨우 비바람을 막아주는 낡고 허름한 곳이지만, 재래시장 특유의 장보는 맛이 있기에 즐겨 찾는다. 그러나 한여름 오후, 양지가 든 비닐봉투를 들고 언덕 꼭대기에 있는 집으로 돌아가는 일은 여간 고역이 아니다. 잠깐의 걸음이지만 이놈의 언덕이 시장으로의 걸음을 주저하게 만든다. 아무리 좋아도 힘든 건 힘든 거니까.

집에 돌아와 양지를 찬물에 담가 핏물을 빼는 동안, 나도 찬물에 몸을 담가 더위를 뺐다. 그리고 핏물이 빠진 양지를 한소끔 끓여 물을 버리고, 파와 무를 듬성듬성 썰어 넣고 곰탕을 끓였다. 고기 국물을 낼 때 고기가 많아야 맛이 좋은데, 세 식구 먹기에는 사실 한 근도 많다.

두어 시간 끓인 뒤 양지를 꺼내 결대로 쭉쭉 찢었다. 국물에 멸치액젓을 몇 방울 떨어뜨렸더니 밍밍하던 국물이 입에 짝짝 달라붙었다. 액젓의 감칠맛과 고기의 감칠맛이 시너지를 내는 것이다. 그리고 미리 식혀 놓은 밥을 그릇에 담았다. 뜨거운 국물에 뜨거운 밥은 매력이 없다. 밥 따로 국물 따로 차리지 않고, 국물에 식은 밥을 토렴해 준다. 그러면 밥알에 맛이 배며 탱글탱글 생기가 돈다. 마지막으로 길게 찢은 양지를 올리고 윤희를 불렀다.

"김윤, 밥 먹자. 물하고 수저 챙겨."

"왜 자꾸만 시켜?"

"어허 밥값을 해야지. 얼른."

초등학교 때는 밥상에 수저 놓는 일도 시키지 않았다. 하지만 중학교에 올라가고부터는 본격적으로 윤희를 부려 먹고 있다. 예수님도 부처

님도 한목소리로 외치지 않았던가. 일하지 않은 자 먹지도 말라고. 손이 게으르면 가난해진다는 「잠언」의 말을 새겨들을 필요가 있다. 어느 부모가 자식이 가난하게 살기를 바라겠는가. 자식이 풍요로우려면 부지런함을 가르쳐야 한다. 줄 돈이 많지 않은 아빠의 철학이다.

곰탕을 먹는 날이면 반찬은 잘 익은 깍두기가 전부다. 깍두기 때문에 무더운 여름날에 곰탕을 끓였는데 무슨 반찬이 더 필요할까. 이처럼 탕 종류를 끓이면 반찬 고민을 안 해도 좋다. 물론 끓이는 과정이 지난하다는 게 함정이지만.

"이 여름에 무슨 곰탕이야?"

윤희가 어이없다는 표정을 짓는데, 짜식 입가에 걸린 웃음기는 좀 숨기고 그러든지! 고기를 사랑하는 윤희가 고기가 헤엄친 국물을 싫어할 리가 있겠는가! 역시나 깍두기를 올리고 맛있게 먹기 시작한다. 그런데 녀석의 입가에만 웃음이 걸린 게 아니다.

'흐흐흐, 이번에는 안 걸렸구나.'

윤희와 나들이를 갔다가 밥 먹을 곳이 마땅치 않으면 돼지갈비 아니면 곰탕을 즐겨 먹는데, 윤희는 곰탕에 파가 섞여 나오면 일일이 골라낸다. 그런데 이번에는 윤희 모르게 파를 넣었다. 토렴할 때 파도 함께 넣어 우렸으니, 파 맛은 들어 있지만 눈으로는 파가 안 보이는 곰탕을 먹은 것이다. 이런 과정이 반복되다 보면 어느 날 윤희도 파의 맛을 알게 되리라.

다음날 아침, 식탁에 앉은 윤희가 놀란 표정을 지었다.

"어, 장조림이네? 아빠, 장조림 언제 했어? 난 또 어제 먹은 곰탕 먹을 줄 알았더니."

'장조림은 무슨.'

초등학교까지는 곰탕 하나로도 세끼를 먹었는데 중학생이 되고 나서는 아무리 좋아하는 음식이라도 두 번 연속 주면 슬슬 타박을 주기 시작한다. 아침으로 곰탕을 또 내었다가는 한소리 들을 것 같아 머리를 굴렸다. 어제 먹다 남은 곰탕을 감쪽같이 변신시킨 것이다. 앞서 자녀에게 부지런함을 가르쳐줘야 한다고 했는데, 이왕이면 하나 더 가르칠 게 있다. 부지런을 떨 때도 살짝 머리를 굴리면 효율이 좋다는 것을. 곰탕 하나로 두 끼를 해결하는 이 현명한 아빠처럼 말이다!

먹다 남은 곰탕으로 장조림 만드는 법은 아주 간단하다. 곰탕 국물에 간장, 마늘, 설탕, 소금을 넣고 고기에 간장 맛이 배게 30여 분 더 끓이면 된다. 곰탕을 만들기 위해 오래 끓이고, 장조림을 하며 한 번 더 끓인 양지는 젓가락만 대도 결대로 쭉쭉 찢어진다. 곰탕이 장조림으로 변신한 것도 모른 채 윤희가 한 끼 식사를 맛있게 먹었다. 맛있게 먹었으면, 그러면 된 거다.

오래오래 천천히 꾸준하게

바나나 쉐이크

윤희가 중학교 2학년에 올라가고 얼마 뒤, 갑자기 아침밥을 거부했다. '아침 거부'는 다이어트를 하겠다는 윤희의 선언이었다.

윤희는 초등학교 5학년 때까지 빼빼 말랐었다. 그러다가 갑자기 군것질을 시작하면서 살이 붙기 시작했는데, 살이 오르는 모습이 보기에도 좋고 무엇보다 키도 자라던 때라 그만 잔소리할 시기를 놓쳐 약간 과체중이 되고 말았다.

"김윤, 다이어트 진짜 할 거야?"

"할 거야. 살 많이 쪘잖아."

"그래 좀 빼자. 대신 3학년 졸업식을 목표로 뺀다고 생각해. 단기간에 빼면 반드시 다시 쪄. 이모나 할머니 봤지? 그리고 운동도 꾸준히 해야 해."

"알았어, 아무튼 내일 아침부터 밥 안 먹을 거야."

"안 먹고 가면 배고플 텐데? 굶으면서 다이어트 하는 건 바보짓이야. 아빠가 알아서 준비해줄게."

윤희 키가 164센티미터라 조금만 빼도 훨씬 보기 좋겠다 싶던 차에 다이어트를 하겠다니, 보조 역할을 충실히 하는 게 아빠의 도리라 싶어 아침 식단을 바꿨다. 그리고 다이어트를 시작하는 윤희에게 다음과 같은 당부를 했다.

첫째, 단번에 빠지는 다이어트 음식이나 약은 이 세상에 절대 없다.
둘째, 힘들고 지치면 다이어트를 잠시 쉬는 게 더 낫다.
셋째, 2년 동안 살이 쪘으니 2년 동안 뺄 생각을 해라.
넷째, 학교 급식이 아무리 맛있어도 딱 한 숟가락은 남겨라.

22년 동안 식품 MD를 하면서 내가 가장 판매하기 싫은 식품이 바로 건강보조식품이다. 효과에 대한 물음표만 가득할 뿐 아니라, 가격을 비싸게 책정한 뒤 마치 큰 할인에 들어가는 척하고 생색내서 파는 것도 싫었다. 특히 다이어트 식품은 혐오에 가까울 정도로 싫은데, 대표적인 게 정말 쓸데없는 콜라겐 보조제다.

콜라겐은 보조제를 따로 먹지 않아도 체내에서 스스로 합성되는 성분이다. 돼지껍질이나 족발을 먹으면 콜라겐은 아미노산으로 분해되는데, 이렇게 분해된 아미노산은 체내에서 스스로 합성되는 비필수 아미노산이다. 체내에서 합성되지 않는 필수 아미노산이라면 다양한 식품으로 보충할 필요가 있겠지만, 콜라겐 보조식품은 굳이 먹을 이유가 전혀 없는 것이다. 다만 나이에 따라 합성 속도가 달라지긴 한다. 이렇게 콜라겐은 따로 먹을 필요가 없는 성분인데도 여전히 다이어트 보조제로 권장되고 그만큼 팔리고 있다.

매년 날이 따스해지고 옷차림이 가벼워지는 5월이 되면, 다이어트 식품이나 보조제의 매출이 올라가기 시작한다. 그리고 여름휴가가 끝남과 동시에 매출이 떨어지는 일이 반복된다. 소비자들의 구매 패턴은 매년 한 치의 변화도 없다. 그러나 다이어트에 성공하려면 당장 그해 여름을 보고 시작하면 안 된다. 이듬해 여름을 보고 해야 하는데, 그러는 사람이 적다. 몸무게는 단번에 뺄 수 없으니 지치지 않고 지속적으로 해야만 다이어트에 성공할 수 있다. 벼락치기 공부마냥 감량한 몸무게는 어느새 한순간에 제자리로 돌아오기 마련이다.

다음 날 아침부터 윤희의 아침 식단을 삶은 계란 두 개와 고구마 작은 거 두 개, 그리고 방울토마토로 바꿨다. 고구마와 계란은 평소처럼 반은 찌고 반은 구운 '반찜반군'으로 조리했다. 호박고구마나 퍽퍽한 밤고구마나 상관없이 이렇게 조리하면 촉촉하면서 단맛이 듬뿍 난다. 그리고 고구마 삶을 때 계란도 함께 삶을 수 있어 일석이조다. 단, 냉장고에서 바로 꺼낸 계란을 갑자기 삶으면 금이 가거나 깨지기 때문에 수돗물에 담가 온도를 높인 뒤 삶아야 한다.

"아빠, 이거 다 먹으면 살찌는 거 아냐?"

"절대 아냐. 탄수화물, 지방, 단백질에 식이섬유까지 골고루 균형 갖춘 식단이야. 이렇게 먹으면서 군것질 하지 말고 꾸준히 운동하면 돼."

"휴, 식품 MD 아빠를 두면 다이어트도 피곤하게 해야 하는구나."

고구마 껍질을 까는 윤희의 얼굴에 우울함이 가득했다. 치즈를 잔뜩 올려 오븐에 구운 치즈 고구마를 좋아하던 녀석이니 오죽할까.

다이어트 식단은 질리지 않게 자주 바꿔줬다. 호박고구마를 밤고구마로, 방울토마토 대신 바나나나 다른 과일로 바꾸는 식이다. 여기에 가끔 바나나를 간 음료도 함께 만들어줬다. 그런데 아무리 고민해도 계란을 대체할 게 마땅치 않아 계란을 줬더니 한 달 정도 지나자 두 개 먹던 계란을 하나만 먹기 시작했다.

그리고 윤희의 다이어트에 나도 동참했다. 혼자보다는 아빠가 함께하면 윤희도 외롭지 않을 것 같아서다. 점심과 저녁은 평소처럼, 아침은 다이어트 식단으로 먹었다. 아파트 단지를 20분 정도 걷거나 자전거를 타거나 하는 식으로 그때그때 상황에 맞게 운동을 하고 있다. 참, 윤희에게 체중계에 올라가지 말라는 당부도 했다. 저울을 봐봐야 다이어트 결심만 떨어지기 때문이다.

그렇게 한 달 정도가 흐르자 윤희의 몸무게가 1킬로그램 정도 빠졌다. 물론 더 많이 빠질 수 있었지만 몇 번 치킨의 유혹에 넘어간 게 컸다. 그리고 두 달 정도 더 지나자 몇 킬로그램이 더 빠져 윤희 몸이 몰라보게 달라졌다. 역시 적당한 체중이 건강뿐만 아니라 보기에도 좋긴 하다.

그러나 꾸준하던 윤희의 운동과 다이어트도 기말고사 앞에서는 잠시 중단될 수밖에 없었는데, 시험이 끝났는데도 좀처럼 다시 시작할 기미가 없었다. 그래도 언제부터 다시 시작할 거냐고 묻지 않았다. 다이어트는 긴 싸움이기 때문이다. 아직 중학교 졸업식까지도 1년 반이 남았다. 다그치면 잘하던 것도 하기 싫어지는 법이다. 아주 가끔 "김윤, 다이어트는?" 하고 가볍게 한마디 툭 건네주면 된다. 때가 되면, 자기가 필요하면 다시 다이어트를 시작할 테니까.

"에이, 똑같잖아."

윤희는 내가 보지 않을 때 몰래 체중계에 올라간다. 다행히 변화 없는 몸무게에도 윤희의 표정이 편안해 보인다. 이렇게 먹다 안 먹다 하는 일이 번갈아가며 일어나도 괜찮다. 그게 당장 눈에 보이는 성과에 대한 조급함으로 이어지지만 않으면, 오래오래 천천히 가는 법을 배울 수만 있으면 된다.

문득 우리 두 부녀 사이에 먹는 거 빼면
뭐가 남을까 싶은 생각이 들었는데.
뭐 어떠랴 싶었다.
훗날 맛있는 음식을 함께 먹던 추억만으로도
3박 4일 이야기를 나눌 수 있으면
그것으로 행복할 테니 말이다.

한 가족이어도
취향은 제각각
· · · · · · · · · ·
소고기 미역국

내가 미역국을 가장 맛있게 먹은 곳은 충청남도 태안군 안흥 앞바다의 작은 섬 가의도에서였다. 낚시를 갔다가 민박집에서 자고 나니 아침상에 미역국이 올라와 있었다. 그런데 소고기나 조개를 넣고 끓인 국이 아니라 전날 회를 뜨고 남은 생선 대가리, 등뼈, 껍질, 꼬리 등의 서덜에 바다에서 막 따온 물미역으로 맑게 끓여낸 미역국이었다. 서덜이란 생선의 살을 발라내고 남은 부위를 이르는 말로 흔히 '서더리'라고 한다. 서덜로 푹 끓여 우려낸 육수에 미역을 넣고 마늘과 국간장 조금, 소금으로 간을 한 미역국은 참기름을 한 방울도 넣지 않았지만 부드럽게 넘어갔다. 뼈와 대가리에서 나온 맑은 생선 기름이 참기름의 맛을 대신하고 있었다.

'으으으, 정말 시원하다!'

미역국을 한 술 뜬 순간 절로 감탄사가 튀어나왔다. 전날의 과음이 미역국 한 그릇과 함께 사라진 경험은 십 년이 넘게 지난 지금도 어제처럼 생생하다.

그날 이후 내가 직접 끓이지 않는 이상 서덜 미역국을 맛보기는 어려우리라 생각했는데, 우연히 다시 맛볼 기회가 있었다. 대구 지방의 향토음식을 취재하던 중에 서울 시청 근처에 있는 충무집에서 미역국을 한 술 뜬 순간, 추억 속의 미역국이 찾아왔다.

"사장님, 이 미역국 혹시 서덜로 끓이셨습니까?"

"그걸 어떻게 아셨어요?"

사장님이 깜짝 놀란 얼굴이 되었다. 사장님은 여태껏 미역국을 서덜로 끓였는지 물어본 이가 없었다며 무척 신기하고 반가워하셨다. 그렇게 취재는 미역국 때문에 술술 풀렸고, 그날 이후로 나는 이 집의 단골손님이 되었다. 충무집의 미역국은 미역국을 좋아하지 않는 사람도 술자리가 끝날 때까지 몇 번을 주문해서 먹을 만큼 맛있으니 기회가 되면 한번 맛볼 것을 권한다.

사실 우리 집은 국을 잘 먹지 않는다. 윤희도 국을 잘 먹지 않을뿐더러 나 역시 국을 잘 안 먹는다. 밥상 위에 국이 올라오는 경우는 국물 자체가 메인 메뉴인 탕을 끓일 때뿐이다. 어릴 때부터 밥상 위에 찌개는 올라와도 국이 올라오는 경우가 거의 없었다. 간혹 국이 올라와도 미역국이거나 김치콩나물국이 다였다. 그렇게 자랐으니 자연스레 국이 밥상에서 멀어진 것이다. 그래도 나와 아내의 음력 생일에, 그리고 윤희의 양력 생일에는 아침에 꼭 미역국을 끓인다. 따로 생일상을 차리지는 않지만 미역국만큼은 꼭 끓인다.

그런데 한번은 아내 생일을 잊은 적이 있었다. 거래처인 유기농 아이스크림 공장이 부도가 나는 바람에 부랴부랴 강원도 출장길에 오른 탓이었다. 며칠 동안 집에도 들어가지 못하고 일을 처리하고 있는데 윤희한테서 문자가 왔다.

― 아빠, 이제 큰일 났다.

앞뒤 맥락 없는 미스터리한 문자에 전화를 걸자 윤희가 대뜸 물었다.

"아빠, 엄마 생일 까먹었지?"

진짜 큰일 났구나 싶었다. 그래서 곧바로 아내에게 전화를 걸어 돌아오는 주말에 다 같이 외식하는 걸로 실수를 만회할 수 있었다. 그날 이후 다행히 아직까지 아내의 생일 아침상에 미역국을 빠뜨린 적은 없다.

개인적으로 미역국을 맛있게 끓이려면 참기름을 멀리해야 한다고 생각한다. 호불호가 있겠지만 나는 참기름은 모든 음식의 향을 앗아간다고 생각하는 사람 중 하나다. 굴을 넣고 미역국을 끓일 때 참기름을 넣으면 가뜩이나 여린 굴 향이 참기름 향에 묻혀버린다. 소고기를 넣을 때도 마찬가지다. 인터넷이나 책에 소개된 레시피는 참고자료일 뿐, 꼭 지켜야 할 법은 아니지 않나. 한번쯤 참기름을 넣지 말고 미역국을 끓여보자. 의외로 시원한 미역국을 맛볼 수 있다.

윤희는 거의 유일하게 좋아하는 국인 미역국에도 저만의 입맛을 추구한다. 소고기를 넣고 끓인 미역국 아니면 입에도 대지 않는 것이다. 한번은 시원한 국물 맛을 알려주고 싶어 몰래 조개 관자를 넣은 적이 있었다. 윤희가 관자를 보면 싫어할까 싶어 다 끓이고는 관자를 걸러내기까지 했다. 하지만 윤희에게 잔소리만 들었다. 미역 줄기 사이에 조그만 관자 조각이 있었던 것이다.

"아빠, 내가 조개 싫어하는 거 알아, 몰라?"

"잘, 잘 알지."

"그런데 왜 그랬어?"

"그래도 관자를 넣고 끓이면 더 맛나거든."

"그래도 다음부터는 넣지 말아줘."

생일 때문이었는지 평소와 달리 마음이 하해와 같아진 덕에 잔소리가 짧게 끝난 게 그나마 다행이었다. 이날 이후로 윤희의 생일에 끓이는 미역국에는 소고기만 넣고 있다.

좋은 미역은 비싼 미역이 아니라 자기 입맛에 맞는 미역이라 생각한다. 예를 들어 나는 부들부들한 식감의 미역을 좋아하지만, 어머니는 오래 끓여도 풀어지지 않고 잘 씹히는 미역을 좋아하신다. 한번은 외딴 섬에서 채취한 자연산 미역을 보내드렸는데 한참 지나 본가에 갔더니 몇 번 끓이지 않았는지 미역이 거의 그대로였다. 여쭤보니 부드러운 미역보다는 푹 끓여도 식감이 살아 있는 게 더 좋다면서 다음에 보내려면 그런 놈으로 보내라는 것이었다. 그래서 내 딴에는 비싼 미역이니 좀 드시라고 서운한 마음에 말씀을 드렸는데, 그때 어머니께서 하신 말씀이 지금도 기억에 또렷하다.

"아무리 비싸면 뭐 하냐? 내 입맛에 맞지 않으면 다 부질없는 거다."

그날 어머니 말씀을 듣고서야 지금까지 내가 단단히 착각해왔다는 사실을 깨달을 수 있었다. 비싼 음식, 비싼 재료가 좋은 게 아니라는 것을. 산지를 많이 알고 있는지, 재료 가격이 높고 낮은지가 중요한 것이 아니었다. 맞다. 단순한 진리다. 내 입맛에 맞는 게 맛있는 것이다. 부모자식 간에도 입맛은 다른 법이다. 절대적인 맛이란 없다. 그저 입맛이 다를 뿐인데, 이걸 잊고 살았던 것이다.

그날 이후로 어머니의 말씀은 식품 MD로서 내가 식품을 개발할 때 언제나 기준이 되고 있다. 윤희의 조금은 까다로운 입맛에 왈가왈부하지 않는 것도 그 때문이다. 건강에 해가 되는 음식이 아닌 한, 굳이 윤희의 입맛을 내 맘대로 바꿀 필요는 없다고 생각한다. 입맛에 맞지 않는 음식을 먹는 것만큼 힘든 일도 없을 테니까. 세상에 다른 힘든 일이 더 많을텐데, 천천히 해도 된다.

뭐니뭐니 해도
할머니식이 좋아

· · · · · · · · · · · · · · ·

토종란 계란찜

　누구나 할 수 있지만 쉽지 않은 요리가 있다. 조리법은 쉬워도 누가 하느냐에 따라 그 맛이 천차만별인 요리들 말이다. 라면 끓이기와 계란 요리가 특히 그렇지 않을까.

　계란과 라면을 함께 잘 활용하면 맛있는 라면을 끓일 수 있다. 계란이 밀가루 냄새를 없애주거니와 라면의 기름을 물과 결합시켜 국물을 깔끔하게 만들기 때문이다. 많은 사람이 맛있게 라면을 끓이는 자기만의 특별한 레시피를 자랑하는데, 나 역시 나만의 비법이 있다.

　라면을 끓일 때, 보통은 면의 익은 상태를 감으로 체크하거나 면발을 한 가닥 덜어 자신이 선호하는 삶은 상태를 확인하고 불을 끈다. 그러나 나는 면이 약간 덜 익었을 때 계란 하나를 풀어 넣고 불을 끈다. 그리고 뚜껑을 닫은 채로 1분 정도 뜸을 들인다. 밥이나 뜸을 들이지 무슨 라면까지 뜸을 들이냐는 분도 있을 거다. 한번 해보시라. 이렇게 하면 어떤 라면이든 다 먹을 때까지 면이 전혀 붇지 않는다. 뜨거운 국물에 반쯤 익은 계란의 맛은 덤이다. 면을 반쯤 먹다가 만나는 반숙 노른자와 라면 국물의 궁합은 이몽룡과 성춘향처럼 찰떡궁합이다.

나와 친한 요리사 박찬일의 말에 따르면 계란으로 만들 수 있는 요리만 백 가지가 넘는단다. 그러나 수많은 계란 요리 중에 내가 할 줄 아는 것은 계란프라이, 계란말이, 계란찜 정도가 전부다. 이 세 가지는 내가 손쉽게 할 수 있거니와 무엇보다 윤희가 잘 먹는다. 그중에서도 계란찜을 윤희는 가장 좋아한다. 그다음으로 계란프라이, 계란말이순이다. 내가 계란말이나 오믈렛을 하면 "아빠, 찜은?" 하며 윤희는 입을 삐죽거리기 바쁘다.

계란찜은 맛도 맛이지만 요리하기도 편하다. 계란노른자와 흰자를 섞을 때는 보통 휘핑기를 사용하는데, 집에 휘핑기가 없을 때는 젓가락을 이용하면 된다. 그래도 잘 안 섞일 때는 왼손으로 젓가락을 세워놓고 오른손으로 젓가락을 휘저으면 휘핑기만큼 잘 섞을 수 있다.

윤희한테 계란찜을 해줄 때는 부들부들한 일본식 계란찜은 안 된다. 한번은 맛있게 먹었던 일식집 계란찜처럼 만들어주려고 체에 계란을 걸러 찜기에 넣어 계란찜을 해준 적이 있었다. 내가 봐도 일식집 뺨은 못 쳐도 엇비슷하게 나왔다 싶을 만큼 그 모양이 괜찮게 나와서 윤희가 잘 먹겠다 생각했다. 그런데 윤희는 한 수저 뜨고는 그만이었다.

"왜 안 먹어?"

"부들부들한 게 맛없어. 전에 해준 게 더 좋아."

"윤희는 그게 더 좋아?"

"식감도 푸딩 같아서 반찬 같지 않아. 구수한 맛도 없어. 제맛이 안 나."

윤희가 찾는 계란찜은 계란, 물, 소금을 넣고 뚝배기에 바로 찌는 계란 찜이다. 어머니들이 해주는 바로 그 방법 말이다.

계란찜을 할 때면 종종 학창 시절이 생각난다. 계란찜이 반찬통 한쪽에 자리 잡고 있던 날은 점심시간이 풍성했다. 아껴 두고 저녁에 먹는 다고 남겨둔 계란찜이 쉬어서 피눈물 흘리며 버리던 기억도 떠오른다.

뚝배기에 계란찜을 할 때는 불 조절이 관건이다. 뚝 배기가 뜨거워질 때까지는 중불로, 계란찜 테두리가 익기 시작하면 최대한 약불로 놓고 뚜껑을 덮는다. 뚝배기에 김이 나기 시작하면 구수한 냄새가 주방에 퍼질 때 불을 끄면 된다. 이렇게 계란찜을 만들면 다 먹고 나서 뚝배기 바닥에 누룽지처럼 붙은 계란을 긁어 먹는 맛도 일품이다.

가끔은 계란찜에 새우젓을 다져 넣는다. 당연히 새우를 좋아하지 않는 윤희가 흔적을 못 찾을 만큼 잘게 다져야 한다. 윤희는 게나 새우 같은 수산물은 특유의 비린내 때문에 입에도 대지 않는다. 하지만 아무리 딸이 좋아도, 나도 맛있는 계란찜을 먹고 싶을 때가 있지 않은가! 계란찜에 감칠맛을 더해 주는 젓갈을 손쉽게 포기할 순 없다. 그래서 윤희 몰래 새우젓이나 명란젓을 넣을 때도 있다. 명란을 바닥에 깔고 누룽지처럼 만들면, 윤희는 구수한 맛 속에 명란이 숨은 줄도 모르고 잘도 먹는다. 새우 젓 넣는 것은 얼마 전에 이야기했지만 명란은 아직까지 특급 비밀이다.

휴일을 맞아 모처럼 백화점에 윤희와 영화를 보러 간 날이었다. 평소처럼 영화를 보고 윤희랑 식품매장에 들러 간단히 장을 봤는데, 계란 코너에서 윤희가 계란 브랜드 하나를 가리키며 놀란 표정을 지었다.

"어, 이거 우리 집에 있는 거네?"

"응, 청리 토종란. 윤희 네가 먹는 계란이야."

"오홍, 제일 비싸네!"

계란 판매대에서 제일 좋은 위치에, 제일 높은 가격에 팔리는 것을 보자 윤희의 눈이 반짝였다. 밥상머리에서 친환경이 어떻고, 토종란이 어떻고 몇 년을 떠들어도 한 귀로 흘리던 녀석이 말이다. 그러고 보면 '백문이불여일견'이란 말도 이런저런 이유로 속깨나 터졌던 누군가가 만든 말이 아닌가 싶다.

우리 집은 토종란을 먹는다. 토종란은 일반 계란에 비해 두세 배가량 비싸다. 일반 닭보다 알도 적게 낳거니와 햇빛과 공기가 자유롭게 드나드는 방사 공간에 풀어놓고 키우기에 값이 비쌀 수밖에 없다. 일반 계란은 무창계사(無窓鷄舍), 즉 창이 없는 어둡고 탁한 닭장에서 죽을 때까지 계란만 낳는다.

2017년 여름, 살균제 계란이 전국을 강타했다. 소비자를 충격에 빠뜨린 것은 친환경을 한다는 농가 다수에서도 살균제 성분이 검출됐다는 사실이다. 계란 친환경 인증은 무항생제나 유기농 농가에 부여한다. 이번에 살균제가 검출된 곳은 무항생제 농가였다.

나는 친환경 농가를 15년째 찾아다니고 있다. 대부분의 친환경 농가

들은 사육 규모가 1만 수를 넘지 않는다. 대부분 몇 천 수에 그치는데, 그 이상을 넘어가면 관리가 힘들기 때문이다. 이번에 살균제 성분이 검출된 곳 중에는 20만 수가 넘는 곳부터 몇 만 수까지 다양했다. 무항생제 인증 농가지만, 개방형 계사가 아닌 무창계사에서 닭을 사육해 계란을 생산하는 곳들이다.

이런 곳은 대부분 대기업이나 대형마트에 납품을 한다. 그러다 보니 계사를 비우고 살균할 여건이 안 된다. 계사를 비우는 만큼 결품을 내거나 손실이 발생하기 때문이다. 대기업과의 거래에서 결품은 거래 중지에 크나큰 사유다. 시간을 두고 제대로 살균할 여유가 없을 수밖에 없다.

우리 집은 한 달에 30알에서 많을 때는 60알 정도의 계란을 먹는다. 일반 계란일 경우 1~2만 원 내외겠지만, 비싼 계란인 데다가 보통 가정보다 많이 먹는 편이라 한 달 계란 값으로만 3만 원이 훌쩍 넘는다. 두세 배 비싸지만 그만큼 살균제 계란 같은 사건 사고에서 자유롭다. 좋은 재료를 쓰면 이러한 논란에서 벗어날 수 있다. 하지만 이것은 부차적인 이익일 뿐, 진짜 중요한 것은 맛이다. 다른 계란과 달리 토종란은 노른자의 맛이 고소하고 부드럽다. 먹는 데에 있어 가성비를 따지게 되면, 살균제 계란 같은 식품 사고는 언제든 일어날 수 있다.

나 어릴 적에는 계란이 참 비싸고 귀했다. 부족한 단백질을 비롯한 영양분을 섭취할 수 있는 귀한 음식 재료였기 때문이다. 그래서 어머니께서 계란프라이를 해주시는 날이면 싱글벙글 입에서 미소가 떠나지 않았다. 그랬던 계란이 요즘은 예전만큼 대접을 받지 못하고 있다. 대량 생산

되니 값어치가 떨어지는 것이다. 흔해지면 그 가치도 떨어진다.

　윤희에게 군이 계란값을 알려준 까닭은 "이렇게 흔한 게 이렇게 귀하기도 하네"라는 걸 느끼게 해주고 싶어서였다. 물론 네가 이렇게 비싼 거 먹는다는 걸 알려주고 싶은 마음도 없었던 건 아니지만.

누군가에게는 내가 '애 한번 유별나게 키우는 아빠'로
보일 수도 있겠지만, 크게 개의치 않는다.
아이들 입맛은 정직하기 때문이다.
맛없는 것과 맛있는 것의 구별에 가차 없다.
그래서 비싼 건 아니어도
건강하고, 맛있는 것을 내 아이에게 먹이고 싶은 것이다.
비단 나 말고도 모든 부모의 마음이리라.

밥이 맛있으면
반찬이 필요 없다

밀키퀸 쌀밥

매년 6월이나 9월이 되면, 나는 윤희와 함께 우리나라 유기농 쌀의 메카로 불리는 충남 홍성군 홍동면을 방문한다. 유기농 농사를 짓는 곳은 6월 2일을 기준으로 행사를 많이 개최하는데 62의 발음이 '유기'와 비슷하기 때문이다. 6월 2일이 주말이면 주말에, 아니면 현충일인 6일에 청둥오리를 논에 방사하는 행사를 한다. 9월에는 황금빛 들판에서 추수 행사가 열린다. 여름에는 오리 방사 체험을 위해, 가을에는 추수 체험을 위해 윤희와 함께 매년 홍동을 찾는다.

윤희와 함께 처음 홍동면을 방문했던 6월의 어느 날이 아직도 기억에 생생하다. 꽥꽥대는 오리 새끼를 보자마자 윤희가 유모차에서 벌떡 일어나 아장걸음으로 겁도 없이 다가갔다. 헤어졌던 가족이라도 만난 듯 어쩌나 만지고 싶어 하는지, 오리 새끼를 내가 품에 안고 다가가니 고사리 손으로 쓰다듬으며 얼굴에 미소를 한가득 지었다. 딸이 환하게 미소를 지어준 날이니, 어떻게 잊을 수가 있겠는가!

내 직업이 직업인지라, 우리 가족이 먹는 고기, 계란, 과일 등은 주로 친환경 상품이다. 손님께 권하면서 내 가족에게 먹이지 않는다면 그것만큼 말도 안 되는 일도 없을 것이다.

쌀은 밀키퀸을 주로 먹는다. 밀키퀸은 유기농 쌀 중에서도 가장 비싸다. 20킬로그램에 20만 원 정도로 가장 저렴한 혼합미와 비교하면 네다섯 배나 차이가 난다. 우리 집 세 식구가 한 달에 10킬로그램 정도 쌀을 소비하니 쌀값만 한 달에 10만 원인 셈이다.

정말 만만찮은 가격이지만, 달리 생각하면 하루 쌀값으로 대략 3천 원만 지출하면 된다는 생각에 유기농 쌀을 구입한다. 이 정도면 아내를 위해, 윤희를 위해, 그리고 나 자신을 위해 기꺼이 쓸 만한 금액이 아닌가 싶다. 그 대신 치킨, 피자, 햄버거 등은 한 달에 한 번 먹는 '긴급제한조치'를 선포한 적도 있다. 물론 윤희가 중학생이 되면서 제한조치는 유명무실해졌지만, 어렸을 때에는 나름 엄격하게 지켰다. 그래서 월초만 되면 윤희는 당당하게 요구했다.

"아빠, 이제 1일 됐지? 이번 달 치킨 시켜줘!"

물론 꼭 유기농 쌀만 먹어야 한다는 말은 아니다. 오랜 시간 식품 MD로 일한 경험으로 말하자면 품종과 도정 날짜, 이 두 가지만 제대로 살펴보고 쌀을 고르면 유기농 쌀이 아니더라도 충분히 맛있는 밥을 지을 수 있다.

먼저 쌀 포장지에 혼합미라고 적힌 저렴한 쌀은 가급적 피하자. 혼합미는 원산지, 생산년도 구분 없이 말 그대로 이 쌀 저 쌀을 혼합해 포장한 제품으로, 저렴한 데에는 다 이유가 있다. 만약 포장지에 추청, 일품, 호품, 고시히까리, 신동진 같은 품종명이 있다면 1차 서류 전형 합격이다. 2차는 면접이다. 면접에서 확인해야 하는 것은 도정 날짜다. 경기도, 전라도 같은 지역명을 살펴보는 것보다 도정 날짜 확인이 더 중요하다. 쌀은 도정하고 보름 정도 지나면 산화가 시작되어 밥맛이 떨어지기 때문이다. 마찬가지 이유로 쌀을 구매할 때는 번거롭더라도 5킬로그램 내외의 소포장으로 자주 구매하는 것이 좋다. 이렇게 품종과 도정 날짜만 신경 써도 맛있는 밥을 지을 수 있다.

매일 아침, 기상과 함께 나는 쌀을 씻는다. 출장으로 집을 비워야 하는 날이 아니면 아침밥은 무조건 내 몫이다. 간혹 과음한 다음 날 아침 늦게 일어나는 바람에 아침을 차리지 못할 때가 있는데, 그럴 때면 윤희에게서 진도 7 이상의 잔소리를 들어야 한다.

"아빠 때문에 아침 못 먹었잖아!"

"무슨 소리야? 엄마가 해줬잖아."

"맛없어서 그냥 갔단 말이야. 그러니까 술 조금만 마셔. 내 아침 책임질 수 있는 정도만!"

누가 들으면 아내가 요리를 못하는 줄로 알 거다. 이렇게 아내 도 안 하는 잔소리를 아침밥 때문에 딸에게 듣고 산다.

쌀을 다 씻으면 보통은 30분 정도 불려야 하지만, 우리 식구가 먹는 밀키퀸은 찹쌀 성질을 띤 반찹쌀계

품종이라 5분 정도만 불려도 된다. 오히려 오래 불리거나 밥물이 많으면 식감이 확 떨어진다. 쌀을 다 불리면 돌솥을 꺼낸다. 전날 밤에 예약 버튼만 누르면 이튿날 아침밥을 대령하는 전기밥솥을 많이 사용하지만, 우리 집에는 그런 거 없다. 무조건 돌솥에 밥을 안친다. 가스레인지에 돌솥을 올리고 밥을 하는 사이 반찬을 한다. 콩나물을 무치고, 양념해놓았던 고기를 굽는다. 그리고 윤희를 부른다.

"김윤, 밥 먹어!"

아침은 거의 윤희랑 나만 먹는다. 야간 작업을 하는 아내는 주말 아닌 이상은 아침에 깨우지 않는다.

"오늘 밥맛 어때?"

"괜찮아."

윤희의 한마디에 아침의 분주함이 행복감으로 물든다. 부모란 다 그렇게 바보 같은 존재다.

국밥은 힘이 세다

소고기 양지국밥

2016년 11월, 일본 출장 중에 윤희에게서 문자 메시지를 받았다.

– 아빠, 다음 주에는 광화문에서 집회 더 크게 한대. 아빠 오면 우리도 가자.

– 그래, 가자.

촛불집회에 함께하지 못했던 무거운 마음이 딸 문자 덕에 한 숟가락 던 기분이었다. 그나저나 한 나라의 대통령이 이럴 수 있나 싶을 정도의 뉴스가 양파처럼 까면 깔수록 계속 나와 놀라운 한편, 식품 MD로서 묘한 기분이 드는 뉴스를 접하기도 했다. 최순실 씨가 검찰에서 조사를 받다가 시켜 먹은 국밥이 암호니 뭐니 화제가 되어 '최순실 국밥'이 한동안 실시간 검색어 1위를 했던 것이다. 그러고 보니 어떤 전직 대통령 한 분도 국밥 먹는 TV 광고를 찍어 세간의 화제가 된 적이 있었다. 주머니 가벼운 서민들이 속을 든든하게 하려고 먹는 국밥이 언제부터 정치적인 음식이 되고, 실시간 검색어 1위에 오르게 되었을까……

국밥은 윤희가 무척 좋아하는 메뉴다. 고기를 좋아하는 윤희가 국밥을 싫어한다면 그건 그거대로 이상한 일일 거다. 그렇더라도 백화점이나 대형마트 또는 인터넷에서 판매하는 국밥은 또 맛이 없다며 잘 먹지 않는다. 이런 제품들은 식품 MD인 내가 먹어봐도 썩 마음에 들지 않는데, 이유는 크게 두 가지다.

첫 번째 이유는 고기다. 국밥이라면서 아예 고기가 없는 상품도 많고, 간혹 고기가 들어 있어도 종잇장처럼 얇아 '고기 씹는 맛'을 전혀 느낄 수가 없다. 국밥의 매력은 듬성듬성 썬 두툼한 고기와 함께 먹는 따스한 국물 맛인데 말이다.

두 번째 이유는 제품 대부분이 레토르트라는 점이다. 레토르트란 포장지에 음식을 넣고 고온고압에서 멸균하는 방식을 말한다. 이는 원래 휴대성과 편리성을 극도로 추구하는 전투식량을 만들기 위해 개발된 가공법이다. 평범한 일상에서도 한 번 조리한 음식을 다시 데우면 맛이 반감되기 마련인데, 레토르트는 조리한 음식을 고온 처리하고, 먹을 때 다시 한 번 더 열을 가하니 맛이 제대로 날 리가 있겠는가. 결국에는 조미료의 힘을 빌릴 수밖에 없다는 뜻이다.

우리 집에서는 국밥을 끓일 때, 시간이 있을 때와 없을 때에 따라 방법을 달리 한다. 시간이 있으면 소고기 양지머리를 600그램 정도 구입해 두어 시간 정도 푹 끓인다. 이렇게 끓이면 맛이 끝내준다. 그러나 솔직히 가격이 조금 비싼 게 흠이다. 그래서 가끔 목심을 넣고 끓이기도 한다. 목심을 쓰면 저렴한 가격으로도 깔끔한 국물이 나온다. 맛도 구수하다.

소 산지나 곰탕 가공장을 다니며 익힌 나만의 특별한 노하우 중 하나다.

곰탕 국물은 사골처럼 푹 곤다고 마냥 좋은 것은 아니다. 마늘 몇 쪽과 간장을 조금 넣고 파를 썰어 넣은 뒤에 두 시간 내외로 끓여도 맑은 국물을 우릴 수 있다. 너무 오래 끓이면 오히려 고기의 근육이 풀어지며 식감이 퍽퍽해진다. 윤희와 내 입맛에는 두 시간 정도 끓이는 게 딱 적당하다. 그리고 국밥에는 '파 송송 듬뿍'이 진리이지만, 라면스프의 파도 골라낼 만큼 파를 싫어하는 입맛 때문에 윤희의 국밥에는 파를 넣지 않는다. 물론 윤희만 모를 뿐 국물에는 파 향과 맛이 가득하다. 국물이 따뜻할 때 밥에 여러 번 부었다가 따라내는 토렴을 하기 때문이다.

시간이 부족할 때면 별수 없이 고기만 30~40분 정도 따로 삶은 뒤 국물만 있는 가공 제품과 섞는다. 썩 내키는 방법은 아니지만 고기를 토막내 빨리 익히고, 부족한 맛은 가공품의 국물 맛으로 대신하는 것이다. 이렇게 하면 밥하고 뜸 들이는 시간에 맞춰 재빨리 국밥을 끓여낼 수 있다. 그나마 소고기 향을 즐길 수 있는 방법이다. 마지막으로 국밥을 끓일 때 공통된 주의사항이 있다. 핏물을 빼기 위해 한소끔 끓인 물은 꼭 버리도록 한다.

출장에서 돌아와 약속대로 윤희와 함께 광화문에 나갔다. 광화문은 어느새 촛불집회에 참석하려는 사람들로 인산인해를 이루고 있었다. 아직 미성년자인 딸에게 정치적으로 편향된 사고를 강요하는 게 아니냐고 물을 수도 있겠지만, '미성년은 정치에 관심 끄고, 공부만 해야 한다'는 생각도 강요가 아닐까 싶다. 자신이 살아가는 오늘의 역사를 현장에서 생생하게 경험하는 것보다 더 좋은 교육이 어디 있겠는가. 음식을 강요하지 않듯이 나는 그 어떤 정치적 입장도 내 딸에게 강요할 생각이 없다. 다만 윤희가 스스로 보고 느끼게 하고 싶을 뿐이다.

그나저나 집회도 배가 든든해야 오래 참가할 수 있는 법이라 국밥으로 배를 채우기로 했는데, 광화문 근처에는 국밥집을 찾을 수가 없어 갈비탕을 먹었다. 그런데 갈비탕을 먹던 윤희가 생각났다는 듯이 물었다.

"아빠, 요새는 왜 깍두기 안 담가? 깍두기 먹은 지 오래됐잖아."

"그러네. 이번 주에 담글게."

"약속이야. 누구처럼 거짓말하면 안 돼."

윤희의 말에 반드시 깍두기를 담그리라 다짐하며 불끈 주먹을 쥐었다. 누구처럼 되고 싶지는 않으니까! 그런데 깍두기 안 담갔다고 집에서 쫓겨나지는 않겠지? 그렇게 이번 주에 반드시 해야 할 일이 하나 더 생겼다. 아마 곧 하나 더 생길 것이다. 깍두기가 맛있게 익으면 윤희가 분명히 이렇게 말할 테니까.

"아빠, 깍두기 잘 익었네. 뭐 생각나는 거 없어?"

그러면 나는 국밥을 끓일 거다. 윤희가 잘 먹는 버크셔 돼지국밥으로. 다행히 내가 끓인 국밥은 힘이 세다. TV에 나오는 못난 사람들 입에 오르내리는 국밥보다 훨씬 더. 윤희를 행복하게 해줄 테니까 말이다.

아빠 주머니
걱정을 하는 널 보고

조미료 치지 않은 쥐포

한 장에 5천 원. 최근 시장이나 마트에서 판매하는 국내산 쥐포의 소매가이다. 가격이 만만찮다. 일반적으로 생선을 포로 말릴 때는 어획량이 많아 보관이 어려울 때인데, 말린 쥐포가 왜 이리 비쌀까 하는 의문을 가져본 이도 있을 거다. 그 이유는 단순하다. 국내에서는 쥐치가 잡혀도 너무 적게 잡히기 때문이다. 제철 민어나 꽃게, 굴비가 비싼 것처럼 말이다.

상품을 기획할 때면 어린 시절 추억이 마중물이 될 때가 종종 있는데, 쥐포를 기획할 때도 그랬다. 초록마을에서 근무하던 어느 날, 부평시장의 쥐포 팔던 리어카가 불현듯 떠올랐다.

'두툼한 살에 씹을수록 달콤하던 쥐포를 만들어 팔면 어떨까?'

무엇보다 어릴 적 어머니를 졸라서 사먹던 리어카 쥐포의 맛이 잊히지가 않았다. 그 맛을 윤희에게도 알려주고 싶었다. 그때까지 취급하지 않던 쥐포를 초록마을 매장에 신상품으로 채워 넣을 수 있는 좋은 기회라는 생각도 들었다.

그런데 2000년 초반 당시에는 두툼한 국내산 쥐포를 만드는 곳이 드물었다. 지금은 중국에서 두툼한 쥐포를 수입하고 있지만, 당시에는 베트남에서 가격만 보고 들여온 종잇장처럼 얇은 쥐포가 대부분이었다. 물론 베트남산 쥐포라고 다 맛이 없는 건 아니다. 그러나 대부분의 수입업자들이 가격만 생각하다 보니 조미료를 많이 사용하고, 식감도 좋지 않은 쥐포들을 많이 들여왔다. 반면 국내산 쥐포는 두툼해 씹는 맛이 좋았다. 조미료로 맛을 내는 부분만 조정하면 괜찮은 상품을 만들 수 있을 것 같았다. MSG가 들어 있는 상품은 취급하지 않는 초록마을의 원칙 때문이기도 했다.

기획을 했으니 남은 것은 실행. 하지만 조미료 첨가 여부에 대한 의견 차를 줄이기 쉽지 않았다. 생산자 측에서 조미료가 없으면 쥐포가 제맛이 나지 않는다고 대번에 난색을 표했던 것이다. MSG가 건강에 해롭다 아니다 하는 지루한 논쟁은 불필요했다. 단지 재료만 좋으면 굳이 조미료가 필요 없다는 게 식품 MD로서 가진 나만의 철학이자 초록마을의 원칙이었기에 조미료를 넣지 않은 쥐포를 만들자고 생산자를 설득했다. 대신 우리 조건에 맞춰주면, 생산한 양만큼은 전부 구매하겠다는 조건을 제시했다. 생산자 입장에서는 구매자가 반품을 안 하겠다는 것보다 좋은 조건은 없었기에 계약이 성사될 수 있었다. 그러나 여전히 풀리지 않은 문제가 있었다.

'기존의 조미료 맛을 어떻게 대체할 수 있을까?'

많은 사람들에게 의견을 구한 끝에 표고버섯과 매실 엑기스에서 답을 찾았다. 표고에 들어 있는 맛 성분인 구아닌으로 MSG를 대신하고, 여기에 매실의 신맛을 더해주니 나름 괜찮은 맛이 나왔다. 이렇게 국내산 쥐치와 천연 양념이 가진 특유의 감칠맛만으로도 충분히 맛있는 쥐포를 만들 수 있었다. 하지만 테스트가 필요했다. 완성된 쥐포 샘플을 네 살 윤희한테 먹여봤다. 그러자 여물지 않은 이빨로 물고 빨면서 쥐포 한 개를 금세 먹어치웠다. 그러고는 짭짤한 탓에 목이 마른지 물을 마시고는 이내 또 쥐포를 달라고 졸랐다.

"윤희야, 이게 바로 쥐포라는 거야. 맛있지?"

내가 묻자 윤희는 전자레인지와 나를 번갈아 바라보면서 고개를 끄덕이기 바빴다. 쥐포를 먹기 좋게 잘라 접시에 건네주니 윤희가 그중에 하나를 선심 쓰듯이 내밀었다.

"아빠 먹어."

"와, 고마워 김윤. 그런데 엄마도 주면 어떨까?"

내 말에 살짝 고민하던 윤희가 접시에 있는 쥐포들 중에서 가장 작은 조각 하나를 골라 엄마한테 내밀었다. 아까워 죽겠다는 얼굴로 말이다. '쟤 내가 난 딸 맞아?' 아내의 어처구니없는 표정에 나는 숨죽여 웃고 말았다.

이런 윤희의 반응을 보고 쥐포를 출시해도 되겠다는 확신을 가졌다. 윤희 같은 어린아이들이 좋아하는데 안 팔릴 리가 없을 테니 말이다. 하지만 매장에 출시된 쥐포는 잘 팔리지 않았다. 일반 쥐포보다 비싼 가격 때문이었다. 국산 쥐치를 쓰고 조미료를 쓰지 않고 맛을 내다 보니 원가가 높아질 수밖에 없었는데, 간식쯤으로 취급되던 쥐포가 하나에 몇 천 원씩 하니 장바구니에 담기 부담스러웠던 것이다. 처음 '조미료를 쓰지 않은 국산 쥐포'를 기획할 때부터 예상은 했었지만 실제로 닥치니 실망감이 들기도 했다.

하지만 좋은 제품은 입소문을 타며 언젠가는 팔리기 마련. 출시 1년 즈음 되자 반전이 일어났다. 하루에 몇 개 정도 팔리던 것이 몇 십 개나 팔리며 베스트 상품이 되었던 것이다. 지금도 초록마을에서 재고를 마련하기 어려운 상품 중 하나가 국내산 쥐포다. 그래서 쥐치가 잡히지 않을 때는 판매를 잠시 중단하기도 한다.

윤희도 초록마을 매장에 가면 꼭 쥐포 코너에 들른다. 하지만 가격이 가격이니만큼 매번 사줄 수는 없어 토라진 윤희를 달래고는 했는데, 하루는 윤희가 내게 물었다.

"아빠, 나 쥐포 사면 안 돼?"

예전엔 무작정 집어 들고 사달라고 떼를 쓰던 꼬맹이가 내 의견을 물은 것이다. 어느덧 부모의 주머니 사정을 걱정하는 나이가 된 걸까 싶어 마음 한편이 무거워졌다. 그래서 그간 마음껏 사주지 못한 미안함과 비싸도 이것쯤은 아빠가 사줄 수 있다는 걸 보여주고 싶은 마음에 쥐포를 왕창 집어 들고 호기롭게 외쳤다.

"쥐포 이까짓 거 얼마나 한다고! 김윤, 우리 쥐포 파티 하자!"

그날 집으로 돌아와 저녁 간식으로 윤희랑 턱이 아플 때까지 맛나게 쥐포를 뜯었다. 쥐포처럼 바짝 쪼그라든 지갑 때문에 마음까지 쪼그라들기도 했지만, TV를 보며 쥐포를 씹는 윤희의 행복한 얼굴에 어느새 빙그레 웃음이 떠올랐다. 그러고는 '이번 달에는 소주 한 잔 덜 마시자'고 굳게 다짐하며 열심히 쥐포를 구웠다.

영화관이나 야구장에 가서 쥐포를 사줄까 물으면 윤희는 자기는 초록 마을 쥐포만 먹는다며 고개를 젓기 바쁘다. 비싸도 맛있는 것만 먹는 윤희. 어려서부터 맛에 대한 명품 교육을 했던 내 탓인가 싶다. 그리고 이런 생각이 들 때마다 주먹을 불끈 쥔다. 내가 윤희를 저리 만들었으니 돈 많이 벌어야겠다고!

'아빠는 10점 만점'이라는 말

● ● ● ● ● ● ● ● ● ● ● ● ● ● ● ● ●

제주 재래닭구이

집에서 닭을 구울 때 나는 토종닭을 사서 오븐에 굽는다. 시중에 시판되는 대부분의 육계는 맛이 밍밍한데 토종닭은 그렇지 않다. 흔히 토종닭은 살이 질겨서 닭을 튀기거나 굽기보다는 푹 고아야 하는 백숙이나 삼계탕으로 조리해야 한다고 알려져 있지만, 사실 토종닭은 결코 질기지 않다.

토종닭이 질기다는 고정관념은 대부분 알을 낳을 수 없을 때까지 늙은 토종닭을 먹는 경우가 많아서 그런 것이다. 아무리 크다고 해도 고기로서 가치가 떨어지는 폐계를 먹었으니 당연히 육질이 질기고 맛이 없을 수밖에. 하지만 실제로 15년 넘게 전국의 토종닭 산지를 돌아다녀 보니, 내가 닭을 잘못 먹어왔다는 걸 알게 됐다. 《중앙일보》에 토종닭에 관련된 기사를 쓴 것도 지금껏 우리가 잘못 알고 있는 식재료에 대한 고정관념을 깨고 많은 사람들이 더 맛있는 닭고기를 먹었으면 하는 바람에서였다. 당시 기사를 쓰기 위해 서교동 중식당 '진진'의 주방을 빌려 토종닭으로 치킨을 만들기까지 했는데, 실제로 토종닭으로 만든 치킨은 질기기는커녕 시중에서 판매되는 그 어떤 치킨보다도 식감이 부들부들하고 고소한 맛이 일품이었다. 퍽퍽한 가슴살까지도 씹는 맛이 좋았다.

나는 토종닭을 살 때 한 마리에 1만 원 내외 하는 1.1킬로그램짜리 한협(개량형 토종닭) 3호를 주로 산다. 대형마트보다는 온라인에서 저렴하면서도 품질 좋은 토종닭을 구입할 수 있다. 주머니 사정이 좋은 날에는 한협보다 더 비싼 제주 재래닭을 주문할 때도 있다.

보통 가게에서 파는 치킨은 900그램 정도 크기의 닭을 사용하는데, 이런 닭은 성장에 초점을 맞춘 육계라 살이 무르고 푸석해 기름과 조미를 더해주지 않으면 고기 맛을 제대로 느끼기 어렵다. 이처럼 사육 기간의 차이가 있다 보니 육질이 다를 수밖에 없는데 윤희는 토종닭과 육계의 맛을 귀신같이 구별한다. 하루는 바빠서 미처 토종닭을 주문하지 못해 근처 마트에서 산 육계로 닭볶음탕을 만들어줬는데 단박에 타박을 받았다.

"아빠, 닭 맛이 별로야."

내가 일반 육계보다 두 배 가량 비싸지만 토종닭을 주문하는 이유다.

토종닭으로 오븐 구이를 만드는 방법은 어렵지 않다. 다만 시간이 걸리고 귀찮을 뿐이다. 전화 한 통화나 스마트폰의 배달 어플리케이션을 몇 번 터치하면 음식이 주문되는 세상이니 말이다. 하지만 이러한 편리함과 바꾸는 '맛의 손실'이 아깝다는 생각이 들 때도 있다. 물론 나도 귀찮다는 이유로 치킨을 주문할 때도 많다. 실제로 집에서 닭을 구워보면 손이 많이 간다. 한마디로 주문만 하면 되는 치킨에 비해 토종닭구이를 만들면서 쏟아야 하는 시간이나 조리에 대한 불편함은 하늘과 땅 차이다. 하지만 맛은 정반대다. 배달 치킨이 땅이면 토종닭구이는 하늘이다.

먼저 토막 내지 않은 닭에 소금만 골고루 뿌리고 비닐봉지에 담아 두 시간 정도 염지를 한다. 한 달 반짝 키워 출하하는 닭을 사용하는 치킨집에서는 이런저런 조미료를 많이 넣고 염지를 하지만, 최소 60일을 키우는 토종닭은 육질이 좋기 때문에 소금 외에 따로 조미료를 첨가할 필요가 없다. 염지가 끝나면 175도로 예열한 오븐에 45분 정도 굽는다. 구울 때는 중간에 닭에 버터나 올리브 오일을 발라주면, 껍질이 딱딱해지는 것을 막으면서 풍미를 더할 수 있다.

토종닭을 사와 정성들여 닭을 굽고 윤희에게 물은 적이 있었다.

"김윤, 어때? 몇 점이야? 10점 만점?"

아빠의 호들갑에 닭다리를 오물대던 윤희가 시크하게 점수를 매겼다.

"9점."

"왜 9점이야? 왜 만점이 아닌데?"

"양념이 없잖아. 그래도 먹을 만해. 다음엔 소스도 같이 만들어봐."

공들여 만든 것치고는 쌀쌀맞은 대답이지만, 먹을 만하다는 말을 들은 것만으로 다행이었다. 윤희의 표현법에 따르면 엄청 맛있다는 의미니까.

그나저나 윤희는 새콤달콤한 양념을 좋아하는데, 반대로 나는 양념의 단맛이 점점 싫어지고 있어 걱정이다. 양념이 싫어지면 나이 든다는 뜻이라던데 말이다. 그렇다고 아닌 척하고 당기지도 않는 양념을 먹을 수도 없고…….

그래도 다음에 닭을 구울 때면 당연히 양념을 만들고 있을 거다. "그까짓 양념 소스 뭐가 어렵다고!" 투덜대면서 말이다. 실제로 고추장과 케첩을 1 대 1 비율로 섞고, 설탕을 조금 넣어주면 시판되는 양념치킨 소스 맛을 비슷하게 낼 수 있다. 새콤한 맛이 부족하면 식초 한두 방울 넣어주면 그만이다. 그럼 윤희에게서 10점을 받을 수 있을 거다. 내 입맛에는 안 맞아도 '10점 만점' 아빠가 될 수 있다면, 그걸로 된 거다. 딸에게 "아빠는 10점 만점이야"라는 말을 들어보지 않은 사람은 아마도 이 마음을 모를 거다.

네 입에 생선살 넣어주는 재미

. . . .

반건 생선

우리 집은 고기나 생선 중 꼭 하나는 식탁에 올라가야 한다. 물론 윤희에게 둘 중 하나를 택하라면 고기를 선택할 테지만. 그런데 가끔은 나도 만사가 귀찮을 때가 있어 간단하게 차릴 수 있는 햄이나 소시지를 식탁에 올릴 때가 있다. 윤희가 싫어하는 걸 알기에 그나마 수제로 된 것들로 골라 차려주지만 컴플레인은 어쩔 수가 없다.

"아빠, 가짜 고기 말고 진짜 고기 줘!"

그럴 때면 '학교 급식에서 소시지나 햄이 나오면 그때도 안 먹나?' 하고 의심이 드는데, 그래도 고기 먹고 싶은 딸에게 기왕이면 '진짜 고기'를 주려 애쓰는 게 아빠 마음 아니겠는가. 그러니 귀찮고 몸이 고달파도 '진짜 고기'를 차려주려 노력하게 된다.

매년 겨울이나 초봄에 해안가로 출장을 가면 꼭 구입하는 '진짜 고기'가 있다. 그 지역 시장에 들러 사 오는 반건 생선이다. 겨울철 반건 생선은 진짜 맛있다. 생선은 날것대로 싱싱한 맛을 자랑하지만 반건 생선은 깊은 맛을 뽐낸다. 생선을 건조하면 단백질과 지방이 분해되며 특유의 맛과 향이 생기는데, 날생선에는 찾을 수 없다. 내가 날것보다 반건 생선을 좋아하는 이유다.

　반건 생선은 그때그때 시장에서 가격을 보고 적당한 것을 구입한다. 어떨 때는 우럭 말린 것을 사고, 또 어떨 때는 삼치 말린 것을 사는 식이다. 대부분의 생선은 겨울을 나기 위해 살을 찌우고 지방의 함량을 늘려 에너지를 비축한다. 그래서 같은 생선이라도 한여름 생선 맛이 1이라면, 겨울 생선 맛은 10이다. 게다가 온도가 높지 않은 겨울에는 생선이 천천히 말라 지방과 단백질이 서서히 분해되면서 살과 살 사이에 그 맛이 깊숙이 배어든다. 냄새도 잘 나지 않아서 파리나 벌레가 꼬일 일도 없다. 반대로 기온이 올라가 날이 더워지기 시작하면 반건 생선은 내 구입 목록에서 자연스레 사라진다.

　반건 생선을 사오면 오븐에 굽는다. 식용유를 두른 프라이팬에 굽는 것도 좋지만, 오븐에 넣어 생선 자체에서 나오는 기름으로 굽는 게 훨씬 맛있기 때문이다. 이건 산지를 돌아다니며 알아낸 노하우가 아니라 윤희에게 밥상을 차리면서 얻은 비법이다. 이렇게 생선을 구워주면 고기 반찬이 없어도 윤희의 투덜거림이 덜하다.

　나는 생선을 먹을 때마다 지금 먹는 생선이 무엇인지 정도는 윤희에게 알려주려고 한다. 물론 잘 먹고 난 다음 날 어제 먹은 생선이 뭐였는지 물어보면 답을 한 번에 맞히는 경우는 거의 없다.

"고등어였나? 아니, 삼치였나? 음…… 혹시 상어?"

자기가 아는 생선 이름은 다 던져보는데, 심지어 상어까지 나온다. 식재료 전문가 아빠를 둔 딸이 맞나 싶다.

"어이구, 어제 구웠던 게 상어였어? 이상하네. 삼치가 언제 상어가 됐지?"

그러면 그제야 "아, 맞다. 삼치였지!" 하는데 그것도 그때뿐이다. 다음 날 또 물어보면 역시 오답의 행진이다. 그래도 어쩌랴. 반건 생선도 '진짜 고기'로 인정해주는 윤희를 위해 '이번 겨울엔 어떤 생선이 맛있을까?' 고민하는 아빠인 것을. 이름을 기억 못하면 뭐 어떤가? 맛만 기억하면 되는 법이다.

반건 생선은 종류를 가리지 않고 좋아하지만, 매년 꼭 산지에 가서 구입하는 생선이 있다. 바로 거제 산지에서 말린 대구다. 거제와 진해 사이 바다에서 잡힌 대구는 매일 경매가 이루어지고 건조 작업을 한다. 시세에 따라 조금씩 다르지만 80센티미터 전후의 반건조 대구는 한 마리에 6만 원에서 8만 원 정도 한다. 워낙 가격이 비싸 자주 먹을 수는 없지만, 외식 한 번 거른다 생각하면 한 마리로 며칠 동안 풍성한 식탁을 차릴 수 있다.

특히 대구는 부위에 따라 건조되는 정도가 달라 보다 다양한 맛을 즐길 수 있다. 살이 많아 촉촉한 몸통 부위는 스테이크로 만들기 좋다. 대구 살 스테이크는 별미 중에 별미로 윤희도 대구 요리 중에 제일 좋아한다. 팬에 기름을 두르고 약하게 불을 조절해 대구를 굽는데, 기름 대신 버터를 사용해도 좋고, 시중에서는 구하기 힘들지만 라
드(돼지고기에서 짜낸 최고급 지방)로 구우면 그 맛
이 기가 막히다.

　뱃살 부위는 바싹 건조해 주전부리로 재탄생한다. 건조한 대구 뱃살
은 일반 호프집에서 파는 조미 알포와는 맛이 천양지차다. 알포는 조미
료와 설탕으로 맛을 내지만 대구 뱃살은 조미료를 넣지 않아도 씹을수
록 농축된 맛이 입을 즐겁게 한다. 그런데 뱃살 부위는 양이 많지 않아
살은 윤희 몫이고, 나는 주로 껍질을 씹는다. 윤희는 껍질이 징그럽다는
데, 눈곱만큼 살점이 붙은 껍질도 나름 꽤 괜찮다. 물론 우물우물 껍질
을 씹고 있으면 궁상맞은 것처럼 보일 때도 있지만 그럼 뭐 어떤가. 모이
받아먹는 새끼처럼 '아' 하고 벌린 윤희 입에 말린 대구 뱃살을 쭉쭉 찢
어 넣어주는 재미를 포기할 수가 없는데 말이다. 그럼 된 거 아니겠는가.

살쪄도 네가 맛있다면
··
치즈 고구마

"아, 저때는 말랐었는데……."

가족 여행 가서 찍은 사진들을 보고 있던 윤희의 입에서 한숨 섞인 소리가 흘러나온다.

윤희는 어릴 적부터 빼빼 마른 아이였다. 내가 조금은 극성스러울 정도로 윤희 식단에 신경 쓰는 데에는 직업이 식품 MD인 까닭도 있지만, 무엇보다 마른 윤희에 대한 걱정이 컸기 때문이다. 아이를 낳아 키우는 부모라면 백배 공감하겠지만, 내 새끼 입에 맛난 거 먹여 토실토실 살이 오르는 모습을 보는 것만큼 행복한 게 없다. 일종의 성취감마저 느껴질 정도랄까. 그런데 유난스러울 만큼 입이 짧다 보니 윤희는 어릴 때부터 젖살이라고는 찾아볼 수 없을 만큼 빼빼 마르기만 했다. 부모 눈에는 애가 어디가 안 좋은 것은 아닌지 쓸데없는 걱정까지 할 만큼 말이다. 그래서 조금이라도 더 먹이려고, 그리고 이왕이면 몸에 좋은 것을 입에 넣어주려고 애를 썼던 것이다. 하지만 내가 간과한 게 있었으니, 부모의 애끓는 노력보다 자식을 살찌우는 게 따로 있었다. 바로 그 이름도 무시무시한 고열량 인스턴트 음식!

윤희는 초등학교 5학년 여름부터 갑자기 사이다와 피자, 감자 칩, 아이스크림 같은 간식거리를 입에 달고 살더니 순식간에 살이 오르기 시작했다. 아빠의 노력 때문이 아니라 인스턴트 음식 때문에라도 살이 오르는 게 어디냐 싶을 만큼 어찌나 반갑던지! 그래서 퇴근하는 길이면 간식거리를 바리바리 싸들고 집으로 돌아와 윤희가 먹는 모습을 보며 헤벌쭉 웃기 바빴다.

그런데 너무 오래 반가워했던 탓일까. 먹는 것에 별다른 간섭을 하지 않았더니 그 시간이 조금 길어져 윤희의 체중이 정상 체중을 넘고 말았다. 요즘은 자녀의 학업은 기본이고 외모와 체중 관리도 부모 몫이라는데 부모 자격이 없는 건가 싶어 자책 아닌 자책을 할 때도 있지만, 앞에서도 말했듯 부모 마음이란 게 어디 또 그런가. 내 새끼 입에 맛난 거 넣어주는 즐거움을 포기하기는 것은 정말 쉽지 않은 일이다. 그만 좀 먹으라는 말보다는 이것 좀 먹어보라는 말이 입에 더 착착 감기니…… 바로 지금처럼 말이다.

"김윤, 입 심심한데 치즈 고구마 해줄까?"

"콜!"

방금 전까지 살 때문에 우울해하던 윤희가 아무 고민 없이 고개를 끄덕인다. 윤희는 피자를 먹어도 치즈가 잔뜩 들어간 것만 먹는다. 토핑이 많고 적음은 관심 사항이 아니다. 고구마도 치즈를 올려 오븐에 구운 것을 좋아한다. 살이 찌는 데는 다 이유가 있는 거다.

여름이 지나 가을에 접어들 무렵이면 고구마가 나온다. 여주나 무안 등지에서는 여름부터 밤고구마가 나오지만 윤희는 호박고구마를 좋아한다. 밤고구마는 퍽퍽해서 싫단다. 호박고구마는 전남이 유명하다. 해남, 무안 등지가 이름난 산지다. 물론 그곳 고구마도 맛있지만 우리 집은 안면도산 고구마를 구입한다. 태안, 서산, 당진도 가을에 맛있는 호박고구마가 많이 난다.

고구마는 줄기를 심어 농사를 짓는다. 고구마 줄기 모종을 겨울에 키워 봄철에 밭에 심는데, 모종 관리는 고구마 품질의 핵심을 좌우한다. 해풍 고구마니, 황토 고구마니 하는 것은 판매자들이 소비자 듣기 좋으라고 지은 이름일 뿐이다. 안면도는 품종 관리가 확실한 곳으로 이름이 나 있다. 가을에 안면도를 찾으면 송림 너머 드넓게 펼쳐진 들판에서 고구마 수확하는 어르신들을 쉽게 볼 수 있다.

가을에 교외로 나들이를 갔다가 고구마를 살 일이 있다면, 망에 담긴 것보다는 박스에 담긴 것을 사는 게 좋다. 채소류는 갓 수확한 것일수록 맛이 좋지만 고구마는 시간이 지난 게 더 맛있다. 갓 수확한 고구마는 수분이 많아 맛도 떨어지고 쉬이 썩는다. 망에 담긴 고구마는 갓 수확해 수분을 날리고 있는 것일 확률이 높다. 박스에 담은 고구마는 수분 말리는 작업을 끝낸 것이다.

박스에 담긴 고구마를 구입하면 한나절 정도 신문지를 깔고 널어 말려야 오래 보관할 수 있다. 간혹 택배로 받은 고구마에 썩은 게 있다고 생산자를 욕하지 마시라. 대개는 택배가 도착하는 하루 이틀 만에 상하기 시작한 것이기 때문이다. 초등학교 4학년 책에 나오는 '고구마 키우기 실험 관찰'을 강제로 하지 않으려면, 주문한 고구마 박스가 도착하면 만사 제쳐 놓고 고구마를 선별하고 말려야 한다. 따뜻한 찐고구마, 군고구마 간식이 저절로 생각나는 겨울에는, 더욱 이 점을 주의해야 한다. 집 안팎의 온도차와 고구마의 호흡으로 생기는 수분이 더해져 고구마가 금세 썩기 쉽다.

윤희가 좋아하는 치즈 고구마를 만들기 위해 호박고구마 몇 개와 피자 치즈를 한 봉 준비한다. 치즈 고구마는 역시 오븐에 굽는 군고구마 스타일이 가장 맛있다. 고구마를 구우면 수분이 적당히 날아가며 단맛이 응축되기 때문이다. 문제는 오븐에 고구마 몇 번 굽다가는 다음 달 전기세에 허리가 휘청거린다는 것! 그래서 내가 생각해낸 게 '반찜반군' 고구마다. 말 그대로 반은 찌고 반은 굽는 거다.

반찜반군을 만드는 방법은 간단하다. 우선 냄비에 물을 평소보다 덜 넣고 약한 불에 고구마를 찐다. 완전히 찔 필요는 없고, 물이 줄어들고 어느 정도 익었다 싶으면 꺼낸다. 그리고 예열한 오븐에 마저 구우면 된다. 이렇게 하면 전기세도 적당, 수분도 적당한 군고구마를 만들 수 있다. 요즘은 군고구마 전용 냄비도 팔고 있는데, 가격도 만만찮고 그냥 홀라당 태워버려도 좋은 싸구려 냄비가 더 나은 것 같다.

다음은 고구마 으깨기. 찬물에 손을 식혀가며 뜨거운 껍질을 까고는 고구마를 으깬다. 전분이 금세 굳어지기 때문에 뜨거울 때 곧바로 으깨야 한다. 마지막으로 으깬 고구마에 피자 치즈를 골고루 듬뿍 올려준 뒤 다시 170도 정도로 예열한 오븐에 살짝 구우면 완성이다. 가끔은 단맛을 더하기 위해 설탕을 넣기도 한다.

'우리 집은 비정제 설탕을 쓰니까 윤희 살에는 문제없을 거야.'

말도 안 되는 변명을 하면서 말이다.

"김윤, 어때? 맛있어?"

"응, 먹을 만해."

치즈가 쭉 늘어나는 고구마에 윤희의 얼굴에 '행복' 두 글자가 쓰여 있다. 그걸 보는 내 얼굴에도 '흐뭇' 두 글자가 쓰여 있다. 이래서 살이 찌는 윤희를 멈추게 할 수가 없다. 고구마는 반쯤반군으로 잘만 만들지만, 윤희를 마르지도 찌지도 않은 딱 적당한 아이로 키우는 일은 너무 어렵다. 나는 정말 나쁜 아빠인지도 모른다.

"아빠, 나 그만 먹을래."

윤희가 고구마를 다 먹지도 않은 채 포크를 내려놓는다. 치즈를 다 먹었으니 남은 고구마는 필요없으시단다. 어쩔 수 없이 남은 녀석은 내 몫이다. 그리고 고구마를 삶은 냄비도, 으깬 볼도, 치즈가 달라붙은 그릇도 죄다 내 몫이다. 요리를 하는 것까지는 좋은데 설거지는 여전히 정말 내 취향이 아니다. 반요반설, 요리하면서 자동으로 설거지가 되는 기계 같은 건 발명 좀 안 되나?

네가 배고프면
아빠는 배가 아파

· ·

찹쌀닭죽

— 아빠, 나 배고파!

윤희에게 긴급 구호 문자가 왔다. 아내가 집에 있을 때도 밥은 내가 하지만, 아내가 출장 가서 집에 없을 때 윤희가 보내는 문자는 아무래도 절실함의 깊이가 다르다. 학원에 있는 녀석이 배고프다며 보낸 문자 한 통에 마음이 급해졌다. 마치 사흘 굶은 자식 입에 넣어줄 음식을 찾아 헤매는 아비 마음처럼 말이다.

6시 30분에 칼퇴근해서 지하철을 타도 회사가 있는 강남에서 양천구 집까지 도착하면 8시가 다 된다. 평소라면 윤희 학원 끝나는 시간과 얼추 맞아떨어져 손잡고 올라가며 오늘 저녁은 뭐 해서 먹을까 두런두런 이야기했을 텐데, 딸내미 배가 허리에 닿았다니 마음이 급해질 수밖에 없었다. 사촌이 땅을 살 때만 배가 아픈 게 아니다. 자식이 배가 고플 때도 아빠는 배가 아픈 법이다. 그런데 콩나물시루 지하철 속에서 저녁거리를 궁리해도 뾰족한 수가 생각나지 않았다.

'그냥 밖에서 돼지갈비 먹을까? 아, 며칠 전에 먹었지. 역 근처 닭갈비 집에 갈까? 참, 윤희가 거기 맛이 달라졌다고 이제 안 간다고 했지.'

마음이 급해지니 머릿속이 더 복잡해졌다. 결국에는 신정역에 내려 마트를 향해 뛰어갔다. 마트에서 이것저것 둘러보다 보면 좋은 아이디어가 떠오를 때도 있기 때문이다. 그리고 그날 내 눈길을 붙잡은 게 닭고기였다.

'닭으로 백숙을 해줄까? 그런데 삶을 시간이 되려나······.'

닭을 집어 들고 고민하고 있을 때, 마침 윤희에게서 다시 문자가 왔다.

— 아빠, 미술 수업 조금 늦게 끝날 거 같아. 배고픈데 힝.

'휴 다행이다.'

딸은 배고프다는데 저녁을 잘 차려주고 싶은 마음에 나도 모르게 안도의 한숨이 나왔다.

집에 도착해 서둘러 백숙을 끓였다. 1킬로그램 남짓한 육계의 핏물을 씻어내고 한소끔 끓였다. 그리고 끓는 물에 둥둥 뜬 찌꺼기와 냄비와 닭에 붙어 있는 찌꺼기까지 말끔히 없앤 뒤, 새로 물을 받아 통마늘 몇 쪽과 자염, 멸치액젓을 넣고 다시 끓였다. 육계로 끓이면 토종닭으로 끓인 것에 비해 맛이 심심하다. 아니, 심심한 정도가 아니라 밍밍하다. 이때 멸치액젓을 넣으면 감칠맛이 그나마 살아난다. 살이 무른 육계인지라 30여 분 삶으니 백숙이 완성됐다. 완성된 시간에 딱 맞춰서 윤희가 주린 배를 붙잡고 집에 도착해 비명을 질렀다.

"아빠, 밥!"

서둘러 백숙을 식탁에 올리며 살짝 불안한 마음이 들었다. 찹쌀을 불려 죽을 만들면 좋은데 죽까지 만들 여유가 없었기 때문이다. 외할머니 친구 분이 하시던 오리탕집에서 자라다 보니 윤희는 오리든 닭이든 백숙을 먹을 때면 국물로 끓여낸 죽을 꼭 찾는다. 아니나 다를까, 백숙을 끓이면 당연히 옆에 있어야 할 죽 그릇이 없자 윤희가 나를 쳐다봤다.

"아빠, 죽은?"

"죽까지 끓일 시간이 없었어. 오늘은 그냥 먹자."

자초지종을 설명하니 윤희가 한숨을 폭 내쉬며 다시 물었다.

"그럼 찬밥은?"

아, 찬밥도 없었다. 그야말로 차 떼고 포 뗀 격이었다. 윤희는 국물에 밥을 말아 먹을 때는 으레 찬밥을 찾는다. 내 입맛에도 국물에는 역시 뜨신 밥보다 찬밥이다.

"찬밥도 준비를 못 했네. 어쩌지?"

"에효, 배고픈 내가 참아야지 뭐."

너그럽게 이해해주는 윤희를 위해 내가 할 수 있는 일이란 게 뭐가 있겠는가. 공손히 닭고기를 쭉쭉 찢어 소금을 살짝 찍어 밥 위에 올려주는 수밖에. 그런데 닭고기를 입에 넣은 윤희의 얼굴이 와락 일그러졌다.

"아빠, 고기 왜 이래?"

"왜? 이상해?"

"이상하진 않은데 맛이 없어. 씹는 맛도 없고 그냥 물렁물렁해."

그도 그럴 것이 평소 윤희한테 닭요리를 해줄 때는 토종닭을 쓰기 때문이다. 토종닭도 생산지에 따라 맛의 차이가 나는데, 우리 집은 주로 파주의 한 농장에서 키운 닭을 구입한다. 발효한 사료를 먹이며 키운 닭이어서 다른 농장의 토종닭보다 육질도 좋고 국물 맛이 깔끔하다. 이렇게 어릴 때부터 좋은 닭만 먹어온 윤희 입맛에 육계의 물컹한 맛이 어땠겠는가. 국물이야 멸치액젓으로 얼추 흉내 낼 수 있어도 육질은 어쩔 도리가 없는 법이다.

"윤희 네가 좋아하는 치킨도 이런 닭으로 만들어."

할 말이 없어 윤희가 좋아하는 치킨 닭이랑 똑같다고 얼버무리니 대뜸 반론이 들어왔다.

"치킨은 그래도 양념 맛이라도 있잖아."

"마트에 토종닭이 없더라. 집에 사놓은 것도 없고. 그러니 그냥 먹자."

"알았어. 그래도 다음부터는 아빠도 미리미리 좀 준비해. 나한테만 미리미리 하라고 말하지 말고."

윤희의 타박에 문득 '시장이 반찬'이라는 말도 윤희한테는 안 통하는구나 싶었다.

얼마 뒤, 윤희 휴대폰을 고치러 서비스센터에 함께 갔다 돌아오면서 시장에 들렀다. 윤희와 이것저것 구경하며 저녁 메뉴를 고민하는데 삼베주머니가 눈에 띄어 하나 구입했다. 백숙 끓일 때 필요해 사야지 하면서 곧잘 잊어버리던 물건이었다. 찹쌀을 그냥 넣으면 냄비 바닥에 둘러붙어 계속해서 저어주는 게 귀찮으니 삼베에 넣으면 좋겠다 싶었다.

"아빠, 그게 뭐야?"

"삼베주머니라고, 백숙할 때 찹쌀 넣고 끓이면 좋아."

"닭 먹어? 지난번에 먹은 백숙 맛없었는데."

윤희의 의심스런 물음에 오랜만에 어깨에 힘을 줬다.

"며칠 전에 주문한 토종닭이 도착해 냉장고에 고이 모셔져 있다는 말씀. 최고의 백숙을 기대하시라!"

"오호, 기대해보겠어."

윤희의 말에 주먹을 불끈 쥐었다. 최고의 죽과 찬밥, 육질의 삼합을 맛보여주리라 결심하며. 그러다가 문득 우리 두 부녀는 먹는 거 빼면 뭐가 남을까 싶은 생각이 들었는데, 뭐 어떠랴 싶었다. 훗날 맛있는 음식 먹던 추억만으로도 3박 4일 이야기를 나눌 수 있으면 그것으로 행복할 테니 말이다. 그런 부모와 자식 사이가 되는 것으로도 충분하다.

우리 아빠 셰프네, 셰프

진저포크 덮밥

'진저포크'라고 하면 뭔가 엄청나게 거창한 요리처럼 들린다. 그러나 생강의 영단어인 진저(ginger)와 돼지고기를 뜻하는 포크(pork)를 합성한, 즉 '생강 맛 돼지 불고기'에 불과하다. 하루는 국내의 유명 셰프들이 도심 빌딩 옥상에 밭을 일구는 TV 프로그램을 보던 윤희가 나를 불렀다.

"아빠, 아빠! 저거 해줄 수 있어?"

프로그램을 보니 '차우기' 정창욱 셰프가 진저포크를 만들고 있었다. 일본 가정에서 자주 해먹는 돼지고기 요리로 자기도 일본에서 즐겨 만들어 먹었단다. TV를 보다가 괜찮은 요리가 나오면 종종 따라 하긴 해도 윤희가 먼저 부탁한 적은 별로 없었는데, 돼지고기 예찬론자인 윤희로서는 그냥 지나칠 수 없었나 보다. 윤희의 취향을 제대로 저격한 메뉴였다. 고추장 양념이나 간장 양념이 베이스인 돼지고기만 주로 해먹다 보니 생강, 꿀, 간장의 조합은 처음인지라 윤희만큼이나 나 역시도 그 맛이 궁금했다.

"당근, 아빠가 저거 하나 못 할까?"

"그럼 해줘. 근데 아빤 셰프도 아니잖아."

오랜만에 실력 발휘할 기회다 싶어 큰소리를 쳤더니 윤희가 내 승부욕을 건드렸다. 요 녀석 은근 사람을 자극할 줄 안다.

그다음 날 윤희가 학교에 간 뒤, 정창욱 셰프가 진저포크 만드는 장면만 돌려보기로 몇 번을 확인했다. 요리법은 단순했다. 다진 생강에 꿀과 간장으로 양념장을 만들어 돼지고기를 잰 뒤, 버터로 달군 프라이팬에 구우면 그만이었다. 레시피만 봐도 싫어할 사람 없는 '단짠단짠'이 느껴지는 요리였다.

요리할 때 핵심은 양념을 넣는 타이밍이다. 그래서 정 셰프가 양념을 넣는 순간을 집중적으로 살폈다. 만약 실패했다가는 '그럼 그렇지, 쯧쯧' 하며 혀를 찰 윤희를 떠올리며 긴장의 끈을 늦추지 않았다. 식빵, 떡강정 등등 새로운 요리에 도전해서 실패할 때마다 후유증이 꽤 오래간다. 명색이 '셰프들이 찾는 식재료 전문가'의 자존심 탓이다.

돼지고기는 미리 구매해놓은 불고기용 버크셔 뒷다릿살로 준비했다. 〈오늘 뭐 먹지?〉라는 요리 프로그램 이름처럼 오늘은 무슨 반찬을 할지 고민하는 건 식탁 차리는 사람들의 최대 고역이다. 그래도 고기가 있으면 마음이 든든하기에 나는 한 달에 두어 번 1킬로그램씩 미리 사두는 편이다. 고기는 있으니, 평소 요리할 때는 쓸 일이 거의 없어 1년에 한 번 살까 말까 하는 생강만 따로 구입했다. 나는 없으면 없는 대로 요리하는 스타일이지만 '진저포크'에는 꼭 들어가야 하는 재료가 아닌가.

꿀은 6월의 지리산에서 채취한 향기 좋은 때죽꿀을 준비했다. 때죽은 6월초 계곡이나 냇가 주변에서 흔히 볼 수 있는 나무로, 종을 닮은 흰 꽃망울이 떼로 피어난다 해서 붙은 이름이다. 어찌나 향이 강한지 때죽잎을 갈아 물에 풀면 물고기가 기절한 채로 떠올라 예전에는 때죽으로 고기를 잡곤 했다고 한다.

고기에 양념을 재우기 위해 먼저 돼지고기 뒷다리살을 적당한 크기로 잘랐다. 살코기만 있는 부분만 준비하고, 비계가 붙은 부분은 내 몫으로 따로 남겨놓았다. 윤희는 돼지고기를 좋아하지만 아직 비계까지 맛있게 먹지는 않는다. 나도 어릴 적에 비계를 떼어내다가 아버지한테 혼난 적이 있어, 윤희가 비계를 안 먹어도 절대 잔소리하지 않는다. 아이들은 아이들 나름대로 맛의 기준이 있다. 어른 눈에는 그 기준이란 게 조금은 어설프고 비합리적으로 보이지만, 그렇다고 어른들 기준에 아이들을 끌어맞춰서는 안 된다. 아이들의 기준이 어른과 다를 뿐이다.

다음으로 생강을 채를 썰고 잘게 다졌다. 칼질은 취사병 시절 단련돼 어려움이 없다. 그리고 간장에 다진 생강과 꿀로 양념장을 만들었다.

'매운맛을 더하면 괜찮을 것 같은데…….'

간장과 꿀이 어우러져 달콤하고 짭조름한 맛의 양념장에 청양고추를 조금 잘라 넣었다. 혀끝을 살짝 때리는 매운맛이 더해지면 밥반찬으로 더할 나위 없을 듯싶다. 마지막으로 양념에 식초를 한 방울 넣어 마무리했다. 식초는 맛을 깔끔하게 잡아주며 따로 노는 양념들이 하모니를 이루게 해주는 최고의 식재료다. 썰어 놓은 돼지고기에 양념을 발라 몇 시간 재우면 이제 구울 일만 남았다. TV에서는 시간 관계상 양념한 고기를 바로 구웠지만, 시간을 두고 고기를 재면 훨씬 더 맛있을 거다.

저녁때가 되고, 집에 돌아온 윤희를 위해 준비한 돼지고기를 프라이팬에 올렸다. 버터를 조금 두르고, 채 썬 파를 곁들였다. 고기가 익을 즈음 뚜껑을 닫고 불을 줄였다. 돼지기름과 수분이 팬에 모여 물기가 조금 있는 상태로 조리하면 훨씬 더 괜찮을 것 같아서다.

'오호, 진짜 상상했던 맛 그대로네!'

맛을 보니 달콤 짭조름한 맛이 밥반찬으로 이만한 게 없다 싶을 정도였다. 입 안에서 은은한 생강 향이 사라질 즈음 청양고추의 매운맛이 톡 쏘며 식욕을 자극하는데, 내가 만들었지만 참 맛있게 잘 만든 것 같아 윤희를 부르는 목소리에 힘이 들어갔다.

"김윤, 밥 먹자!"

"헤헤, 고기 냄새 나네. 아빠, 오늘은 무슨 고기야?"

윤희가 방에서 나오며 헤실헤실 웃는데 고기 냄새만으로도 행복한 얼굴이었다.

"아빠가 그거 한다고 했잖아. 오늘의 메뉴는 진저포크 덮밥이야."

"진저포크? 아, 어제 TV에서 본 거 진짜 했네!"

윤희가 하얀 쌀밥 위를 장식한 구운 돼지고기에 눈을 동그랗게 떴다. 윤희가 좋아하는 방식대로 밥 따로 고기 따로 차려 상추에 쌈을 싸 먹을까 싶었지만, 그만 상추를 깜박했다. 하지만 고기만으로도 윤희는 만족한 얼굴이었다.

"오홍, 괜찮은데! 아빠 셰프네, 셰프."

"그치? 맛있지? 맛있지?"

오랜만의 칭찬에 젓가락질에 힘이 붙었다. 그렇게 잘 먹고 콧노래를 흥얼대며 상을 치울 때였다. 윤희가 지나가며 툭 한마디 했다.

"근데, 나는 그냥 빨갛게 양념한 게 더 좋네."

'아…….'

그날따라 멀어지는 딸내미의 뒷모습이 왜 그리 차가워 보이던지. 그래도 윤희에게 생강의 맛을 소개해줬으니 됐다. 그래, 그럼 된 거다.

물려받은 기억은 유독 힘이 세지
그런 기억을 밥상 위에서 더 많이 전해주려고

언제나 함께였으면 좋겠다

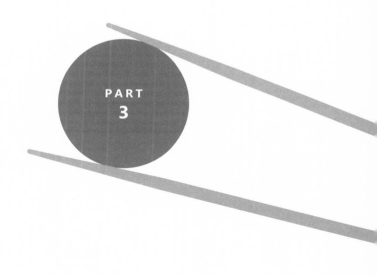

PART
3

언제까지 지금처럼
가까울 수 있을까

낚시터 닭볶음탕

"윤희야, 우리 어린이날에 낚시 갈까?"

"오케이, 콜!"

윤희가 초등학교 4학년 때, 윤희랑 두 번째 낚시를 떠났다. 어린이날에 무엇을 할까 고민하다 슬쩍 물어봤더니 덥석 미끼를 물었다. 월척이다! 낚시에는 관심 없지만 윤희는 아빠와의 여행만큼은 언제나 환영이다.

윤희와의 첫 번째 낚시 여행은 윤희가 초등학교 1학년 때였다. 춘천호 위에 떠 있는 방갈로 형태의 최신식 수상 좌대였는데, 구식 좌대는 전기는커녕 화장실도 없지만 최신식 좌대는 위성 TV, 냉장고, 인터넷까지 되었다. 밥은 낚시터 식당에서 주문을 했고, 따로 불판을 가져가 윤희가 좋아하는 돼지고기 요리를 해줬다.

내가 낚시하는 동안 윤희는 TV를 보거나 인터넷을 하며 시간을 보냈다. 그러다가도 가끔 내 옆으로 와서 종알거리다 시들해지면 이내 다시

방으로 들어가곤 했다. 그렇게 밤낚시를 하며 하룻밤을 보냈고, 그날의 경험 때문인지 TV에서 낚시하는 모습을 보면 그때 이야기를 하곤 했다.

나는 낚시를 선친께 배웠다. 미군 부대에 다니시던 아버지는 평일에 종종 쉬시곤 했는데, 쉬는 날이면 낚시를 하러 새벽같이 집을 나섰다. 그러던 어느 날 새우깡을 사준다는 꾐에 처음으로 아버지를 따라나섰던 기억이 지금도 생생하다. 봄에서 여름으로 넘어가는 계절이었다. 새벽 안개 낀 골목을 지나 인천의 부평 소방서 앞에서 강화도로 가는 완행버스를 탔다. 그리고 나도 아버지께 윤희처럼 묻고 또 물었다.

"아빠, 얼마나 남았어?"

"조금."

"아빠, 얼마나 더 가야 돼?"

"다 왔어."

덜컹거리며 국도를 달리던 새벽 버스 안은 출근하는 이들로 만원이었다. 비좁은 버스 안을 울리는 라디오 소리를 들으며 꾸벅꾸벅 졸다가 깨어보니 어느새 강화읍이었다. 버스를 갈아타고 저수지에 도착하자 아침 햇살에 저수지가 빛나고 있었다. 나는 아버지와 함께 쪽배에 올라타 저수지 한복판의 나무판자로 만든 두 평도 채 안 되는 작은 좌대에 올랐다. 바람이 심하게 불어 좌대가 쉴 새 없이 출렁거렸다. 아버지께서 괜찮다고 말씀하셨지만, 어린 마음에 어찌나 무섭던지 그만 울음이 터지고 말았다. 없는 돈에 큰 맘 먹고 탄 좌대였지만 결국 아버지는 낚싯대 한 번 던져보지도 못하고 좌대에서 내려올 수밖에 없었다.

아버지는 별수 없이 저수지 한편에 낚싯대를 펼치고는 길이가 짧은 낚싯대를 내 몫으로 하나 주셨다. 그리고 아침밥을 준비하셨다. 지금처럼 휴대용 가스레인지가 없던 시절이라 석유 버너에 불을 붙여 라면을 끓였다. 집에서 스댕 통에 가져온 김치와 함께 라면을 먹었는데, 조금 전까지 울고 불던 것도 까맣게 잊을 정도로 정말 맛있게 먹었던 기억이 난다. 그게 내가 기억하는 첫 낚시다. 그 뒤로 나는 종종 낚시가방을 둘러맨 아버지를 따라나섰다.

하지만 세월이 흘러 내 차가 생긴 뒤로 나는 혼자 낚시를 다녔다. 아버지와 함께하기보다는 혼자 다니는 게 편했다. 보통의 부자 사이처럼 자라면서 아버지가 어찌나 불편하던지……. 당신이 떠난 뒤에야 참 어리석었다고 후회하지만 말 그대로 뒤늦은 후회일 뿐이다.

어린이날 아침, 윤희를 깨우고 낚시터로 출발했다. 목적지는 충주 노은지. 윤희와 처음 낚시를 했던 춘천호 좌대는 환경 문제로 철거돼 더 이상 갈 수 없었다. 그런데 일찍 나온다고 나왔는데 연휴라서 그런지 고속도로에 들어서자 차가 심하게 밀렸다. 거북이걸음을 하는 차량 행렬에 지루해진 윤희는 휴대폰으로 소녀시대 노래를 듣다가 의자를 뒤로 젖히고는 잠에 빠졌다. 문득 아버지와 함께 낚시를 가던 어린 내가 어느새 어른이 되어 딸을 데리고 낚시를 간다는 사실에 기분이 이상했다. 윤희의 코고는 소리에 완행버스에 앉아 꾸벅꾸벅 졸던 어린 날의 내가 떠오르기도 했다. 그렇게 옛 추억을 떠올리며 지루한 서행을 견디고 낚시터에 도착했다. 예정 시간보다 늦게 도착했기에 서둘러 좌대에 올랐다.

"접때보담 별로네."

윤희가 좌대를 보며 실망한 눈치였다. 춘천 낚시터의 좌대는 주방과 거실, 방 두 개가 딸린 고급형이었지만 노은지의 좌대는 방 하나에 화장실이 전부였다.

"김윤, 낚시할래?"

"아니."

편안한 옷으로 갈아입은 윤희가 이부자리를 깔고 누워 휴대폰으로 눈을 돌렸다. 시간이 얼마나 흘렀을까. 낚시를 하고 있는데 윤희가 슬그머니 옆에 와서 좌식 의자에 앉았다.

"심심해?"

"아니."

"다음에 또 올까?"

"응. 그런데 여기 말고 저번에 갔던 데 가자."

춘천호 좌대는 없어져서 갈 수 없다는 얘기는 굳이 꺼내지 않았다.

어느덧 저녁때가 되었다. 어릴 때 아버지랑은 석유 버너에 라면이 전부였지만 딸이랑 같이 온 나의 시대는 또 달랐다. 낚시터 관리소에 전화해 윤희가 좋아하는 닭볶음탕을 주문했다. 요즘 낚시터에서는 백반이며, 제육볶음이며, 닭볶음탕까지 웬만한 음식은 전부 만들어 판다. 그런데 닭볶음탕을 먹은 윤희가 볼을 부풀렸다.

"아빠, 닭볶음탕이 좀 그래."

술 한 잔 걸치며 먹는 낚시꾼들을 대상으로 파는 음식이라 집에서 내가 해주는 것과 달리 국물이 맵고 짰던 것이다.

"오늘은 어쩔 수 없으니까 밤에 배고프지 않을 정도로만 먹어. 다음에는 아빠가 집에서 닭볶음탕 준비해서 가져올게."

"응, 그래."

대답을 하면서도 윤희의 젓가락질에는 힘이 들어가지 않았다.

밤이 지나고 다음 날 새벽, 윤희가 자는 동안 새벽 낚시를 했다. 해가 뜨고 시간이 지나니 윤희가 눈을 비비며 일어나 옆에 와 앉았다. 이런저런 이야기를 하다가 문득 윤희랑 여행을 다녀도 함께 찍은 사진이 별로 없다는 생각이 들었다. 생각난 김에 삼각대에 카메라를 세팅하고 둘이 나란히 앉았다. 그리고 윤희 얼굴 옆에 바짝 얼굴을 들이댔다.

"웬 연출? 평소처럼 해!"

윤희가 징그러운 척하는데, 입가에는 싫지 않은 웃음이 걸려 있었다. 타이머를 울리며 시간을 재던 카메라가 찰칵, 추억을 찍었다.

얼마 전 사진들을 정리하다가 그날 윤희와 찍은 사진을 봤다. 초등학교 4학년이었던 윤희가 어느덧 중학생이다. 윤희와 나 사이의 거리는 언제까지 저 거리일까? 물리적 거리가 아닌 마음의 거리 말이다. 윤희에게도 곧 사춘기가 찾아올 테고, 자연스럽게 조금씩 내게서 멀어질 것이다.

문득 그런 생각이 든다. 멀어지는 것은 당연한 것이라고. 내가 아버지와 그랬던 것처럼. 그리고 멀어지는 것을 아쉬워하면 안 된다고. 내가 해야 할 것은 그 사이사이의 추억을 만드는 것이라고. 아버지가 나에게 만들어주셨던 추억처럼. 아직 만들 추억도 많고 만들 밥도 많다.

기억은 대물림된다.
어릴 적 밥상머리 앞에서 즐거웠던 추억이 많다면,
그 아이는 자라서 똑같은 밥상을 차릴 거다.
반대로 어릴 적 꾸중 들었던 적이 많다면,
그와 똑같은 밥상을 자녀에게 대물림할 가능성이 높다.
그렇기에 나는 딸에게 즐거운 밥상을 물려주고 싶다.
딸도 나중에 그랬으면 좋겠다고, 아니 그럴 거라고 믿는다.

딸의 첫 야구경기

· · · · · · · · · · · · · · · · · · ·

간식용 닭강정

윤희가 중학교 1학년 여름 방학 때였다.

"친구랑 야구 보러 가도 돼?"

윤희가 통보 같은 질문을 내게 던졌다. 집에서 고척돔까지는 차로 5분 밖에 안 걸리고, 택시를 타면 기본요금에 닿을 거리라지만 아무리 그래도 그렇지! "아빠, 야구 보러 가자"가 아니라 "가도 돼?"라니. 아빠만 찾던 녀석이 어느덧 친구를 먼저 찾는 것 같아 섭섭함이 앞섰다. 그리고 불쑥 의심이 치솟았다.

"누구랑 가려고? 혹시……?"

"아니거든!"

윤희가 빽 소리쳤다.

'눈치 빠른 녀석. 남친의 남도 꺼내지 않았는데.'

딸 가진 아빠의 비애를 다시금 느끼고 있자니 녀석이 불쌍한 아빠를 위해 이야기를 해줬다.

"친구랑 둘이 갈 거야. 걔는 다른 팀 팬인데 이번에 나랑 같이 가고, 다음에 걔 응원팀 경기할 때 내가 같이 가기로 했거든."

"그, 그래? 그럼 조심히 다녀와."

윤희를 야구장에 보내고 썰렁한 집을 배회하고 있으니 둘이서 처음 야구장에 갔던 기억이 났다.

'초등학교 4학년 때였지 아마?'

꼬맹이 윤희는 야구가 어떤 스포츠인지도 모를 때였고, 나도 응원팀이 몇 년 동안 부진에 빠져 야구에 대한 관심이 떨어져 있을 때였다. 그런데 응원팀이 그해 상위권에서 우승을 바라보자 식었던 관심이 다시 타올랐다. 떡 본 김에 제사 지낸다고 윤희가 절대 거부할 수 없는 미끼를 던졌다.

"김윤, 우리 야구 보러 갈래? 가기 전에 백화점 들러 야구 보면서 먹을 치킨도 사고. 어때?"

"뭐? 치, 치킨?"

지금은 유명무실해졌지만 당시만 해도 치킨은 한 달에 딱 한 번만 먹는다는 규칙을 엄격하게 지킬 때였다. 그런데 며칠 전 치킨을 먹었는데 다음 달이 되기도 전에 또 사준다니, 윤희가 어떻게 미끼를 물지 않을 수 있었겠는가.

"가자, 아빠! 빨리 가자!"

아이스박스에 얼린 물과 과일을 담아 목동 야구장으로 향했다. 백화점에 들러 약속대로 치킨도 샀다. 원정팀이 1루, 홈팀이 3루인 목동 경기장인지라 1루 뒤편에 자리를 잡고 앉자 신기한 듯 주변을 둘러보던 윤희가 팔을 잡고 보챘다.

"아빠, 아빠. 나도 저 옷이랑 풍선 사줘."

1루의 원정팀 관람객들은 빨간색 유니폼을 입고 있었다. 유니폼을 입지 않은 사람들은 노란색 막대풍선이라도 들고 있었다. 그런데 자기만 백화점에서 사온 치킨을 들고 있으니 이상하다는 걸 느꼈던 거다. 야구 팬이라면 이쯤 눈치채셨을 거다. 그렇다. 나는 타이거즈 팬이다. 이날은 원정 경기인지라 타이거즈의 유니폼을 살 수가 없어 노란 막대풍선을 사서 윤희에게 안겨줬다.

환호성과 응원가가 울려 퍼지는 광경이 낯설었는지 처음에는 뭐가 이렇게 시끄럽냐며 투덜대던 윤희는 어느새 응원가에 맞춰 노래도 부르고 율동도 따라 하며 슬슬 재미있어 하는 눈치였다. 하기야 외국 관중들도 그 열기에 반해 골수팬이 된다는 우리나라 야구장이 아닌가. 윤희가 신나게 노래를 부르고 기분을 내는 사이, 경기장의 선수들이 던지고 치고 달리기 시작했다. 그리고 윤희도 질문을 던지기 시작했다.

"(투수를 보고) 왜 저 아저씨는 던지기만 해?"

"(외야수를 보고) 왜 저 아저씨는 저기 서 있어?"

"(삼진 당한 타자를 보고) 저 아저씨는 왜 치다가 들어와?"

"(수비가 조금 길어졌을 때) 우린 언제 공격해?"

타이거즈 에이스 양현종의 꽉 찬 직구 같은 날카로운 질문들이 쉴 새

없이 날아왔다. 나도 오랜만의 직관이라 경기에 집중하고 싶었지만, 대답에 귀찮은 티를 냈다가는 눈치 빠른 윤희가 모를 리 없었다. 그러면 다음에 야구장에 같이 오는 건 물 건너갈 게 뻔해 최대한 자세히 답해줬더니 윤희가 알았다는 듯 고개를 끄덕였다. 하지만 공격과 수비가 바뀌면 같은 질문이 반복됐다. 9회까지 무한 반복되는 질문 세례를 받으며 끝까지 경기를 관람했다. 2017년 한국시리즈에서 완봉승을 한 양현종도 그날의 나처럼 힘들지는 않았을 거다.

그 뒤로 윤희와 야구장에 갈 때는 치킨 대신 닭강정을 만들어 갔다. 집에서는 치킨 집처럼 닭을 튀기기 어려워 오븐에 굽고 양념을 무쳐 닭강정을 만들었다. 그냥 야구장 가는 길에 치킨 한 마리 돈 주고 사면 간단하지만 '한 달에 1치킨' 규칙도 있고, 조금이라도 더 좋은 닭고기를 윤희에게 먹이기 위해 신경을 썼다.

닭강정 만드는 방법은 간단하다. 우선 할인점에서 순살 닭고기를 사다가 소금과 후추로 밑간을 하고 간이 배도록 한 시간 정도 기다린다. 그리고 오븐을 170도로 맞추고 20분 정도 구우면 겉은 바삭하고 속은 촉촉한 상태가 된다. 닭을 굽는 동안 간단히 양념 소스를 만들면 되는데 고추장, 케첩, 꿀, 다진 마늘을 프라이팬에 넣고 기름에 달달 볶는다. 케첩에 꿀을 넣으면 단맛이 훨씬 살아나며 광택까지 난다. 이때 주의할 점은 약한 불에 살살 볶아야 한다는 것이다. 강한 불에 볶으면 양념이 쓴맛이 나고, 순식간에 다 타버릴 수도 있다. 다 익은 닭을 오븐에서 꺼내 준비한 소스와 함께 한 번 더 볶아주면 맛있는 닭강정이 만들어진다.

"오늘은 선발투수가 괜찮던데 한번 볼까?"

TV를 켜고 고척돔 경기 중계방송으로 채널을 돌렸다. 타이거즈 야구를 보고 싶은 마음도 있지만 윤희가 잠깐이라도 화면에 스쳐갈까 싶어서였다. 그렇다. 솔직히 윤희 옆에 앉은 친구가 누구인지도 확인하고 싶었다! 사춘기 딸을 둔 아빠란 다들 이렇게 조금은 유치해질 수밖에 없는 법이다.

그렇게 눈이 빠져라 TV를 노려보다가 나도 모르게 피식 웃고 말았다. 치킨을 미끼로 야구장 가자고 꾀었던 윤희가 어느덧 아빠를 따라 열정적인 타이거즈 팬이 됐다는 사실이 신기해서다. 좋아하는 선수도 몇몇 생겨 관심을 보이는 게 재미있기도 하다. 가끔은 저녁에 밖에서 일을 보고 있으면 '아빠 우리 이기고 있어!' 하고 메시지도 날아온다.

"아빠 우리 이렇게 계속 지면 가을야구 할 수 있을까?", "왜 감독님은 투수 교체가 저 모양이야?" 밥상머리에서 야구에 관해 심도 깊게 대화를 나누고 있으면, 옆에 있는 아내가 어이없다는 표정으로 우리를 쳐다본다. 저게 과연 부녀 사이에 할 이야기인가 하는 표정이다. 하지만 부모와 자식 사이에 공유할 수 있는 이야깃거리 하나 더 생긴 게 얼마나 좋은가. 그것만으로도 나는 행복하다. 그러면 된 거다.

내 손으로 만드니까
뭐든지 맛있네
············

담양 한과

"아빠, 설날에 먹었던 과자 좀 사줘."

가끔 뜬금없이 윤희가 특별한 음식을 찾을 때가 있는데, 한번은 설날에 먹었던 유과를 찾았다. 한과는 명절 제사상 위에 올릴 때나 집에 사다 놓지, 평소에는 잘 사지 않는데도 말이다.

한과는 유과, 산자, 약과, 다식, 강정 등 재료에 따라 그 종류가 다양하다. 그중에서 윤희가 좋아하는 건 유과다. 손가락 크기의 유과를 슈퍼에서 파는 다른 어떤 과자보다 좋아한다. 다양한 종류가 담겨 있는 한과 세트 안에서도 유과와 사과 정과만 먹고 나머지는 쳐다보지도 않는다. 정과와 단맛이 비슷한 약과나 강정은 퍽퍽하다나. 심지어 유과와 같은 재료와 같은 조리 방식으로 만드는 산자도 크고 넓적해 잘라 먹기 힘들다고 안 먹는다. 어릴 때 산자나 강정은 안 먹고 약과만 먹었던 나와는 입맛이 달라도 너무 다르다.

나는 지금도 출장을 다니다가 전통 약과를 만드는 곳을 보면 지나치지 않고 꼭 사먹는다. 약과를 한 입 베어 물면 제사 끝나고 약과 하나 더 먹으려고 형과 싸웠던 소소한 옛 기억들이 절로 떠오른다. 누구나 추억에 관련된 음식이 있는데 내게는 약과가 그런 음식 중에 하나다. 그래서 윤희에게 약과를 먹어보라고 넌지시 건네곤 하지만 역시나 돌아오는 건 타박뿐이다.

"그건 아빠 입맛이고, 나는 나야."

담양에는 괜찮은 한과 업체가 많다. 지금은 슬로시티로 유명하지만 오래전부터 담양 창평은 한과의 본향으로 유명했다. 조선 초기 양녕대군을 수행했던 궁녀들에 의해 전래된 쌀엿, 조청의 제조 비법은 남도의 풍부한 곡물과 어우러져 한과 생산의 기반이 됐다. 한과는 당시 전라도 창평현의 문중, 가문의 제례에 빠질 수 없는 전통음식이었다. 바삭바삭하게 씹히다가 사르르 녹아내리는 식감은 담양 한과의 맛의 깊이를 더해준다. 이처럼 창평에서 생산되는 한과는 대대로 전해 내려오는 전통 방식을 오롯이 지키고 있다. 담양 지역에서 만드는 한과 맛이 좋을 수밖에 없는 이유다.

초록마을에서 일할 때 과자 종류가 부족해 한과를 기획했었는데, 우리 밀로 약과를 만들어주겠다는 곳을 쉽게 찾을 수가 없었다. 그러던 중 담양의 한 업체에서 양이 적어도 한번 만들어보겠다고 해서 그때부터 한과 업체와의 인연이 시작됐다. 그리고 여러 차례 담양을 오가다가 어느 날 문득 의문이 들었다.

'왜 명절에만 한과를 먹어야 하지?'

명절이 지나면 찾지도 않으면서 우리 것이라고 한과를 자랑하는 것도 영 이상했다. 곰곰이 생각해보니 주위에 상품이 없어서 그런 건 아닐까 하는 생각이 들었다. 그래서 '방울이'라는 이름을 붙여 유과를 작고 동그랗게도 만들고는, 과자처럼 매장에 진열할 수 있게 포장을 작게 해 상품을 출시했다. 그러자 내 예상대로 상품이 보이니 사람들이 한과를 사먹기 시작했다. '방울이'는 할인이라도 하면 금방 매진될 정도로 인기를 끌었다. 구색이 부족했던 과자 칸도 채우고, 매출도 올리고, 무엇보다 말 그대로 한과가 우리 전통 과자라 당당하게 말할 수 있게 됐으니, 그야말로 일석삼조가 아닐 수 없었다.

물론 윤희가 처음부터 유과를 좋아했던 것은 아니다. 초등학교 3학년 때 남원과 담양으로 선배, 친구 가족과 함께 해맞이 남도 여행을 하다가 식품을 기획하며 인연을 맺고 있던 명진식품이라는 업체에서 운영하는 한과 체험장이 근처에 있다는 것을 떠올렸다. 그래서 아이들이 한과 만들기 체험을 해보면 좋겠다 싶어 그곳을 찾아갔다.

한과 체험은 십여 분 정도 전통 한과에 대한 설명을 듣고, 체험장에서 미리 만들어놓은 반대기를 튀김기에 튀기고 조청과 튀밥가루를 묻히고 식혀 한과를 만드는 간단한 순서로 진행됐다. 하지만 원래 유과를 제대로 만들려면 대략 일주일에서 보름 정도의 시간을 들여야 한다. 찹쌀을 불리고 삭힌 뒤 가루를 내 평평한 직사각형 모양의 '반대기'를 성형하는 것만 해도 며칠은 꼬박 걸린다. 이 반대기를 튀김기에 넣으면 속 안이 천

겹으로 튀겨지게 되는데, 반대기 만드는 과정을 대충하게 되면 유과 속에 빈 공간이 생겨버린다. 저가의 중국산 반대기로 튀긴 유과 안에 빈 공간이 있는 게 이 때문이다. 이런 유과는 바삭한 식감을 느낄 수 없는 것은 물론이고 맛도 떨어질 수밖에 없다.

그렇게 한 시간도 채 되지 않는 체험이 끝났을 때, 나는 기대도 하지 않은 장면을 목격했다. 윤희가 앞치마와 위생모를 쓴 채 자기가 만든 유과를 맛있게 먹고 있었던 것이다.

"김윤, 너 그거 안 먹었잖아?"

"응, 근데 내가 하니까 맛나네."

체험장을 나와 남원으로 눈썰매를 타러 가면서도 윤희는 내내 자기가 만든 한과를 먹었다. 갓 만든 음식은 다 맛있는 법인데 하물며 본인이 만든 것이니 오죽이나 맛있을까 싶었다.

그날부터 윤희는 한과를, 특히 자기가 만들었던 유과를 먹기 시작했다. 제사가 끝나고 할머니가 남은 음식을 싸주시는 걸 심드렁하게 바라만 보던 녀석이 할머니한테 유과를 싸달라고 해서 집에서 야금야금 먹기 시작했다.

'오호, 직접 체험을 하면 안 먹던 것도 먹는구나!'

윤희의 변화에 내가 더 고무된 나머지 주말에 시간이 되면 윤희를 데리고 채소 체험, 조개 체험 등을 떠나기도 했다. 그러나 윤희는 윤희였다. 윤희는 체험이고 뭐고 자기가 먹고 싶지 않은 것은 지금도 절대 먹지 않는다.

그래도 나는 윤희가 먹지 않는 음식을 어떻게 하면 소개해줄까 언제나 고민한다. 윤희에게 소개해주고 잔소리 좀 듣더라도 그게 뭐 대순가. 그 자체가 윤희에게는 소중한 경험의 시간인데. 그것만으로도 충분히 의미 있다고 생각한다. 언젠가 윤희가 이렇게 말할 날이 올지도 모르니까.

"우리 아빠가 나 어릴 적에 이것 좀 먹어보라고 성화였는데……."

윤희의 말줄임표 속에 아빠에 대한 기억이 알알이 숨어 있다면, 그건 그거대로 성공이 아닐까.

누가 뭐래도
내 갈 길을 간다

장안농장 상추쌈

　고기는 돼지고기, 채소는 상추. 윤희가 가장 좋아하는 먹을거리다. 그 다음은 닭고기와 오이 정돈데, 그 외에는 있어도 먹지 않거나 없어도 굳이 찾지 않는다. 채소는 더더욱 그렇다. 상추 빼고는 좋아하는 채소가 거의 없다.

　윤희가 초등학교 5학년 때였다. 채소를 너무 싫어하는 윤희가 걱정돼 어떻게 하면 채소를 가깝게 여기게 할 수 있을까 고민을 거듭했다. 채식주의자에게 부탁해 채식의 위대함을 가르쳐볼까, 아니면 채소를 먹지 않으면 생길 수 있는 질병 리스트를 쭉 뽑아다가 들이밀어 볼까. 별의별 생각을 다 하다가 한과 만들기 체험 후에 윤희가 안 먹던 유과를 먹었던 경험도 있어 현장 체험을 떠났다.

　목적지는 우리나라에서 손꼽히는 유기농 농장인 충주 근처의 장안농장. 이곳 농장을 가꾸고 계신 류근모 사장님은 별명부터가 '상추 CEO'로,

상추 농사로 일가를 이룬 분이셨다. 그나마 채소 중에 상추만 먹는 윤희가 상추 CEO를 만나면 어떻게 될까 궁금했다. 어쩌면 윤희가 갑자기 다른 채소에도 관심을 가지지 않을까 하는 기대를 안고 농장으로 향했다. 윤희 혼자 가면 심심해할까 싶어 친구 둘도 함께 데리고서.

초등학교 단기방학 기간인 5월 초라 일찍부터 길을 나섰지만, 길이 막히는 바람에 농장에 도착하니 이미 점심때였다. 먼저 밥부터 먹여야 할 것 같아 아이들을 데리고 농장에서 운영하는 뷔페에 들렀다. 그런데 뷔페에 들어가자마자 아이들이 입을 떡 벌렸다.

"대박, 뷔페에 고기가 없어!"

"어떻게 뷔페에 풀만 있지? 이건 말도 안 돼!"

뷔페는 뷔페인데 채식 뷔페였던 것이다. 콩고기가 있었지만 아이들은 더 기가 막힌 표정이었다.

"콩이랑 고기랑 어떻게 똑같아요?"

"콩한테 무슨 짓을 한 거야?"

윤희는 진짜 고기 아니면 잘 안 먹기도 했고, 나 역시 콩고기의 경우에는 단백질에 갖은 향과 조미료를 넣고 만든 거라 딱히 권하고 싶은 생각도 없었다. 결국 문화 충격이라도 받은 얼굴로 "집 나오면 고기가 진리"라고 아이들이 한목소리로 외치는 바람에 채소 공부하러 가서 먼저 고기 먹을 음식점부터 찾아야 했다. 그것도 아이들의 성화에 돼지고기가 아니라 소고기를! 그렇게 배불리 점심을 먹고 아이스크림도 하나씩 물려 농장으로 돌아오니 류근모 사장님께서 "여기 더 달고 맛난 게 많은데 고기 먹으러 갔어?" 하고 웃으며 물으시는데, 저희들도 창피한 것은 아는지 실실 웃기 바빴다.

　장안농장은 6.6헥타르(2만 평)의 밭에 사시사철 작물을 바꿔가며 유기농 농작물을 생산하는 곳이다. 그중 하우스 두 동을 따로 체험장으로 운영하고 있다. 하우스에 들어서자 사장님께서 아이들에게 비닐봉투 한 장씩을 나눠주셨다. 그리고 새끼 병아리들을 끌고 다니듯 아이들을 데리고 다니며 여러 채소에 대해 설명을 하고, 조금씩 직접 수확해 봉투에 담게 했다. 때에 따라 다르지만 30여 종 이상의 채소가 자라고 있는 하우스라 한 바퀴 돌자 어느새 봉투는 각종 채소들로 한가득이었다. 그런데 유기농 농장이라 그 자리에서 바로 먹을 수 있는 채소들을 친구들이 호기심에 맛보는데도 윤희는 상추만 꿋꿋하게 오물오물거렸다. 옆에서 다른 것도 좀 먹어보라고 부추겼다가 괜한 눈총만 받고 말았다.

　결국 윤희에게 채소 소개시켜주기는 실패로 끝나고, 농장에서 키우는 상추와 배추라는 재미난 이름의 강아지와 놀고 집에 돌아오니 저녁때였다. 왜 저녁은 만날 돌아오는지, 왜 사람은 저녁을 안 먹으면, 특히 윤희는 왜 저녁을 안 먹으면 안 되는지 한숨을 푹 내쉬고 있을 때였다. 윤희가 심드렁한 얼굴로 말했다.

　"아빠, 나 돼지고기 먹고 싶어."

　"뭐? 낮에 소고기 먹었잖아?"

　"그러니까 저녁에는 돼지고기 먹어야지."

　윤희가 당연하다는 듯이 말했다. 대체 이게 무슨 논리인지 싶었는데,

윤희의 뒤이은 부연 설명에 또 한 번 멍해지고 말았다.

"농장에서 채소 이것저것 가져왔잖아. 그거 먹으려면 고기 필요하지 않아?"

정말 내가 들어도 그럴싸한 이유였다. 결국 윤희의 논리적인 설득에 채소를 씻고 고기를 구웠다. 그리고 슬쩍 한 번 더 윤희를 찔러봤다.

"아까 보니까 친구들은 채소 잘 먹던데, 너도 다른 것도 좀 먹어봐."

"아니, 걔들은 걔들이고 나는 나야."

확고한 정체성을 지키며 윤희는 제 갈 길 가듯 상추에 고기를 척 얹을 뿐이었다. 나도 더 이상 권하지 않고 우리 집 밥상머리 원칙을 지켰다. 화제를 돌려 윤희와 같이 다녀온 애들이 저녁으로 뭘 먹고 있는지 물어보자, 휴대폰을 붙잡고 메시지를 주고받은 윤희가 웃음을 터뜨렸다.

"걔들도 고기 먹고 있대. 으하하하!"

윤희의 자연스럽고 당당한 모습을 보며 나도 자연스럽게 생각했다. 그나마 상추라도 먹어서 다행이라고.

'상추야, 네가 채소라서 다행이다!'

맛은 누구와 함께
먹느냐에 따라 다르다

정육식당 소고기

윤희와 친구들을 데리고 장안농장을 다녀오면서 한 가지 일이 더 있었다. 차 안에서 윤희가 일을 벌였던 것이다.

"아빠, 우리 또 가자."

"여기? 너 여기 재미없는 것 같더니 웬일이래?"

"아니, 여기 말고 다음에는 바닷가 가자!"

룸미러로 윤희와 친구들을 살피니 녀석들 눈빛이 장난이 아니었다. 결국 활활 타오르는 눈빛에 약속을 잡을 수밖에 없었다.

"그, 그래. 그럼 다음에도 다 같이 바닷가 갈까?"

"네!"

녀석들의 합창에 미소를 지었다. 그러며 속으로 눈물을 흘렸다.

'내 지갑 또 텅텅 비겠구나……'

농장에 다녀오고 한 달 정도 지나자 슬슬 여름이 찾아왔다. 기온이 가

파르게 올랐고, 바다에 언제 갈 거냐는 윤희의 목소리도 덩달아 높아졌다. 정치인들은 약속은 곧 공수표라고 여긴다는데, 그러고도 양심이 살고 있는 심장에 아무런 이상이 없다는데, 평범한 소시민인 나야 어디 그런가. 그것도 딸내미와 친구들 앞에서 한 약속인데 말이다.

'좋아. 간다, 가! 대신 그냥 놀러갈 수는 없지!'

나는 바다에 가는 김에 이번에는 조개 체험을 계획했다. 윤희랑은 조개 캐는 게 처음은 아니었다. 윤희가 초등학교 2학년 때, 인천에 있는 소이작도에 놀러간 적이 있었다. 주목적은 낚시였는데, 윤희가 옆에서 떨어지지 않아 소일거리로 둘이서 조개를 한 바구니 캤다. 그 뒤에 덕적도 앞 소야도에서 명주조개와 골뱅이를 잡은 적도 있었다. 물론 비린내가 난다며 윤희는 자기가 잡은 조개도 절대 먹지 않았지만.

여행을 준비하며 물때를 알아봤다. 서울에서 출발해 점심 전에 도착해 곧바로 조개를 캐려면 물때가 맞아야 하기 때문이었다. 물이 많이 빠지는 사리면 조개를 더 오래 캘 수 있으니 가능하면 사리에 날짜를 맞추려 했다. 때마침 돌아오는 주말이 조건에 딱 들어맞았다. 윤희에게 친구들도 주말에 시간이 되는지 물어보라고 했더니 친구들은 무조건 콜이란다. 하기야 물어볼 필요도 없는 일이었다. 집에서 엄마 잔소리 듣는 것보다 자기들끼리 노는 게 훨씬 좋을 테니까. 그것도 바닷가니 오죽하겠는가.

모두가 기다리던 주말이 되고, 아침 일찍 윤희와 친구들을 차에 태워 안면도를 향해 달렸다. 집을 나서기 전 호미를 챙기는 것도 잊지 않았다.

안면도 구매항 근처의 갯벌 체험장에 도착하니 우리 말고도 몇 팀이 더 있었다. 곧바로 물 빠진 갯벌 체험장으로 나가 조개를 캐기 시작했다. 윤희도 친구들도 재미있는지 이리저리 신나게 옮겨 다니며 호미질을 해대는데, 조개를 캐는 게 목적이라기보다는 저희들끼리 노느라 정신이 없었다. 나는 멀찍이 떨어져 환하게 웃고 떠드는 아이들의 빛나는 모습을 사진기에 담느라 바빴다. 조개 캐는 것보다는 아이들이 즐겁게 노는 모습을 기록에 남기는 게 나에게는 더 의미가 있는 일이었다.

얼마 뒤 체험을 끝내고 바구니를 확인하니 조개 양이 적어도 너무 적었다. 다른 팀과 비교해도 너무 없었다. '딸내미가 안면도로 조개 체험을 갔으니 저녁에 조갯국 정도는 끓일 수 있겠지?' 하고 내심 기대하고 있을 친구 부모님들이 떠올라 은근 부담이 되기 시작했다. 그때 구매항 한쪽에서 조개를 손질하고 있는 할머니들이 보였다. 괜찮은 생각이 떠올라 슬쩍 다가가 여쭸다.

"할머니, 이거 파시는 거예요? 파시는 거면 3만 원어치 파실 수 있으세요?"

"뭐 하게?"

"애들하고 조개 캐러 왔는데, 너무 적게 잡아서요."

"그려, 바구니 갖고 와. 해감 다 한 거니까 그냥 가서 먹으면 돼."

할머니들의 오케이 사인에 얼른 조개를 사서 윤희 친구들에게 골고루 담아줬다. 한마디 신신당부를 보태서.

"엄마나 아빠한테는 너희들이 잡았다고 해. 그러면 더 좋아하실 테니까. 알았지?"

"네! 큭큭큭."

아이들과 비밀을 공유하고 시간을 보니 어느새 점심때가 훌쩍 지나 있었다. 그런데 밥 먹을 생각을 하니 앞이 막막했다. 바닷가에 왔으니 해산물 요리를 먹으면 좋으련만 윤희가 해산물은 잘 안 먹으니 어�쩌나 싶었던 것이다. 게다가 물어보니 다른 친구들도 해산물을 그다지 좋아하지 않는다는 것이었다. 그때였다. 순간 의구심이 불쑥 솟구쳤다.

'요 녀석들, 소고기 먹고 싶어서 미리 말 맞춘 건 아니겠지?'

아니나 다를까, 아이들이 한목소리로 외쳤다.

"아저씨, 소고기 사주세요!"

요즘은 지역마다 질 좋은 정육식당이 많이 생겨 고기를 저렴하게 먹을 수 있는 곳이 많다. 직업이 직업이다 보니 전국의 소 맛을 꿰뚫고 있는 내게 어디 소가 가장 맛있냐고 물어보는 이들이 많은데 그럴 때마다 내 대답은 항상 똑같다.

"지금 있는 그곳의 소가 가장 맛있습니다."

어떤 것을 먹는지, 어디서 먹는지가 중요한 게 아니라 함께 먹는 사람이 누구인지가 더 중요하다는 뜻이다. 아무리 비싸고 좋은 걸 먹어도 싫은 사람과 먹으면 맛이 있겠는가? 그리고 잘 키운 소고기면 어디나 다 맛은 비슷하다.

정육식당을 찾아 들어가 공깃밥까지 추가하며 맛있게 소고기를 해치웠다. 심지어 소고기를 잘 먹지 않는 윤희마저 지난번처럼 친구들과 함께 맛있게 먹었다. 나도 근래에 먹어본 소고기 중에 맛이 제일 좋았다. 지갑은 가벼워져도 내 딸이 잘 먹으니, 내 딸 같은 윤희 친구들도 잘 먹으니 그것만으로도 기분이 좋았다. 게다가 윤희가 젓가락질을 제일 잘했다. 공부 잔소리는 안 해도 밥상머리 공부는 잘 시켰다는 생각에 마음이 뿌듯했다. 윤희는 아빠가 밥 사이사이 숨겨놓은 콩을 골라내느라 별수 없이 젓가락질 연습이 됐다고 투덜거리겠지만, 정답이 어떻든 무슨 상관이랴. 젓가락질만 잘하면 됐지.

고기를 배터지게 먹고 나오니 출발하기에 딱 좋을 시간이었다. 더 늦으면 주말 나들이 차량들 때문에 도로가 막힐 터였다. 하지만 그건 어른 생각이고, 아이들 생각은 어디 그런가. 바닷가에 왔으니 해수욕장 구경을 안 하면 안 된다지 뭔가. 결국 집 대신 안면도 읍내에서 가까운 꽃지 해수욕장으로 갔는데, 바다 구경만 한다던 녀석들이 내가 잠시 한눈을 파는 사이에 파도 속으로 뛰어들고 있었다.

그렇게 바다에서 한 시간 정도 신나게 놀고 근처에는 씻을 만한 곳이 없어 홍성까지 가서 온천에 아이들을 들여보냈다. 그리고 깨끗이 씻고 나온 녀석들 눈이 반짝거리고 있었다. 아마 목욕하면서 모종의 합의가 있었던 듯싶었다. 대표로 윤희가 요구사항을 밝혔다.

"아빠, 우리 짜장면 사줘!"

그럼 그렇지. 이대로 끝나지 않을 거라 예상하고 있었다.

"그래 짜장면 먹으러 가자. 근처에 화교가 하는 맛있는 중국집 있어."

"와, 너희 아빠 진짜 대박이다!"

아이들이 엄지손가락을 세웠다. 이럴 땐 윤희도 역마살 낀 아빠를 둔 게 고맙지 않을까 싶었다. 어디에 뭐가 있는지 잘 알고 있으니 말이다. 그렇게 맛있는 짜장면으로 갯벌 조개 체험, 아니 안면도 음식 여행이 마무리됐다. 윤희가 자랑할 만한 아빠가 되기 위해 열심히 달린 날이었다. 지갑은 한없이 가벼워진 날이었지만, 그럼 뭐 어떤가. 나쁜 일에 쓴 것도 아닌데. 그럼 된 거다.

딸이 무서워질 때

············

갈색 된장찌개

윤희가 초등학교 6학년일 때, 충북 괴산에서 열린 유기농 박람회에 같이 간 적이 있다. 나는 업무 때문에 이미 한 번 갔다 왔지만, 주말에 다시 윤희랑 여행 겸해서 길을 나섰다. 괴산, 증평, 진천은 참기름, 만두, 소스 등을 만들어 납품하는 협력사들이 있는 곳이라 한 해에도 여러 번 찾았고, 간혹 낚시를 하러 가기도 했다.

이 지역에서 내가 가장 맛있게 먹은 음식은 다슬기를 된장에 끓인 탕이었다. 괴산 터미널 앞에 있는 작은 식당에서 처음 맛본 뒤에 깔끔한 국물 맛을 못 잊어 종종 찾곤 한다. 다시 괴산에 가니 그 국물 맛이 간절히 떠올랐지만, 윤희가 다슬기를 안 먹는지라 다른 음식을 골라야 했다. 물론 다른 선택지가 있을 리 없었다. 당연히 고기, 그것도 돼지갈비여야 했다.

낯선 곳에 가면 요즘은 스마트폰으로 주변 맛집을 검색한다. 그러나 후기가 대부분 광고성 글들인 탓에 개인적으로는 잘 보지 않는다. 이 동네에 뭐가 있나 대충 살펴보는 정도다. 하지만 그 지역에 대한 정보가 거의 없을 때는 나 역시도 검색을 하는데, 검색 결과가 많이 나오면 검색 페이지의 중간부터 본다. 최신 글일수록, 똑같은 상호가 중복될수록 광고성 글일 가능성이 높기 때문이다. 보통 광고성 글들의 특징은 맞춤법은 안중에도 없고, 지인이나 동네 사람 추천이라는 문구가 앞에 나오고, 가족 모임을 강조하고, 반찬 하나하나 심지어 자판기 커피까지 맛있다고 늘어놓는다. 이런 글들을 피하기 위해서 최신 글들은 가급적 피하는 것이다. 페이지가 뒤로 갈수록 동네 사람들이 가는 식당이 나오는데, 물론 동네 사람이 간다고 다 맛있는 것은 아니지만 최소한 낚싯글에 넘어가지 않을 수는 있다. 22년차 식품 MD가 처음 가는 동네에서 맛있는 식당을 찾는 방법이다.

괴산 읍내를 구경하다가 윤희랑 들어간 곳은 정육점과 식당을 함께 운영하는 '대웅식당'이란 곳이었다. 우연히 찾은 곳이었지만 그야말로 생각지도 않은 대박을 맞았다! 돼지갈비가 너무 맛있어 추가 주문까지 했던 것이다. 윤희와 이곳저곳 여러 식당의 돼지갈비를 수없이 먹어봤지만 추가로 고기를 주문한 적은 거의 없었는데 말이다.

처음에는 별 기대 없이 돼지갈비를 주문했다. 잠시 뒤 따스한 밥부터 나왔는데, 밥맛을 보니 식당 밥이 아니라 딱 집밥이었다. 그때부터 내심 고기도 괜찮지 않을까 기대가 부풀어 올랐고, 주문한 고기를 보자마자 역시나 싶었다. 종로에서 김서방 찾듯 진짜 돼지갈비를 손질하고 양념해 내주는 곳은 찾기 어려운 법인데, 이 식당의 갈비는 손질한 모양새가 직접 손질한 돼지갈비였다. 주인장께 물으니 힘들어도 매일매일 직접 손질을 한다고 하셨다. 그리고 앞다릿살이나 뒷다릿살 부위로 돼지갈비를 만들면 퍽퍽함을 가리기 위해 단맛과 짠맛을 강하게 할 수밖에 없다. 일반 식당의 돼지갈비 양념 맛이 센 이유다. 하지만 대웅식당의 고기 맛은 과하지 않은 단맛과 간장 맛이 알맞게 조화를 이루고 있었다. 윤희도 별말 없이 먹었다. 맛이 괜찮다는 뜻이었다.

고기와 밥을 먹는 사이 된장찌개가 나왔다. 찌개를 보니 국물이 거무스레할 정도로 짙은 갈색이었다. 집에서 몇 년 묵힌 된장으로 끓인 된장찌개가 분명했다. 맛을 보니 역시 일반 고깃집에서 나오는 연갈색의 된장찌개와는 맛의 차원이 달랐다. 공장에서 만드는 된장은 숙성 기간이 짧아 색이 돌기 전에 조미료로 맛을 낸다. 이런 된장으로 끓이는 된장찌개는 맛이 가벼울 수밖에 없다. 윤희도 된장찌개 색깔이 낯선지 내게 물었다.

"아빠, 된장 색깔이 이상해. 왜 이래?"

"원래 된장찌개는 이런 색이 좋은 거야. 한번 맛 봐봐. 끝내줘."

우리 집에서 끓이는 된장찌개도 2~3년 묵은 된장을 사용하기에 일반 고깃집 된장찌개보다 색이 진한데, 그곳 찌개는 훨씬 더 색이 진하니 윤희가 낯설어했다. 하지만 국물 맛을 본 윤희는 이내 국물에 밥을 쓱쓱 비벼 고기와 같이 넙죽넙죽 먹어치웠다. 색은 우중충해도 맛 하나만큼은 기가 막히다는 것을 재깍 알아챈 것이다. 물론 딱 국물만!

집에서도 된장찌개를 끓여주면 윤희는 딱 국물만 먹는다. 국물만 떠서 밥과 비벼 먹는 게 전부다. 한때 윤희도 찌개 안의 건더기를 곧잘 먹은 적이 있었다. 감자나 호박, 양파를 볶음밥을 할 때처럼 잘게 썰어 끓여주면 가리지 않고 잘 먹었다. 그런데 내가 과욕을 부린 게 문제였다. 말린 표고버섯을 잘게 썰어 넣어 된장찌개를 끓였다가 윤희에게 딱 걸리고 말았던 것이다.

"아빠, 나 버섯 안 먹는 거 알면서 이거 뭐야?"

윤희가 쑥 내민 혀 위에 작은 버섯 조각 하나가 올라가 있었다. 윤희는 물컹한 식감 때문에 버섯을 먹지 않는다. 표고 중에서 가장 비싸다는 백화고나 송이버섯, 능이버섯을 줘도 한 번 먹고는 다시는 먹지 않았다.

그날 이후 된장찌개를 끓이면 윤희는 다시 국물만 먹었다. 카레에 피망을 넣으려다가 망했던 걸 생각하면 좀 더 조심했어야 했는데, 설마 버섯 조각 하나 넣은 것을 알까 싶었다. 하지만 작전 실패의 후유증은 컸다. 지금까지 어렵게 먹였던 과정이 한 방에 날아갔으니 말이다. 중학생이 된 뒤에도 윤희는 여전히 된장찌개를 먹을 때 국물만 먹는다. 된장에 둥둥 떠다니는 버섯을 보고도 별말은 않는 게 그나마 다행이다.

요즘도 윤희는 돼지갈비를 먹을 때마다 괴산에서 먹었던 돼지갈비 맛을 이야기한다. 그리고 자연스레 그날 먹었던 된장찌개 이야기도 따라 나오는데 이상하게도 마무리는 항상 버섯이다.

"괴산 돼지갈비 진짜 맛있었지. 그 된장찌개는 맛은 좋은데 색깔이 이상했어. 그런데 집에서 된장찌개에 아빠가 버섯 넣어서 내가 화냈었지."

아리스토텔레스도 울고 갈 삼단논법이다. 그럴 때마다 나는 대체 이게 어디서 배운 삼단논법인가 싶어 고민에 잠기게 된다. 그 사이 내 앞에 있던 돼지갈비와 밥이 조금씩 사라져간다. 꼭 무언가에 홀린 기분인데……. 가끔은 그렇게 윤희가 무서워질 때가 있다. 뭐 그럼 어떤가. 귀신도 아니고 내 딸인데.

아빠가 해줘!
그 말 한마디면
. . . .
기름떡볶이

"아빠, 저거 무슨 맛이야?"

윤희가 초등학교 6학년이던 어느 가을날이었다. 텔레비전에서 사람들이 통인시장에서 기름떡볶이를 맛있게 먹는 모습을 유심히 보던 윤희가 질문을 했다. 문제는 나도 기름떡볶이를 먹어본 적이 없다는 것. 그래서 대충 눈대중으로 보기에 기름에 볶아 양념했으니 닭강정에 들어간 떡과 비슷할 것 같다고 했다. 그러자 윤희가 고개를 갸우뚱했다.

"떡 크기가 다른데 맛이 똑같다고?"

"흠, 그러네. 진짜 다르겠다."

윤희의 물음에 나도 고개를 끄덕였다. 윤희는 그냥 겉모습을 두고 한 말이겠지만, 실제로 크기나 두께가 다르면 같은 떡이라도 질감은 천차만별이다. 같은 소스라도 비율에 따라 맛이 달라지는 것 또한 당연한 얘기라 나도 슬그머니 호기심이 차올랐다.

"김윤, 우리 저거 먹으러 갈까?"

"콜!"

그렇게 기름떡볶이 맛 정복을 위한 출정을 떠났다. 그러고 보니 명소가 많은 인사동과 북촌은 윤희와 자주 갔어도 서촌은 한 번도 간 적이 없었다. 기름떡볶이와 함께 서촌의 오래된 중국집 짜장면도 먹어볼 겸 윤희와 함께 지하철에 올랐다.

광화문을 지나 서촌에 접어든 우리의 첫 목적지는 세간에 유명한 중국집. 정확한 위치는 몰랐지만 윤희의 손을 잡고 씩씩하게 걸음을 옮겼다. 낯선 곳에서도 척척 길을 찾아내는 것이야말로 멋진 상남자의 조건이 아니겠는가! 세상 모든 아빠는 다 그렇다. 밖에서는 이리 치이고 저리 치이며 하루하루 허리를 굽히다가도, 아내와 딸 앞에서만큼은 굽힌 허리를 펴고 싶어 한다. 척이라도 하려 노력한다.

그런데 길 찾기 애플리케이션을 켜지 않고 자신 있게 여기겠거니 찾아간 곳에 중국집이 없었다. 이 골목 저 골목을 찾아봐도 중국집이 보이질 않았다. 윤희의 얼굴에 슬슬 지루한 기색이 돌았다. 그나마 짜장면, 탕수육에 대한 기대감에 짜증을 참는 기색이 역력했다. 그렇게 길을 헤매기를 얼마나 했을까. 겨우겨우 찾은 중국집 앞에서 온몸이 차갑게 굳어지고 말았다. 문에 걸려 있는 '정기 휴무' 팻말 때문이었다.

"아하하하…… 왜 하필 오늘……."

"몰라!"

윤희가 내 손을 홱 뿌리치고는 멀어져갔다. 윤희의 차가운 뒷모습에 고개를 숙일 수밖에 없었다. 딸에게 멋진 아빠가 되는 길은 이렇게 멀고도 험하다.

잠시 뒤 내리쬐는 햇볕을 가로질러 통인시장에 들어서니 다행히 윤희의 걸음걸이가 늦어졌다. 이때다 싶어 윤희의 손을 슬쩍 잡으니 뿌리치지 않고 가만히 있었다. 기분이 좀 풀린 듯해 원래의 나들이 목적이었던 기름떡볶이 골목을 찾아갔는데 손님으로 바글바글한 가게가 몇 곳 보였다. 가게마다 방송에 나왔다는 플랜카드들을 덕지덕지 휘장처럼 내걸고 있었다.

"김윤, 기름떡볶이 먹자. 어디서 먹을까?"

"몰라, 아빠가 골라."

윤희의 말에 그 집이 그 집이겠거니 싶어 한곳을 골라 들어갔다. 그런데 옆에서 손님들이 먹는 모습을 살피던 윤희가 내게 눈짓을 했다. 아무래도 별로인 것 같으니 나가자는 눈치였다. 그래도 기왕 왔으니 맛이라도 보자며 떡볶이 1인분에 어묵을 주문했다. 결과는 역시 윤희의 예감이 맞았다.

"윽, 맛이 왜 이래."

맵고 짜고 달디단 소스에 기름을 두르고 대충 볶은 게 전부였다. 어묵은 탱탱 불어 하나만 먹어도 배가 부를 지경이었다. 윤희가 떡볶이 몇 개를 먹더니만 일어나자고 옆구리를 찔렀다. 계산을 하고 시장을 빠져나오니 그제야 윤희가 말을 꺼냈다.

"무슨 맛으로 저걸 먹어. TV에서는 맛있게 먹던데 그거 다 사기야?"

"방송에서 맛없다 하면 그림이 나오겠어?"

"하긴, 근데 진짜 배고프다, 아빠."

결국 근처 식당을 찾아 서둘러 밥을 먹었다. 당연히 메뉴는 돼지갈비였다. 평소 2인분에 공깃밥 두 개면 배부르게 먹지만, 이날만큼은 고기 1인분과 공깃밥 하나를 더 추가했다. 맛이 어땠는지는 기억에 없다. 그저 시장이 반찬이라는 말을 둘이 몸으로 체험한 날이었다.

집으로 돌아오는 길에 윤희가 기름떡볶이 할 줄 아냐고 물었다.

"아빠가 해줘?"

"응. 근데 잘할 수 있어?"

"너 아빠 못 믿어?"

"식빵, 브라우니 기타 등등이 생각나는 건 왜지? 으하하하!"

치사한 녀석. 짜릿했던 수많은 성공의 기억은 죄다 팔아먹고 새로운 걸 시도할 때마다 왜 매번 실패한 기억들만 들먹이는지. 윤희의 웃음에 승부욕이 불끈 치솟았다. 걱정 말라며 큰소리 치고 집으로 가면서 떡집에서 떡볶이 떡을 샀다. 슈퍼에서 파는 떡보다는 방앗간에서 직접 뽑은 말랑말랑한 떡이 훨씬 맛있으니까.

집에 도착해 인터넷을 뒤져 레시피를 확인한 뒤 기름떡볶이를 만들기 시작했다. 우선 기름을 두른 팬에 떡을 볶고 유산지에 건져내 기름을 뺐다. 그리고 팬에 기름을 조금 더 두르고 기울여 기름을 한쪽으로 모았다. 모아진 기름에 고추장, 다진 마늘, 청양고추 한 개, 꿀, 케첩을 넣고 볶았다. 불은 가장 약하게 해 소스가 타지 않도록 했다. 보글보글 끓기 시작한 소스를 맛보니 신맛이 부족한 것 같아 식초 두어 방울을 넣어 새콤한 맛을 더해주었다. 불을 끄고 먼저 볶아두었던 떡을 넣고 비며 기름떡볶이를 완성했다.

"오홍, 괜찮은데. 시장 것보다 훨 낫네."

아빠표 기름떡볶이에 만족스러운 듯 윤희가 윙크를 날렸다. 윤희의 윙크 한 번에 실실 웃음이 새어 나왔다.

윤희는 어릴 적에 사내아이처럼 무뚝뚝한 성격이었다. 어찌나 보이시한지 아들을 키우는 기분이었다. 그러던 녀석이 학년이 높아질수록 애교를 부린다. 보통은 크면서 애교가 사라진다는데, 윤희는 반대로 늘어나고 있다.

"아빠는 나한테 고마운 줄 알아야 해."

"왜?"

"내 친구들은 아빠랑 얘기도 잘 안 해. 근데 난 노래 불러주고 춤도 춰주잖아."

"응, 고마워. 백 번 천 번 고마워."

"그러니까 다음에는 시장 입구에서 파는 떡꼬치 해줘."

"응, 떡꼬치 해줄게. 말만 해. 아빠가 뭐든 다 해줄게!"

딸바보는 그렇게 또 멋진 상남자가 되기 위해 주먹을 불끈 쥐었다.

추억의 북촌 데이트

평양냉면

"김윤, 우리 놀러갈까?"

주말이었다. 거실 바닥에 껌딱지처럼 붙어 있는 윤희에게 나들이를 제안하자 녀석이 벌떡 일어났다.

"어디? 어디 가려고?"

"인사동으로 해서 북촌 가자. 접때 〈1박 2일〉에서 봤지?"

"응, 봤어 봤어. 가자!"

그렇게 둘이서 길을 나섰다. 주말이면 종종 윤희와 둘이서 인천 신포동, 명동, 종로 등 가까운 명소들을 찾아 나선다. 그러면 아내는 남편과 딸내미가 어지럽힌 집을 청소하기 시작한다. 분리수거하기 전에 용케 도망쳤다고 투덜대면서.

점심때 쯤 나선 길이라 인사동에 가기 전에 밥을 먹기로 했다. 돼지갈비 혹은 짜장면과 탕수육이라는 모범답안이 있지만 그래도 윤희와 무엇을 먹을지는 항상 고민이다. 그날따라 무더운 날씨 때문인지 시원한 냉면 육수가 자동으로 떠올랐다.

'냉면을 먹어볼까? 그런데 윤희가 좋아하려나?'

윤희는 그때까지 냉면을 먹어본 적이 없었다. '면은 밥이 아니다'는 확고한 철학 때문이다. 윤희는 라면을 제외한 면은 종류를 가리지 않고 잘 먹지 않는다. 고깃집에서 후식으로 나온 냉면을 나와 아내가 맛있게 먹어도 윤희는 옆에서 된장찌개나 청국장에 밥을 썩썩 비비기 바쁘다. 이런 윤희가 특히나 심심한 맛의 평양냉면을 먹을 리 만무했다.

그래도 오늘만큼은 나를 위해 무조건 냉면을 먹어야겠다고 결심하고는 냉면집 중에서 윤희가 먹을 만한 메뉴가 있는 곳을 떠올려보았다.

'냉면은 기본이고, 윤희가 먹을 만한 불고기나 다른 메뉴가 있는 곳이 좋겠는데……. 그래, 우래옥으로 가자!'

주말이라 차가 막혀 을지로에 있는 우래옥에 도착하니 2시가 훌쩍 넘어 있었다. 점심시간이 지난 때라 대기 인원이 얼마 없을 줄 알았는데 내 생각이 짧았다. 기다려주겠다는 윤희에게 고마워 우래옥에 대해, 노포와 이 집의 냉면에 대해 이것저것 설명을 해줬다. 그러나 반응은 역시나 "응"이 전부. 노포나 냉면은 윤희에게는 그저 관심사가 아닌 하나의 단어일 뿐이었다. 30분 정도 기다리자 순번이 돌아와 자리에 앉아 냉면과 윤희를 위한 불고기와 공깃밥을 주문했다. 우래옥의 황동 주물 불판을 본 윤희의 눈이 반짝였다.

"오홍, 불판 예쁘네. 고기도 불판처럼 맛있으려나?"

곧이어 불고기를 달궈진 불판 위에 올렸다. 그리고 불고기가 익어가는 사이 내가 시킨 냉면이 나왔다. 그릇에 육수와 면을 조금 담아 윤희에게 먹어보라고 권했다. 윤희가 싫어할 것을 알지만 맛이라도 알게 해줄 필요가 있었다. 싫어서 안 먹는 것과 몰라서 못 먹는 것과는 의미가 전혀 다르니까. 역시나 입술을 삐쭉거리며 냉면을 맛본 윤희가 진짜 궁금한 표정으로 물었다.

"아빠는 무슨 맛으로 이걸 먹어? 아무 맛도 없잖아?"

하긴 나도 처음 평양냉면을 먹었을 때 딱 그런 심정이었다. 이런 심심한 걸 왜 돈 주고 사먹나 싶었다. 그러나 한 번이 두 번이 되고, 두 번이 세 번이 되면서 깊게 숨겨진 감칠맛에 시나브로 익숙해졌다. 윤희가 지금 그 맛을 알아차리기를 바란다면 욕심일 것이다. 윤희도 언젠가는 새콤달콤한 소스 같은 강한 맛 대신 은은한 맛의 가치를 알게 될 날이 올 거다. 그런데 불고기를 먹던 윤희가 반쯤 먹다가 수저를 놓았다.

"왜? 배고프다며?"

"불고기가 너무 달아. 그만 먹을래."

윤희 말대로 집에서 내가 해주는 불고기에 비해 단맛이 강하기는 했다. 단맛이 강하면 처음에는 맛있게 느껴지지만 금세 질리게 된다. 출장으로 전국을 돌아다니며 많은 식당을 찾게 되는데, 어디를 가서 무엇을 먹든 최근에는 예전과 달리 단맛이 전국적으로 강해지고 있어 아쉬울 때가 많다.

결국 대충 끼니를 때우고 우래옥을 나와 종로 쪽에 차를 주차하고, 인사동을 향해 손을 잡고 걸었다. 밖에 나와 거리를 걸을 때면 윤희는 내 손을 꼭 잡는다. 가끔은 팔짱을 낄 때도 있다. 그럼 딸바보 아빠 입에는 웃음이 절로 걸린다.

인사동 거리를 걸으며 만 원을 윤희에게 쥐어줬다. 사고 싶은 것을 스스로 선택해 살 수 있도록 하기 위해서다. 단, 조건이 있다. 다 쓰고 나면 더는 주지 않는다. 돈을 다 쓴 뒤에 마음에 든 걸 발견하면 아까 썼던 돈에 대한 아쉬움을 느끼게 해주고 싶어서다. 처음에는 불편해하던 윤희도 이제는 불만 없이 약속을 잘 지킨다. 일본 후쿠오카 여행 때도 하카타역 쇼핑몰에서 3천 엔을 주고 한 시간 동안 혼자 쇼핑을 하게 했었다. 혼자 고민하며 쇼핑을 끝낸 윤희의 얼굴에는 무언가를 해냈다는 만족감이 가득했다. 그렇게 아이들은 스스로 작은 계획을 세우고 실행하면서 자라는 것이다.

인사동을 구경하며 북촌으로 향했다. 점심이 부실해서 그런지 평소에는 줄이 길면 곧장 발길을 돌리던 윤희가 닭꼬치 집 앞에 줄을 서고, 떡볶이 집에서도 알아서 줄을 섰다. 떡볶이까지 먹고 나니 윤희의 얼굴이 한층 밝아졌다. 역시 윤희는 배가 든든해야 얼굴이 펴진다. 지금은 이태원으로 이전한 삼청동 카카오봄 매장에서 먹은 달달한 젤라토를 끝으로 윤희와의 주말 데이트를 마쳤다. 돌아오는 길에 윤희에게 어땠는지 물었다.

"김윤, 재미있었어?"

"응, 불고기만 빼고."

"역시 아빠가 해주는 게 더 맛나지? 그치?"

"그건 아니라고 봐. 으하하!"

"야, 너 오늘 엄마한테 밥 해달라고 해."

"아녀, 아빠가 해준 게 더 맛나. 헤헤헤. 우리 다음에 또 어디 가?"

아빠를 놀려대는 녀석이 또 어딜 가고 싶대? 불끈하다가도 슬그머니 고민이 시작된다. 다음에는 윤희랑 어딜 갈까……. 결코 벗어날 수 없는 딸바보의 딜레마가 또 이렇게 시작된다.

윤희와의 첫 번째 해외여행, 오키나와

흑설탕 바움쿠헨

"아빠, 우리는 왜 해외여행 안 가? 친구들은 어디어디 갔다 왔다고 자랑한단 말이야."

초등학교 3학년 겨울 방학이 끝나가던 어느 날이었다. 내 팔을 베고 누워 있던 윤희가 물었다. 윤희와는 제주, 속초, 담양, 거제, 부안을 비롯해 국내의 많은 곳을 돌아다녔었다. 인천 덕적도 옆의 소야도에서는 둘이서 2박 3일 캠핑까지 한 적이 있었다. 그러나 해외여행은 가본 적이 없었다. 사실은 나 역시 출장 때문이 아니라 여행을 위한 목적으로 떠난 적은 없었다. 필리핀 세부로 떠났던 신혼여행이 처음이자 마지막 해외여행이었다. 직장 생활 20년 동안 여름휴가도 제대로 쓴 적이 없었다. 잘 쉬어야 3일 정도라 해외여행은 언감생심, 꿈에도 생각을 못하고 살아왔다.

"윤, 가고 싶어?"

"응, 진짜 가고 싶어. 애들한테 자랑하고 싶단 말이야."

"그래 이번 주에 당장 가자."

"오홍, 우리 아빠 최고!"

윤희가 환호성을 지르며 내 품에 안겼다. 기뻐하는 윤희를 보며 미안한 마음에 가슴이 아팠다. 자식이라고는 딸 하나가 전부인데 해외여행한 번 데려가지 못했다는 사실이 너무 미안했다. 삼시 세끼 좋은 먹을거리 챙겨준다며, 그 정도면 아빠 몫을 다했다고 스스로 생각하고 있었던것은 아닌지 자책감이 들기도 했다.

'그래, 가자. 과부 땡빚을 내서라도 가자!'

다음 날 회사에 출근해 여행사업팀장에게 전후 사정을 설명했더니 깜짝 놀라는 표정이었다. 내가 웬만한 외국은 거의 다 다녀봤을 줄 알았나 뭐라나. 팀장이 불쌍한 표정으로 추천한 곳은 일본 오키나와였다. 오키나와는 TV에서 태풍 소식을 전할 때나 들어왔던 곳인데, 번잡하지도 않고 세계에서 두 번째로 큰 수족관도 있다고 해서 2박 3일로 다녀오기 괜찮을 듯했다.

곧바로 윤희에게 오키나와로 가자고 전화했더니 재깍 "콜!"이라는 답이 돌아왔다. 분명히 오키나와가 어디에 붙어 있는 줄도 모를 테지만 '사랑해'를 휴대폰 화면 가득 보냈다. 벌써 대한해협을 날아가는 상상에 빠져 있을 게 분명했다. 그런데 여권 만들 사진을 혼자 사진관 가서 찍으라고 했더니 윤희가 화들짝 놀랐다.

"아빠랑 같이 가면 안 돼?"

"여권이 있어야 비행기 티켓 예약할 수 있는데, 최대한 빨리 사진 찍어서 여권 신청 못하면 이번 주말에 못 떠날 수도 있어. 그러니까 시장 입구에 있는 사진관 가서 여권사진 찍어달라고 해. 그러면 아저씨가 알아서 해줄 거야."

"응, 알았어. 해볼게."

평소라면 싫다고 칭얼댈 테지만, 윤희는 용기를 냈다. 원하는 게 있으면 행동해야 한다는 것을, 평소 먹고 싶은 게 있으면 주방으로 달려가야 한다는 것을 온몸으로 보여준 아빠의 가르침이 비로소 빛을 발하는 것 같았다. 뭐 윤희는 절대 그렇게까지 생각하지 않았겠지만.

마침내 주말이 되었고, 윤희와 첫 해외여행을 떠났다. 오키나와에 도착하자마자 차부터 렌트해 첫 번째 방문지인 수리성을 향해 달렸다. 운전석 방향이 다른 탓에 오른쪽 핸들이 낯설었지만 금세 적응이 됐다. 아니 됐다고 착각했다.

"오, 아빠 운전 잘하네."

"그럼, 아빠가 운전 좀 하잖아."

둘이 농담을 주고받으며 수리성에 거의 다 다다랐을 때였다. 좁은 길에서 그만 일본 택시의 사이드 미러와 살짝 부딪히고 말았다. 오른쪽 핸들에 적응했다고 생각했지만 내 착각이었던 것이다. 택시 기사가 차에서 내리더니 일본어로 뭐라 떠드는데 알아들을 수가 있나. 일본어로 된 보험증서를 보여주고 전화번호를 찍어줬더니, 기사가 전화를 걸어 통화를 하고는 다시 뭐라 신나게 떠들었다. 딱 보니 돈을 달라는 느낌이었다. 그래서 '돈 줄까?'라는 말을 휴대폰 번역기에 띄워 보여주니 그제야 성질을 죽이며 고개를 끄덕였다. 천 엔짜리 지폐를 꺼내자 손가락 하나를 더 폈다. 결국 한 장을 더 주고 나서야 문제를 해결할 수 있었다.

'첫 해외여행에서 제일 처음 한 게 사고 처리라니……. 그래, 액땜했다고 치자. 나쁘게 시작했으니 이제 좋은 일만 있을 거야.'

윤희와의 첫 여행인데 인상부터 쓸 수는 없어 마음을 다잡았다. 그리고 200미터를 더 운전해 수리성에 도착해 첫 여행지 구경을 했다. 관람을 하는 동안 내 머릿속에는 딱 한 문장밖에 남아 있지 않았다.

'200미터였다고! 200미터 때문에 돈을 날렸다고!'

그렇게 쓰린 속을 부여잡고 다음으로 국제시장을 찾아 구경을 했다. 남쪽 땅답게 후식으로 사탕수수를 짠 음료가 많았는데, 하나를 사서 윤희와 함께 마시며 시장을 돌아다녔다. 개중에 오키나와 특산물 중 하나인 하브주(ハブ酒)라고 불리는 뱀술을 윤희가 호기심어린 눈으로 구경했다. 쌀로 만든 증류주 속에 굵직한 뱀들이 담긴 투명한 술통들이 진열대에 즐비했다. 보통 사람이면 뱀을 보고 무서워하기 마련인데, 윤희는 뱀을 요리조리 살펴보았다.

"윤, 뱀 안 무서워?"

"왜 무서워? 쟤 안 죽었어?"

"죽었지."

"그러니까 무서울 거 없잖아. 나는 쟤보다 파리가 훨훨 무서워. 으으."

윤희가 파리를 떠올리는지 몸을 부르르 떨었다. 나는 갑자기 윤희가 무서워졌다. 얘는 대체 누굴 닮은 걸까.

"아빠, 그런데 왜 뱀으로 술을 만들어? 맛있어?"

윤희가 뱀술을 왜 만드는지 물었다. 오키나와는 연중 내내 따뜻하고 습해서 물뱀이 많이 서식하는데, 그걸 잡아 술을 담가 먹는다고 설명해 주자 윤희가 다시 물었다.

"뱀 먹는 것은 무식한 거 아녀?"

"먹는 걸로 판단할 문제가 아냐. 단지 주변에 많이 있는 익숙한 것들이 식량이 되는 거야. 윤희는 돼지고기 좋아하는데, 돼지고기 안 먹는 이슬 람교 사람들이 윤희한테 무식하다고 하면 좋겠어?"

내 설명에 고개를 주억대던 윤희가 얼굴을 일그러뜨렸다.

"이슬람교는 어떻게 그 맛있는 걸 안 먹고 살 수 있지?"

이튿날 수족관과 파인애플 농원 등을 구경하다 보니 벌써 밤이 됐고, 이제 다음 날이면 집으로 돌아가야 했다. 윤희가 잠이 들기 전에 나에게 안기며 말했다.

"아빠, 다음에는 두 밤 말고 세 밤 자자."

2박 3일이지만 하루를 오롯이 즐기는 날은 둘째 날밖에 없어 못내 아쉬운 모양이었다.

"그래, 그러자."

윤희와 손가락 걸고 약속했다. 이런저런 일을 겪은 짧은 여행이었지만, 그래도 윤희와 오키나와에 잘 왔구나 하는 생각이 들었다.

우리나라 사람 중에 일본 음식을 좋아하는 사람이 많고, 특히 오키나와에는 맛있는 것이 많다고 하는데, 초밥이나 우동 같은 일본 음식을 좋아하지 않는 윤희가 오키나와에서 가장 맛있게 먹은 건 역시 숙소에서 먹은 한국 컵라면이었다. 그리고 또 하나가 흑설탕으로 구운 달콤하면서도 부드러운 바움쿠헨이었다. 식빵, 모닝롤처럼 빵 속에 아무것도 들어가지 않아서인지 윤희의 입맛에 맞았던 것이다. 윤희도 좋아했지만 나 역시 한국에 돌아와서도 가끔 생각날 만큼 맛있었다.

그렇게 무사히 여행을 끝내는가 싶었지만, 유종의 미라도 거두라는 하늘의 뜻인지 오키나와 공항에서 또다시 일이 터지고 말았다. 점심을 미리 먹자는 윤희의 의견을 듣지 않고 공항에서도 맛있는 거 판다고 그냥 왔는데 명색이 국제공항이라는 곳에 면세 구역도 식당도 없었던 것이다. 양주 몇 종류와 담배, 특산품 과자를 파는 상점이 고작이었다. 고기를 먹더라도 밥이 필요한 윤희에게는 그야말로 허허벌판인 곳이었다. 결국 짜증내는 윤희를 달래 인천행 비행기에 오르고, 귀국하자마자 부랴부랴 짐을 찾고는 설렁탕집에 들어가 밥을 먹었다. 윤희는 한 마디 말도 없이 밥 한 공기 반을 먹었다. 그리고 숟가락을 놓으면서 차갑게 물었다.

"아빠, 다음에는 그거 뭐지? 세 번 자는 거?"

"3박 4일."

"다음엔 3박 4일로 가는 거야. 알았지?"

"그래. 꼭 가자."

윤희에게 약속할 수밖에 없었다. 세상 그 누구도 반대할 수 없는 자리였다. 여행이 의무 방어전이 되는 순간이었다. 그러면 또 어떤가? 딸과 함께 가는 여행인데.

딸은 지금 쑥쑥 자라고 있다. 성장의 시간을 지나고 있다.
그 시간이 너무 빨라서 좌충우돌 정신이 없을 때도 많지만,
성장이란 원래 그런 맛이 아니겠는가.
그리고 언젠가 숙성의 시간이 찾아올 거다. 나는 그때를 기다리고 있다.
숙성의 맛을 알기에 기다리는 시간이 마냥 지루하지만은 않다.

윤희와의 두 번째 해외여행,
대만

．．．．．．．．．．．．

컵라면과 딤섬

첫 해외여행에서 돌아온 뒤 '세 밤 자는' 다른 곳에 가자고 했던 약속은 내 지상 명제가 되었다. 윤희도 혹시라도 아빠가 잊을까 귀가 아플 정도로 얘기하고 또 얘기를 했다. 그만큼 간절한 바람을 어떻게 모른 척할 수 있을까. 고민 끝에 두 번째 해외여행은 대만으로 정했다. 하지만 이번에도 내 일 때문에 세 밤은 잘 수 없었다. 처음에는 중국을 갈까 했는데 초등학교 4학년인 윤희와 여행하기에는 땅덩이가 너무 넓은 것 같았다.

여름방학이 시작하자마자 약속대로 대만행 비행기에 올랐다. 물론 이번에도 둘만 떠나는 여행이었다. 그런데 타이베이 공항에 내리자마자 헉 소리가 절로 나왔다. 사우나에 들어온 것처럼 공기가 뜨거웠다. 겨울 오키나와를 추천했던 여행팀장이 한여름에 대만을 간다는 내게 미쳤다며 다른 곳을 알아보라 했는데, 그 이유를 대만 땅에 한 걸음 내딛는 순간 온몸으로 깨달았다. 무더위에 여기저기 돌아다닐 생각을 하니 앞이 깜깜했다. 공항에서 거리가 멀지 않은 곳으로 숙소를 잡았지만, 숙소에 도착했을 때는 이미 윤희도 나도 파김치가 된 상태였다.

별수 없이 숙소에서 쉬며 기운을 차리고 여행사에서 준 지도를 살피니 가까운 곳에 야시장이 있었다. 덥기는 하지만 슬슬 걸어가도 될 것 같아 윤희와 손을 잡고 밖으로 나왔다. 그런데 꼭 잡은 손에서 금세 땀이 쏟아졌다. 누가 먼저랄 것도 없이 슬그머니 손을 놓았다. 그런데 사위가 어둑해지고 간판에 하나둘 불이 들어오기 시작할 때까지 걸었는데도 좀처럼 야시장이 보이질 않았다.

"아빠, 아직 멀었어?"

"조금만 더 가면 돼."

"아빠, 아직도야? 너무 덥단 말이야."

윤희의 짜증이 폭발할 무렵, 가까스로 야시장에 도착했다. 그런데 이게 뭔가 싶었다. 여행 지도에 표시될 정도의 야시장이라기엔 볼거리가 없어도 너무 없었다. 포장마차 열댓 개가 전부였다. 관광객은 눈을 씻고 찾아봐도 우리 둘뿐이었다. 오히려 포장마차 안의 현지인들이 우리를 신기하게 처다봤다. 결국 윤희의 짜증이 폭발하고 말았다.

"이게 뭐야? 야시장이 뭐 이래!"

"뭐, 뭐긴 뭐야. 진짜 동네사람들이 가는 야시장이지. 그냥 숙소 근처에 있는 백화점에 가자."

백화점이라는 말로 윤희 짜증을 간신히 달래고 때마침 눈에 띈 빙수집에서 빙수 한 그릇으로 열을 식힌 뒤 백화점을 찾았다. 그래도 아가씨라고 웃으며 액세서리를 구경하던 윤희는 팬시용품점에 들어가서야 원래의 표정으로 돌아왔다.

저녁을 해결하려고 했던 야시장에서 도망쳤으니 배꼽시계가 울린 지도 오래였다. 한껏 기대를 품고 백화점 지하의 식품매장으로 내려갔는데, 윤희의 인상이 다시 구겨지고 말았다. 남쪽나라 특유의 향신료 냄새 때문이었다. 눈을 씻고 찾아봐도 윤희가 먹을 현지 음식이 없었다. 결국 글로벌 브랜드 햄버거를 주문했다. 그렇게라도 저녁을 해결할 수 있어 다행이라 생각했다. 하지만 우리나라의 불고기버거 비슷한 햄버거를 한 입 먹은 윤희의 얼굴이 왕창 일그러졌다. 햄버거 소스조차 국내와 달리 향신료 맛이 강했던 것이다. 그제야 글로벌 브랜드들도 현지화 전략을 쓴다는 것이 기억났다.

결국 저녁을 먹는 둥 마는 둥 하고 숙소로 돌아와 배고프다고 칭얼대는 윤희를 위해 근처 편의점을 찾았다. 오키나와에서도 윤희의 일용할 양식이었던 한국 컵라면이 다행히 대만 편의점에도 있었다. 역시 우리나라 라면이 인기는 인기였다. 윤희는 컵라면과 아이스크림을 흔적도 남기지 않고 먹어치우고는 곯아떨어졌다. 그렇게 첫째 날이 지났다.

다음 날은 대만의 랜드마크인 101타워 전망대에 올라 시내를 구경하고 1층에 있는 유명 딤섬 식당을 찾았다. 전 세계적으로도 유명한 곳이라 최소 한 시간은 넘게 기다려야 할 정도로 줄이 길었다. 그래서 대만에 오기 전부터 윤희에게 미리 이야기를 했었다.

"김윤, 우리가 갈 식당이 너무 유명해서 줄을 서야 할 거야. 오래 기다려도 괜찮지?"

"응, 기다릴 수 있어."

이렇게 약속을 했건만, 막상 긴 줄을 보니 윤희가 칭얼대기 시작했다. 101타워 오는 길에 봤던 백화점에 가고 싶은 눈치였다. 나는 이번 아니면 이 유명한 딤섬을 언제 먹어보나 싶어 다시 한 번 설득했지만 윤희는 묵묵부답이었다. 결국 줄 서는 걸 포기하고 발길을 돌리면서 윤희에게 한소리를 하고 말았다.

"김윤, 약속해놓고 왜 안 지켜?"

내 차가운 한마디가 방아쇠가 되었다. 대만의 번화가 한가운데서 윤희의 울음보가 터진 것이다. 지나가는 사람들이 쳐다봐도 상관없다는 듯 윤희는 대성통곡을 했다. 그래도 나는 달래지 않았다. 가만히 지켜보기만 했다.

어릴 때부터 윤희가 고집을 피우거나 울음을 터뜨려도 나는 곧장 어르고 달래주지 않았다. 저 스스로 감정을 다스린 뒤에야 이야기를 나눴다. 어른도 감정이 격해졌을 때는 올바르게 생각하고 행동할 수 없는데 하물며 아이들은 어떻겠는가. 괜히 마음에도 없는 말과 행동으로 더 큰 상처를 주고받기밖에 더 하겠는가. 일단 한 발 물러서서 감정이 수그러들 때까지 기다리는 게 나았다. 이런 내 태도가 다른 나라에 갔다고 달라질 이유는 없었다. 얼마나 지났을까. 울음소리가 작아졌다. 윤희와 이야기를 할 타이밍이었다.

"김윤, 아빠한테 와봐."

윤희를 부르자 녀석이 고개가 꺾일 듯 도리질을 했다.

"김윤!"

짧고 강하게 불렀더니 그제야 윤희가 쭈뼛쭈뼛 다가왔다. 나는 윤희를 가만히 안아줬다. 다시 윤희의 울음소리가 커지긴 했지만 처음처럼 서럽게 우는 소리는 아니었다. 그렇게 서로의 감정을 추스르고 우리는 함께 백화점을 구경했다. 어쨌든 윤희가 원하는 대로 된 것이다. 자식 이기는 부모 없다는 말이 정말 하나 틀린 게 없다.

대만에 다녀온 지 몇 년이 흘렀지만, 지금도 우리는 400원짜리 젤리를 맛있게 먹었던 일이나 유명한 대만식 곱창국수집 앞에서 먹기 싫다는 윤희와 다퉜던 일을 어제 일처럼 이야기한다. 얼마 전에도 그랬다. TV에서 우리가 한바탕 싸웠던 딤섬 식당이 나왔는데, 옆에 있던 윤희가 나를 째려보며 말했다.

"아빠 때문에 나 길거리에서 운 거 생각나?"

뭐라고? 나 때문에? 자기 잘못은 그새 다 잊었나 보다.

윤희가 중학교 들어간 뒤로는 다시 해외여행을 갈 기회가 없었다. 내일 핑계, 윤희 학업 핑계 등등 이 핑계 저 핑계 때문이었다. 그래도 조만간 오사카에 가자고 약속은 해놨는데, 서울의 명동이라는 도톤보리의 돈키호테 관람차 앞에서 팔 벌리고 인증샷을 찍고 싶다는 윤희의 계획 때문이다. 그리고 이번에는 꼭 세 밤을 자고 올 생각이다.

요즘 들어 부쩍 윤희가 나와 아내의 품에서 조금씩 벗어나려고 한다. 언젠가 윤희는 여행도 혼자 떠나려 할 거다. 그날이 얼마나 남았을까. 그리 오래 걸리지는 않을 것이다. 그날 나는 홀가분한 마음으로 윤희의 손을 놓아줄 수 있을까……. 하루하루 커가는 윤희를 보면 가끔은 이렇게 서글픈 생각이 든다. 그럴수록 마음을 다잡게 된다.

'그날이 올 때까지 한 번이라도 더 윤희랑 추억을 만들어야지.'

귀찮고 힘들어도 괜찮아

．．．．．．．．．．．
케첩 넣은 닭불고기

"아빠, 닭볶음탕 해줘."

보통은 혼자 장을 보지만, 휴일이거나 방학일 때는 윤희와 함께 마트나 시장에 간다. 그때마다 윤희는 자기가 먹고 싶은 것을 해달라고 조르는데, 그날의 메뉴는 닭볶음탕이었다. 닭볶음탕은 닭을 한 번 끓여 핏물과 찌꺼기를 제거하고, 양념장을 넣어 다시 끓이며 익어가는 정도에 맞게 불을 조절해야 한다. 조금은 번거롭지만 한두 시간 정성을 들이면 되는 음식이다.

그런데 그날은 특별히 피곤한 것도 아닌데 몸이 축축 처졌다. 살다 보면 괜스레 힘 빠지는 날이 있잖은가. 웬만하면 윤희 요구를 최대한 맞춰주려고 하는데 그날따라 닭볶음탕이 궁궐 수라상 차리는 것보다 힘들게 느껴졌다.

'휴, 그렇다고 아예 다른 고기로 바꿨다가는 윤희가 삐질 테고……'

맥 빠진 눈으로 털 빠진 생닭 앞에서 우물쭈물할 때였다. 갑자기 양념만 뚝딱 만들어 생닭에 바른 뒤 구우면 끝인 닭불고기가 계시처럼 떠올랐다.

"김윤, 엄마랑 춘천 놀러갔던 거 기억나? 청평사도 구경하고 닭갈비도 맛있게 먹었었잖아."

"아, 숯불에 구워먹던 거?"

윤희가 코를 실룩이며 기억을 떠올렸다. 윤희는 여행했던 장소를 대부분 그곳에서 먹었던 음식으로 떠올린다. 하기야 윤희만 그럴까. 여행 가서 남는 거라고는 사진과 음식뿐이라는 말이 그른 것만은 아니다.

그런데 춘천 여행에서 우리가 먹은 닭갈비는 갖은 채소와 사리를 함께 볶아 먹는 보통의 방식과 달랐다. 빨간 양념에 잰 닭다리를 숯불에 그대로 구워 먹는 방식이었다. 사실은 이게 닭갈비의 원조로 나와 윤희 입맛에는 원조 닭갈비가 훨씬 맛있었다. 프랜차이즈 닭갈비 체인점에 갈 때면 윤희는 항상 하는 말이 있다.

"아빠, 이게 닭갈비야, 양배추 볶음이야?"

내가 봐도 닭고기는 얼마 없고 채소만 한가득이긴 하다. 이렇듯 일반 닭갈비 집에서 밥을 먹다 보면 주객이 전도된 느낌을 자주 받는데, 그에 비해 춘천에서 먹은 닭갈비는 말 그대로 닭의 맛을 제대로 느낄 수 있었다.

"김윤, 우리 그거 해먹자."

"집에 숯불 있어?"

"꼭 숯불에 구울 필요 없어. 가스레인지로도 가능하거든. 맛있게 해줄게. 어때?"

"음…… 뭐 어쩔 수 없지."

그렇게 윤희를 설득해 닭갈비, 정확히는 닭불고기를 위해 닭다리만 따로 포장된 상품을 구입했다. 닭다리도 뼈가 있는 것, 뼈를 발라낸 것으로 나뉘는데, 후자는 인건비 때문에 천 원 정도 가격이 더 나간다. 군대에서 취사병이었던 나는 뼈를 직접 발라낼 수 있기에 뼈 있는 걸로 구입했다. 뼈와 살 사이에 칼을 집어넣고, 주위를 칼로 살살 발라내면 간단히 발골할 수 있다. 칼이 익숙하지 않다면 가위로 뼈 주변을 잘라내도 된다. 처음에는 시간이 걸려도 한두 번 하다 보면 익숙해진다.

집에 돌아와 먼저 밥을 안치고, 뼈를 발라낸 닭다리 살에 소금을 조금 뿌려 쟀다. 그리고 양념장을 만드는데, 이때도 나만의 비법이 있다. 발라낸 다리뼈를 버리지 않고 육수를 내 그걸로 양념장을 만드는 것이다. 단지 천 원이 아까워서 뼈 있는 닭다리를 고른 게 아니라는 말씀. 깨끗이 씻은 다리뼈와 마늘, 간장, 설탕을 냄비에 넣고 끓여 자작자작할 정도로 졸여 육수를 낸 뒤 고추장, 고춧가루, 간장, 다진 마늘 그리고 케첩을 넣어 닭불고기 양념을 완성했다. 케첩은 토마토의 감칠맛에 신맛, 단맛이 들어 있어 맛에 포인트를 줄 때 좋다. 발라낸 살에 밑간을 했기 때문에 따로 소금은 넣지 않았다. 나중에 싱거우면 소금을 넣어 간을 조절하면 된다. 양념이 짜면 그때는 대책이 없기 때문에 항상 간은 싱겁게 하는 것이 좋다. 마지막으로 완성된 양념에 식초 두어 방울을 넣었다. 식초는 양념이 각자의 자리를 찾아 들어가게 해 맛을 안정시킨다. 양념에 케첩과 식초를 넣는 것은 모든 불고기 양념에 적용이 가능하다.

밥이 얼추 뜸이 들자 기름을 살짝 두른 팬에 양념된 닭불고기를 올려 구웠다. 양념된 상태라 고기가 익기 전에 양념이 먼저 타기 시작하는데, 이럴 때를 대비해 조금 남겨둔 육수를 활용했다. 고기 구울 때 양념이 타는 걸 막기 위해 물을 조금씩 넣는데, 물 대신 육수를 넣으면 맛이 더 농후해진다. 오징어불고기나 두루치기를 할 때도 육수를 넣으면서 구우면 양념이 타지 않고 고기를 맛있게 볶을 수 있다.

상을 차리고 윤희를 불러 따스한 밥 위에 닭불고기를 올려 먹었다. 닭볶음탕은 아니어도 맛은 역시나 일품이었다. 그런데 한창 닭불고기를 상추에 올려 입이 미어지게 먹던 윤희가 슬쩍 나를 쳐다보았다.

"아빠, 솔직히 얘기해봐."

"응? 뭘?"

"아까 닭볶음탕 하기 싫어서 이거 한 거지? 그런데 이것도 맛있으니까 용서해줄게."

그러고는 다시 상추쌈을 싸서 입에 넣었다. 항상 껌딱지처럼 붙어 있기 때문일까. 윤희는 아빠를 알아도 너무 잘 안다. 물론 아빠가 지쳐서 그랬다는 것은 잘 모르는 것 같지만. 그래도 어쩌랴. 딸 앞에서는 힘들어도 안 힘든 척하는 게 아빠란 사람들이니 말이다. 하지만 언젠가는 말하지 않아도 아빠의 기분을 윤희가 알아줄 날이 올 거다. 그날을 기대하며 나도 닭불고기를 상추에 싸 입에 넣었다.

"아, 맛있다!"

내가 한 요리지만 감탄사가 절로 나왔다. 순간 바닥났던 에너지가 슬금슬금 차올랐다. 역시 지친 몸과 마음을 위로해주는 데는 맛있는 음식이 최고다. 특히 사랑하는 딸과 함께 먹는 음식이라면. 조금은 힘들어도 그럼 된 거다.

너는 잊어도 우리는 절대로 잊지 못하지
네가 좋아했던 거, 네가 싫어했던 거

이 순간을 기억할까

이 순간을 기억할까

자유시장 순댓국

부평에 일이 있어 갔다가 본가에 잠시 들러 어머니를 뵈었다. 그리고 아버지를 모신 납골당을 찾았다. 소주 한잔 따라 드리고 나오니 어느덧 점심때였다. 납골당에서 십여 분 거리에 있는 덕화원의 계란프라이가 올라간 간짜장을 먹을까 하다가 자유시장 골목의 순댓국이 생각났다. 차를 주차하고 시장 골목을 찾아갔다.

역마살이 잔뜩 낀 팔자를 타고나서 그런지 나는 식품 MD라는 직함으로 전국 각지를 돌아다니고 있다. 한 달에 4~5회는 항상 지방에 가는데, 혼자 출장을 가면 끼니 때문에 고역이다. 최근 들어 1인분도 파는 식당이 많이 생겼다지만, 그래도 1인분은 탕류 정도가 고작이고 먹을 만한 요리는 아직까지 대부분 2인분 이상을 팔기 때문이다. 그래서 병천, 용인, 담양, 창평, 금산 같은 순대로 유명한 지역을 갈 때는 고민할 일이 없어 편하다. 금방 나오고, 혼자 먹기 편한 순댓국을 먹으면 되니 말이다.

그 덕에 전국 각지의 웬만한 순댓국은 거의 다 먹어봤지만, 순댓국을 앞에 두고 수저를 들면 아련히 떠오르는 순대가 있다. 바로 인천 부평 자유시장의 순대다.

나는 어렸을 때 경기도 평택에서 인천으로 이사를 와 부평역 남쪽 편에 살았다. 지금처럼 동네에 큰 슈퍼가 없던 시절이라 어머니는 한 달에 두어 차례 장을 보러 시장에 가셨다. 집에 아버지께서 계시거나 누나가 있어 나를 봐줄 사람이 있으면 혼자 다녀오셨는데, 아무도 없으면 내 손을 잡고 데리고 가셨다. 지금은 사라진 부평역 육교를 넘어 지하상가를 지나 엄마 손을 잡고 시장 초입으로 향하던 길이 지금도 기억에 생생하다.

어머니는 시장 초입을 지나 소매보다도 도매 위주로 파는, 깡시장이라 불리던 곳에서 주로 장을 보셨다. 골목 위를 아케이드로 가려 항상 어두컴컴한 깡시장 골목은 포목점, 어물전, 순대 점포들이 즐비해 항상 사람으로 넘쳐났다. 어린 나는 행여나 어머니를 놓칠세라 손을 꼭 붙잡고 이것저것을 구경하다가 시장을 다 볼 즈음이면 어머니 눈치를 살피며 배고프다고 칭얼거렸다. 지금 윤희가 나한테 그러는 것처럼.

어린 나이에도 시장까지 따라왔는데 주전부리 하나 못 얻어먹고 돌아가면 억울하다고 생각했던 것이다. 그러면 어머니께서는 열에 한 번은 순대집들이 늘어선 골목에서 순대를 한 접시 사주시곤 했다. 그중에서도 한남체인이라는 슈퍼 근처의 순대집이 가장 기억에 남는다. 넉넉하지 않은 형편 탓에 어쩌다 한 번 얻어먹는 순대의 맛을 어떻게 잊을 수 있겠는가. 그야말로 먹다가 어머니를 잃어버려도 모를 정도로 맛있었다. 물론 시장에서 어머니를 잃어버린 적은 없었다. 윤희가 어딜 가든 내 손을 꼭 잡는 것처럼 그때의 나도 어머니 손을 꼭 잡고 있었으니까. 이처럼 순대로 유명한 지역을 다니며 맛있다고 소문이 자자한 순대를 먹어도 어릴 적 추억의 맛을 결코 이길 수가 없는 것이다.

오랜만에 들렀어도 시장의 겉모습은 몇 년 전과 다를 바 없었다. 그런데 골목 안으로 들어갈수록 퇴락한 기운이 역력했다. 장사가 안 되는지 불 꺼진 곳이 여럿이었다. 조만간 이곳도 재개발이란 이름으로 사라질 것을 예고하듯 건물평가서가 곳곳에 붙어 있었다. 불이 켜진 순대집 중 한 곳에 들어가 순댓국을 청했다. 순대와 돼지부속 몇 점이 올라간 접시와 김치가 나오고 이내 뜨거운 뚝배기가 나왔다. 속이 꽉 찬 순대는 기본이고, 머리 고기와 간과 콩팥, 허파와 오소리감투, 내장 등 이름은 좀 거북해도 맛 하나는 기가 막힌 돼지부속이 가득한 순댓국을 먹으며 시장이 사라지기 전 윤희랑 순대 골목에 오면 좋겠다는 생각을 했다.

마침 얼마 뒤 윤희를 데리고 본가에 들를 일이 생기는 바람에 본가에 가기 전에 윤희와 함께 먼저 시장을 찾았다. 골목 안으로 들어서니 어두침침한 분위기에 윤희가 내 손을 꼭 잡았다. 그 옛날 내가 어머니의 손을 꼭 잡았듯이. 순대 골목에 들어서니 몇 주 전 방문했던 집은 불이 꺼져 있어 다른 가게를 찾았다. 윤희는 순댓국을 먹지 않기에 순대만 포장해 달라고 부탁하는데 주인아주머니의 낯이 많이 익었다.

'어디서 많이 뵌 얼굴인데······.'

그제야 대학 시절 친구들과 종종 이곳을 찾아 소주잔을 기울이던 기억이 떠올랐다. 벌써 20여 년 전 일이라 아주머니는 어느새 중년이 되어버린 나를 기억하지 못하셨다. 당연한 일이었다. 인사를 드리며 반가운 척이라도 해볼까 하다가 그냥 웃음 한번 지으며 넘어갔다. 추억을 떠올리며 반갑게 얼싸안고 인사를 나눠야 할 때도 있지만, 모른 척 자연스럽게 페이지를 넘겨야 할 때도 있는 법이니까. 먹음직스런 순대를 사서 시장을 빠져나오며 윤희에게 물었다.

"김윤, 아빠랑 할머니랑 옛날에 이 골목에서 순대 먹곤 했는데, 윤희도 나중에 오늘 아빠랑 순대 사러 온 거 기억할까?"

"글쎄, 그때 어떨지 내가 지금 어떻게 알아?"

윤희의 말에 너털웃음을 터뜨리고 말았다. 하기야 하루 앞의 일도 모르는데 어찌 몇 년 후를 알 수 있겠는가. 하지만 그래도 딱 하나만큼은 알 것 같았다.

'윤, 너도 나중에 소주 맛을 알게 되면 당연히 순댓국의 맛도 알게 될 거야.'

그리고 하나 더 기대하고 싶었다.

'그때 아빠랑 순댓국에 소주 한잔 하자!'

윤희가 지금 이 순간을 기억하지 못한대도 괜찮다. 나중에 윤희랑 순댓국에 소주 한잔 나눌 수 있다면 말이다. 그래, 그러면 된 거다.

신월동 마복림 할머니로
변신하는 날

당면 넣은 떡볶이

　종종 늦은 밤 나는 신당동의 마복림, 아니 신월동의 마복림 할머니로 변신하곤 한다. 윤희가 "아빠, 배고파" 할 때 도깨비 방망이처럼 뚝딱 만들어내는 메뉴가 바로 떡볶이이기 때문이다.

　요즘은 전화 한 통이면 따끈한 떡볶이에 순대며 튀김까지 배달되는 세상이다. 집 앞 슈퍼에 가면 떡볶이 소스를 따로 팔고, 아예 한 포장지 안에 소스, 어묵, 떡이 세트로 구성된 상품들도 많다. 포장을 뜯어 끓는 물에 순서대로 넣기만 하면 된다. 떡볶이를 라면처럼 간단하게 만들어 먹을 수 있는 것이다.

　나도 식품 MD시절에 즉석 떡볶이를 기획한 적이 있다. 그럼에도 나는 직접 떡볶이를 만든다. 나나 윤희나 시중에서 파는 자극적인 맛의 떡볶이를 즐기지 않는 탓이다. 인스턴트 음식을 멀리하는 방법은 따로 없다. 간편함 대신 귀찮더라도 몸을 더 움직이는 방법뿐이다.

떡볶이를 자주 해먹기 때문에 우리 집 냉장고에는 떡과 어묵이 항시 대기 중이다. 그리고 윤희한테 떡볶이를 해줄 때 절대 빠져서는 안 되는 게 당면 사리다. 라면, 파스타, 쫄면 등등의 여러 가지 면을 넣어봤지만, 윤희는 당면을 제일 좋아한다.

당면은 보통 뜨거운 물에 따로 데친 뒤 떡볶이에 넣는 방식이 많이 사용된다. 신당동처럼 즉석 떡볶이를 전문으로 하는 곳도 미리 데쳐놓은 당면을 사용한다. 그러나 나는 다른 방식을 쓴다. 어느 날 '당면을 꼭 미리 삶으란 법도 없잖아?' 하는 생각에 당면을 씻기만 하고 불리지 않은 채 그대로 냄비에 넣었다. 이유는 딱 하나였다. 당면 삶은 냄비 하나 더 설거지하는 게 귀찮아서였다.

당면을 넣은 냄비에 고추장, 설탕, 고춧가루, 마늘 등의 양념을 풀고는 팔팔 끓이기 시작했다. 떡볶이 양념으로 사용하는 고추장은 순창의 전통 고추장이나 양가에서 담근 고추장이다. 고추장도 묵어야 맛이 드는데 발효가 잘된 고추장은 딱히 조미료를 더하지 않아도 그 맛이 깊다. 반면 시판 고추장은 발효 시간이 짧아 옅은 맛밖에 나지 않는다. 얼추 당면이 익을 즈음 떡과 어묵을 넣고, 따로 삶아 놓은 계란을 올려 떡볶이를 완성했다.

그렇게 설거지거리를 줄여보자고 잔머리를 굴려봤는데, 맛을 보니 오히려 이전보다 훨씬 나았다. 맹물에 미리 불린 당면은 양념과 따로 노는데, 삶지 않은 당면은 속까지 양념이 배어 훨씬 맛이 좋았다. 도랑치고 가재까지 잡은 격이었다.

당면에서 재미를 본 나는 이후에는 계란도 따
로 삶지 않고 깨끗이 씻어 당면 삶을 때 같이 넣
었다. 떡볶이 양념과 함께 투하된 당면이 푹 삶아
지는 시간은 얼추 6~10분 정도. 계란도 충분히 익을 시간이다. 완숙을
좋아하는 윤희 계란은 6분, 반숙을 좋아하는 내가 먹을 것은 3~4분만 삶
은 뒤 꺼냈다. 역시나 따로 설거지할 필요 없이 삶은 계란을 떡볶이 소스
에 찍어 맛있게 먹을 수 있었다. 그렇게 맛도 유지하면서 설거지거리를
줄이는 나만의 떡볶이 레시피를 하나하나 완성했다.

그러던 어느 날, 여느 때처럼 떡볶이를 해서 나눠먹던 윤희가 궁금한
듯 물었다.

"아빠, 아빠가 해주는 떡볶이는 왜 물이 많아? 밖에서 먹는 것처럼 찐
득하게 해주면 안 돼?"

떡 본 김에 제사 지낸다고 윤희에게 고추장에 대해 설명을 해줬다.

"밖에서 쓰는 고추장하고 집에서 먹는 고추장이 달라서 그래."

"고추장은 다 빨갛고 똑같은 거 아냐?"

"고추장이 다 같아 보여도 만드는 방법이 다 달라. 밖에서 떡볶이를 만
드는 고추장에는 전분이 많이 들어 있어서 계속 끓이면 국물이 찐득해
져. 그런데 집에서 먹는 고추장에는 전분도 없고 떡볶이도 한 번만 끓여
서 국물이 흥건하게 생기는 거야."

너무 자세하게 설명해줬는지 윤희는 눈만 끔뻑거렸다. 전분이 뭔지를
모르니 장님 코끼리 만지는 격이었던 것이다. 얼마 뒤에 다시 떡볶이를

하는데 지난번 일이 떠올라 윤희를 불렀다.

"김윤, 얼른 나와봐!"

떡볶이나 대령할 것이지 왜 귀찮게 오라 가라 하냐는 표정이 다분한 윤희 앞에 하얀 전분 가루를 내밀었다.

"이게 아빠가 저번에 이야기한 전분이야. 전분은 감자, 옥수수, 고구마로 만들어."

"그런데?"

"전분을 물에 개어 떡볶이에 넣으면 어찌 되는지 봐봐."

"그걸 내가 왜 봐야 하는데?"

"너 저번에 우리 집 떡볶이는 왜 묽기만 하냐며! 전분 이야기 해줬더니 모르겠다며!"

"아항, 헤헤."

내 목소리가 살짝 높아지자 그제야 윤희가 혀를 쏙 내밀었다. 필시 내 손에 들린 전분 가루의 또 다른 용도를 예감했던 게 틀림없었다. 나는 심호흡을 하고는 다시 설명을 시작했다.

"중요한 건 전분 가루를 직접 넣으면 안 된다는 거야. 전분이 물을 흡수하기 전에 익어서 아무런 효과가 없거든. 이렇게 물에 타서 넣어야 해."

빨간 떡볶이 양념에 전분 물을 넣자 국물이 밖에서 파는 것처럼 찐득하게 변했다. 윤희가 눈을 반짝였다.

"오홍, 신기한데! 아빠, 우리 학교 앞에서 떡볶이 장사해라."

"아하하하, 진짜 그럴까?"

윤희의 칭찬에 방금 전 일도 까맣게 잊고 너털웃음을 터뜨렸다. 전분 넣은 떡볶이를 한소끔 끓이고 윤희랑 먹으면서 물었다.

"어때, 이렇게 한 게 더 나아?"

"아니, 약간 텁텁하네. 다음에는 그냥 하던 대로 하는 게 더 낫겠다."

윤희가 예전 게 더 좋다면서 마지막으로 한마디 더 보탰다.

"아빠, 다음에는 군만두도 같이 해줘. 국물에 찍어 먹으면 맛나잖아."

머리를 쥐어짜 설거지거리 두 개를 줄였는데, 윤희의 한마디에 다시 하나가 더 늘었다. 그것도 하필이면 기름기가 많아 설거지하기 귀찮은 군만두로 말이다. 만두 구운 프라이팬을 설거지 안 할 방법을 찾을 수 있을까? 아무래도 시장에서 튀긴 만두를 사오지 않는 한 불가능할 것 같다. 그래도 어쩌랴. 윤희가 먹고 싶다니 신나게 만두를 구울 수밖에. 그래, 윤희가 떡볶이 국물에 군만두를 맛있게 찍어 먹으면 그럼 된 거다.

끝이 없는 숙제

매콤한 오징어채볶음

"아빠, 나 오징어채 먹고 싶어."

윤희의 말 한마디에 집 앞 슈퍼에 가서 오징어채를 사왔다. 해달란다고 다 해주지는 않지만, 오징어채 반찬을 안 해준 지가 꽤된 것 같아서 오랜만에 실력 발휘를 해보려 했다.

슈퍼에서 사온 오징어채는 남태평양에서 잡힌 대왕오징어로 만든 제품이다. 1~2미터까지 자라는 대왕오징어의 정식 명칭은 훔볼트 오징어로 국내에 팔리는 제품은 대부분 페루, 칠레 등 태평양을 끼고 있는 나라에서 수입한 것들이다. 훔볼트 오징어는 여러 가공식품에 사용되는데, 귀는 오징어 젓갈로, 다리는 '가문어'라는 이상한 이름으로 바뀌어 술안주용으로 팔린다. 몸통은 오징어채나 영화관에서 팔리는 버터구이 오징어의 재료로 사용된다. 짬뽕 속에 있는 씹으면 스펀지 질감이 나는 하얀색 오징어도 대왕오징어를 얇게 저민 것이다.

오징어채를 구매할 때는 상온에서 보관 중인 것은 피하고, 가능하면 냉장고에 있는 것으로 고르는 것이 좋다. 오징어채는 건어물이지만 수분이 많아 곰팡이가 피기 쉽기 때문이다. 그래서 상온에서 파는 것에는 곰팡이가 피지 못하도록 보존료를 포함한 각종 첨가물이 들어 있다. 원산지는 당연히 국내산이 좋다. 수입산에 비해 두 배 정도 비싸지만 씹는 맛은 국내산을 따를 수가 없다.

우리 집은 원래 오징어채를 고추장과 간장만으로 맵게 볶아 만드는데, 그날은 처음으로 고추기름을 내서 만들어봤다. 집에서 고추기름을 만드는 방법은 정말 간단하다. 나 같은 경우는 매운 고춧가루와 맵지 않은 고춧가루를 1 대 1 비율로 섞은 뒤 올리브 오일, 마늘, 대파를 넣어 고추기름을 낸다. 특히 집에서 고추기름을 만들 때는 프라이팬을 기울여 기름이 한곳으로 모이도록 한 뒤 약한 불에서 가열하는 게 좋다. 기름이 보글보글 끓기 시작하면 매운 향에 연신 재채기가 나오는데, 그러면 고추기름이 제대로 만들어지고 있다는 신호다. 불이 조금이라도 강하면 매운 향보다 탄내가 먼저 나기에 언제나 불 조절이 관건이다. 15분 정도 가열하면 맑고 빨간빛이 도는 고추기름이 만들어진다.

물론 고추기름이 없어도 충분히 맛있는 오징어채를 만들 수 있다. 고추장, 설탕, 고춧가루, 마늘 등을 넣어 양념장을 만든 다음, 기름을 두른 팬에 오징어채와 양념을 넣고 살짝 무치는 느낌으로 볶아주면 된다. 고추장과 고춧가루 대신 간장을 사용해도 되고, 이도저도 싫으면 그냥 소금, 설탕, 마늘만 넣고 볶아도 맛이 좋다.

내가 오징어채를 맵게 볶는 것은 윤희 때문이다. 맞다. 윤희가 매콤한 걸 좋아하기 때문이다. 초록마을에서 근무할 때 국내산 오징어채를 기획한 적이 있었다. MSG를 뺀 상품이어서 어린 윤희와 함께 TV를 보면서 생으로도 즐겨 먹고는 했다. 그러다 기름에 하얗게 볶아줬는데 맛이 심심하다고 해서 그 다음부터는 하얗게 볶더라도 청양고추를 넣어 매운맛을 냈다. 이런 입맛의 윤희니 고추기름에 오징어채를 볶아도 나쁠 것 같지 않아 고추기름을 낸 것이다.

고추기름이 완성되면 체로 찌꺼기를 걸러내 맑은 기름만 사용한다. 고추의 매운맛 성분인 캡사이신은 기름에 잘 녹기 때문에 찌꺼기를 버려도 매운맛이 오롯이 남아 있다.

프라이팬에 고추기름과 오징어채를 함께 넣고 잘 섞이도록 버무렸다. 그리고 불을 켜고 살살 볶다가 불을 끄고 꿀을 넣고 잔열로 마저 볶았다. 꿀 대신 조청을 넣어도 좋다. 올리고당을 넣는 경우도 있는데 나는 사용하지 않는다. 올리고당은 설탕을 재가공하거나 GMO 옥수수를 효소 분해로 만든 것이 대부분이기 때문이다. 오징어채를 가공할 때 이미 MSG, 설탕, 포도당 등이 들어가 있기에 굳이 올리고당을 더 넣을 필요가 없다. 굳이 꿀을 안 넣어도 이미 충분히 달지만, 꿀이나 조청을 넣으면 오징어채 겉면이 코팅되어 먹음직스럽게 보인다.

요리법을 바꾼 오징어채에 대한 윤희의 반응이 궁금했다.

"윤, 어때?"

"흠, 좀 다른데 나쁘지 않네. 괜찮아."

맛을 본 윤희가 고개를 끄덕였다. 내가 맛을 봐도 정말 괜찮았다. 고추 장만으로 만들 때보다 매운맛이 더 도드라지는 것이 밥도둑 정도는 아니어도 도둑질할 때 망보는 수준은 되고도 남았다.

"아빠, 빨리 밥!"

"오케이."

매콤한 오징어채볶음에 입맛이 돈 딸내미가 밥을 재촉하니, 내가 할 일은 밥그릇과 주걱을 들고 신나게 돌솥으로 달려가는 것밖에 없었다.

반찬 만드는 것은 언제나 어려운 숙제다. 결코 끝이 없기에 더욱더 어렵다. 게다가 윤희의 편식까지 더해지니 솔직히 이중고이기는 하다. 그렇다고 조급해하지는 않는다. 마음을 느긋하게 먹고 조금씩 해결하면 된다는 생각이다. 지금은 그냥 윤희가 한 끼, 한 끼 잘 먹으면 그것만으로도 나는 만족한다. 그러면 된 거다.

아빠는 참 꾸준해

머랭 쿠키

"헬(hell)로우 방학에 오신 걸 환영합니다!"

윤희의 방학이 시작됐다. 다른 부모님들도 마찬가지겠지만 방학이 되면 걱정이 태산이다. 삼시 세끼에 대한 부담감 때문이다. 학교 급식 한 끼가 살림하는 이에게는 얼마나 큰 축복인지 방학 때가 되면 절실히 깨닫는다. 아침밥 챙기고 나면 금세 배고프다고 난리고, 점심 챙기고 나면 또 저녁 끼니 걱정에 하루가 어떻게 가는지 모를 정도다. 그렇게 윤희의 삼시 세끼로 시름시름 앓던 어느 날이었다.

"아빠, 나 머랭 쿠키 해줘."

윤희가 갑자기 내 옆에 찰싹 붙더니만 쿠키를, 그것도 머랭 쿠키를 주문했다.

'머랭? 방금 점심 먹은 애가 지금 뭐랭? 너는 꺼멓게 죽은 애비 얼굴도 안 보이냐?'

머랭은 계란흰자에 설탕을 섞어 한쪽 방향으로 팔이 뻐근할 정도로 휘저으면 생기는 걸쭉한 크림을 말하는데, 직접 만들어본 적은 없었다. 손쉽게 만들 수 있는 거품기도 집에 없고, 양식 조리법이라 해볼 생각조차 안 했다. 집에서 만드는 양식이라고 해봤자 소스 없는 스테이크를 구워주는 정도지 머랭 치기까지 해볼 생각은 없었기 때문이다. 방학만 아니었으면 다음에 해주겠다고 질질 끌었을 테지만, 방학이라 도망칠 구석도 없었다. 딸내미가 머랭을 먹고 싶다니 만드는 수밖에. 하늘의 별이라도 따다 주고 싶은 게 아빠 마음이니까.

머랭 쿠키를 만들기 전에 먼저 인터넷에 떠도는 레시피를 검색했다. 계란흰자와 설탕에, 레시피에 따라 몇 가지 재료만 추가하는 게 전부였다. 내가 고른 레시피는 계란흰자에 설탕과 밀가루가 조금씩 들어가는 가장 간단해 보이는 방법이었다.

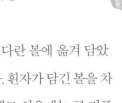

계란은 흰자와 노른자를 분리해 흰자만 따로 커다란 볼에 옮겨 담았다. 그리고 설탕을 개량한 다음 거품기를 준비했다. 흰자가 담긴 볼을 차갑게 식힌 뒤 거품기로 휘젓기 시작했다. 레시피대로 처음에는 큰 거품이 나더니 차차 작아졌다.

'오, 이거 오늘은 작품이 나오려나?'

은근히 기대감이 부풀어 오르기 시작했다. 어느 정도 거품이 만들어진 것 같아 설탕을 넣고 본격적으로 머랭을 치기 시작했다. 한쪽 방향으로 손이 보이지 않을 정도로 빨리 거품기를 휘젓자 금세 팔이 뻐근해졌다.

'이거 왜 이렇게 힘들어…….'

팔이 아픈 만큼 거품이 크림으로 변하며 점도가 생겨 밀가루를 넣으려던 찰나였다. 아빠는 팔이 빠져라 머랭을 치고 있는데, 방에서 빈둥대다가 슬그머니 구경을 하러 나온 윤희가 기겁을 했다.

"아빠, 밀가루 왜 넣어?"

"아빠가 본 레시피에는 밀가루 넣던데?"

"아냐! 유튜브 안 봤어? 밀가루 넣는 거 아녀."

"그건 그냥 머랭만 만드는 거 아냐? 쿠키 만들려면 당연히 밀가루도 있어야 해."

"진짜야? 실패하면 어쩌려고?"

"김윤, 우리가 한두 번 실패했냐? 실패 없이는 성공도 없어. 그리고 처음부터 성공한 적도 없잖아. 잘 알면서. 아하하하!"

실패 따위 눈곱만큼도 꺼려하지 않는 쿨한 아빠의 자세에 윤희가 피식 웃음을 지었다.

"하긴, 듣고 보니 그러네. 아빠 마음대로 해봐."

윤희의 지지도 받았겠다, 밀가루를 왕창 넣고 반죽을 마무리했다. 이제 짤주머니에 넣고 오븐 판에 짜내 구우면 끝이었다. 그런데 아차! 짤주머니가 없었다. 주방을 뒤지니 다행히 짜개가 나왔다. 지퍼백 한쪽을 작게 오려내고 짜개를 끼워 임시방편치고는 훌륭한 짤주머니를 만들어 반죽을 넣었다. 그런데 또 아차! 오븐 판에 깔 유산지도 없었다. 불길한 예감이 엄습했다.

'설마 떡처럼 딱 달라붙는 것은 아니겠지……. 에이, 달라붙으면 떼어내면 되겠지 뭐.'

반쯤 실패를 예감했기 때문일까? 실패에 무감각해졌기 때문일까? 아니면 둘 다일까? 한없이 너그러운 마음가짐으로 오븐 판 위에 반죽을 짜는데, 역시나 반죽 모양이 자꾸만 찌그러졌다.

"아빠, 이게 정상이야?"

윤희가 묻는데, 처음으로 만드는 거라 난들 정상인지 알 수가 있나. 그래도 걱정은 잠시, 180도로 예열한 오븐에 반죽을 넣고 타이머를 25분으로 맞췄다. 잠시 뒤 반죽이 익어가며 냄새가 나기 시작했다. 그리고 역시 예감은 틀리지 않았다.

"아빠, 이거 누룽지 냄새 아냐? 머랭 쿠키 만드는데 왜 누룽지 냄새가 나?"

"설탕하고 계란이 같이 익으면 비슷한 향이 나."

그럴듯하게 대답은 했지만, 오븐 속을 살피니 사진 속 머랭 쿠키 색과 전혀 달랐다. 갈색으로 봉긋하게 부풀어 올랐어야 할 모양은 넓게 퍼져 오븐 판과 한 몸이 되어 있었다.

"쯧쯧."

오븐 속을 들여다본 윤희가 혀를 차고는 이내 돌아섰다. 잔소리해봐야 소용없다는 것을 아는 거다. 그래서 우리는 잘못한 것에 대해 잔소리를 잘 하지 않는다. 해봐야 틀어진 일이 정상으로 돌아오지 않을뿐더러 마음만 상하니까 말이다.

타이머가 종료되고 오븐에서 판을 꺼내 식혔다. 판을 바닥에 쳐서 쿠키를 떼어내려 했지만 마음대로 되지 않았다. 결국 판에 붙은 쿠키를 숟가락으로 누룽지 긁듯 긁어냈다. 윤희가 무슨 맛인지 궁금하다며 한 입 먹더니 눈을 동그랗게 떴다.

"우아, 진짜 누룽지 같잖아! 머랭 쿠키는 입에 넣으면 살살 녹는다는데, 아빠 거는 안 녹는다. 진짜 신기하다. 으하하하!"

윤희의 웃음에 별거 아니라는 듯 어깨를 으쓱였다. 예전에는 실패하면 며칠이나 우울해했는데 이제는 내성이 생겨 끄떡없다.

"좋아, 다시 재료 준비해서 만들자!"

곧장 짤주머니와 유산지 등을 인터넷 쇼핑몰 장바구니에 담고 있는 내 옆에서 윤희가 누룽지 맛 쿠키를 먹으며 한마디 했다.

"아빠는 참 꾸준해."

녀석, 아빠의 장점을 아는구나. 아빠가 한결같기는 하지. 그때 한마디가 더 귓가를 쳤다.

"처음은 항상 실패하잖아."

녀석, 역시 아빠의 단점도 잘 안다. 기특하기는 한데 간혹 왜 이리 얄미운지 모르겠다.

음식을 하다 보면 생각했던 대로 안 될 때가 있다.
그래도 계속할 수 있는 것은 딸 때문이다.
또 실패할 수도 있지만. 함께 웃을 수 있다면 그것만으로도 좋다.
딸이 '아빠의 도전'을 보며,
실패 앞에서 움츠리고 도망칠 필요 없다는 것을
배울 수 있지 않을까.

밤늦게 오는
아빠를 기다릴 때

몽로 닭튀김

"아빠, 심심해!"

방학을 하면 윤희가 "아빠 배고파" 다음으로 많이 하는 말이다. 다른 집 부모들은 방학 전부터 아이들 뒤처진 과목 따라잡느라, 선행학습 시키느라, 학원 특강 알아보느라 바쁘다는데 윤희는 방학이라고 특별히 학원을 더 다니지 않는다. 그러다 보니 방학만 되면 온종일 윤희와 나랑 둘이 얼굴을 맞대고 있는 것이 우리 집 풍경이다. 어디로 여행을 다녀와도 며칠뿐, 매일 밖으로 돌아다닐 수도 없는 게 현실이니까.

'그려, 우리 너무 오래 집에만 있었다. 세상 어떻게 돌아가는지 한번 보고 오자!'

윤희랑 어디를 갈까 시작한 고민은 자연스럽게 무엇을 먹으러 어디로 갈까 하는 생각으로 바뀌었다. 순간 몽로의 닭튀김이 생각났다. 몽로는 박찬일 셰프가 운영하는 합정동에 위치한 이탈리아 주점으로 가

끔 그곳에서 한잔하고 들어올 때 닭튀김을 포장해 와 윤희에게 먹이고
는 했다. 예전 아버지들처럼 종이봉투에 싸인 통닭을 들고 오던 흉내를
냈던 것이다.

내가 어릴 적 먹었던 통닭은 인천 부평시장이나 동네 골목 닭집에서
생닭을 잘라 튀김옷을 입혀 튀겨 주던 통닭이었다. 지금이야 치킨 브랜
드가 차고도 넘치지만 당시에는 대부분 동네에 하나둘 정도 있던 생닭
을 파는 집에서 닭을 잘라서 튀기거나 아니면 통으로 튀겨내는 게 전부
였다. 시내에 전기오븐에서 빙글빙글 돌아가던 전기구이 통닭도 있었지
만 비싸서 거의 먹지 못했었다. 지금의 양념 치킨이나 후라이드 치킨은
80년대 들어서야 생겨났다.

윤희는 포장해 온 몽로의 닭튀김을 맛있다고 잘 먹었다. 하지만 그때
마다 아쉬움이 컸는데, 몽로에서 바로 튀겨내는 맛을 따를 수가 없었기
때문이다. 음식이 식는다는 것은 맛을 잃는다는 뜻과 같다. 아무리 오븐
에서 다시 덥혀도 원래의 맛을 재현할 수는 없는 것이다. 그래서 이참에
몽로에 가서 갓 튀긴 닭튀김의 맛을 보여주면 좋겠다 싶었다.

"김유윤!"

내가 말꼬리를 올리자 윤희가 재깍 눈치를 채고는 눈을 반짝이며 내
게 찰싹 붙었다.

"왜? 어디 가게?"

"몽로에 닭튀김 먹으러 갈까?"

"몽로? 거기 아빠가 가는 술집 아녀? 나도 가도 돼?"

"그럼. 아빠랑 가는 건 괜찮아. 갈래?"

"콜!"

열심히 차를 달려 합정동 몽로에 도착해 닭튀김을 시키자 박찬일 셰프가 웃으며 닭튀김을 내줬다. 찬일 형은 윤희를 본 게 처음이었지만, 이미 들은 이야기는 많은지라 윤희가 낯설지 않은 얼굴이었다. 윤희가 닭튀김을 하나 집어 먹더니 눈을 동그랗게 떴다.

"집에서 먹는 것보다 훨씬 맛있는데!"

"소스에도 한번 찍어 먹어봐. 더 맛있을 거야."

마요네즈와 레몬, 바질을 섞은 몽로만의 특제 소스를 내밀자 윤희가 인상을 찡그렸다.

"아빠, 나 몰라?"

차갑게 한마디 하고는 뜨거운 닭튀김을 맛있게 잘도 먹었다. 그리고 보통의 치킨과는 모양새가 다른 닭튀김 사진을 찍어 단톡방 친구들한테 올려 자랑을 하느라 바빴다.

몽로의 닭튀김은 맛도 좋지만 독특한 모양새로도 유명하다. 몽로에서는 닭을 튀길 때 라이스페이퍼를 사용한다. 월남 쌈을 먹을 때 쓰는 라이스페이퍼 말이다. 우선 튀김옷을 얇게 입힌 닭을 뜨거운 기름에 튀겨내고, 라이스페이퍼 위에 올려 한 번 더 튀기는 것이다. 하얀색 라이스페이퍼가 익으면 마치 닭튀김에 레이스가 달린 것처럼 보인다.

윤희가 닭튀김을 먹는 동안 나는 계란노른자가 마흔 개나 들어간 생면에, 소시지에 라구소스를 얹은 꽈란타 파스타를 먹었다. 윤희는 딱 한

포크 맛만 봤다. 윤희는 오로지 크림 파스타만 먹기 때문이다. 토마토나 다른 소스가 들어간 것은 먹지 않는다.

'그러고 보니 몽로에서 술 없이 음식만 먹은 건 오늘이 처음인가?'

평소 같으면 선도 좋은 생맥주 한 잔으로 먼저 갈증을 풀고는 문배주를 언더락으로 마시고 있을 나였지만, 윤희가 있으니 사이다를 언더락으로 만들어 건배했다.

밖에서 술을 마실 때면 항상 윤희에게서 전화가 걸려온다.

"아빠, 오늘은 몇 시에 들어오시나?"

"음, 9시에서 10시 사이?"

"12시에 들어온다는 이야기구나. 올 때 맛있는 거 사 와!"

어느덧 중학생이 된 윤희는 내가 말하는 귀가 시간을 믿지 않는다. 하기야 나도 내가 언제 들어갈지 모르는 데 누가 믿어주겠는가.

맞벌이이고 아내가 야간 근무를 하다 보니 윤희 혼자 저녁을 보내야 할 때가 종종 있다. 그래도 윤희가 칭얼거리거나 떼를 쓰지 않는지라 통화가 끝나면 고맙기도 하고, 마음이 짠하기도 하다. 그래서 가끔은 술자리를 일찍 파할 때도 있다. 하지만 말 그대로 가끔일 뿐, 대부분은 고주망태가 돼 집에 도착한다. 술 좀 줄이라는 윤희의 타박에 "그러마" 하고 답은 하지만 항상 미안할 뿐이다.

'윤희와 오래 함께하려면 술을 줄여야겠지?'

언제까지나 집에 돌아가며 선물을 사들고 들어가는 아빠가 되고 싶다. 그러기 위해서는 술을 줄여야 하는데……. 정말 줄일 수 있을까?

오랜만에 윤희와 나들이를 나왔는데 이래저래 머릿속이 복잡해지고 말았다. 하지만 이런 고민조차도 아내와 윤희를 위한 고민이기에 꼭 나쁜 것만은 아니리라. 게다가 항상 즐거운 일만 있을 수는 없으니까. 그게 인생이니 말이다.

딸은 곧 자연스럽게 조금씩 내게서 멀어질 것이다.
문득 그런 생각이 든다. 멀어지는 것이 당연하다고.
내가 아버지와 그랬던 것처럼.
그리고 멀어지는 것을 아쉬워하면 안 된다고.
내가 해야 할 일은 그 사이사이의 추억을 만드는 것이라고.
아버지가 내게 만들어주셨던 추억처럼.
그러면 된 거다.

내가 나에게
차려주는 식탁

······················

돼지육수 열무국수

"또 국밥이네······."

아침부터 윤희의 숟가락질에 좀처럼 힘이 들어가지 않았다. 어제 먹었던 버크셔 돼지국밥을 또 차렸으니 충분히 그럴 만도 한데, 가만 보니 단지 음식 때문만은 아닌 것 같았다. 전체적으로 심리 상태가 안 좋아 보였다. 윤희는 한창 사춘기를 겪고 있는 중이었다. 질풍노도의 시기인지라 하루에도 감정 기복이 롤러코스터를 몇 번이나 탈 정도였다. 조울증 환자라도 된 듯 실실 웃다가도 어느새 침울한 얼굴이 되고, 조금만 마음에 안 들어도 금세 눈에서 굵은 눈물이 뚝뚝 떨어졌다. 여드름이 나기 시작한 중1 사춘기의 변화무쌍한 감성은 정말 종잡을 수가 없다.

'대체 무슨 일일까······.'

윤희 걱정에 나도 시나브로 힘이 빠졌다. 하지만 우울한 딸 앞에서 나까지 우울해할 수는 없는 노릇.

"윤, 미안한데 오늘 아침은 그냥 먹자. 대신 아빠가 저녁에 진짜 맛있는 거 해줄 테니까 기대해!"

일부러 목소리를 높여 이야기를 하니 윤희가 알았다는 듯 고개를 끄덕였다. 하지만 이내 먹는 둥 마는 둥 몇 수저 뜨고는 학교 갈 채비를 했다. 현관문을 열며 "아빠, 빠" 하고 인사를 하는데, 마지막 빠 소리가 너무 짧았다.

'젠장. 윤희는 기분 좋으면 빠아아, 하는데…….'

윤희가 학교에 가고 난 뒤 유독 집이 텅 빈 느낌이었다. 이 휑한 기분을 채우려면 별수 없이 오늘 저녁을 맛있게 차려야 했다.

오전 동안 몇 가지 일을 끝내니 점심때가 됐다. 주방으로 가니 아침의 천덕꾸러기 돼지국밥 냄비가 가스레인지 위에 그대로 있었다. 녀석이 나를 보고 묻는 것 같았다.

'버릴 겨, 먹을 겨?'

오늘 다 안 먹으면 쉬어서 버리거나 냉동고로 갈 운명. 그렇지만 나 역시 아침에도 먹은 걸 점심에 또 먹는 게 내키지 않았다.

'뭘 먹을까…….'

나도 사람인지라 집에 혼자 있을 때면 라면 하나 끓여 끼니를 대충 해결할 때도 있다. 그러나 대개는 일부러라도 음식을 만들고 밥상을 차린다. 혼자라서 대충 먹는다는 것은 게으름을 숨기기 위한 핑계일 뿐이며, 내가 나한테 잘해야 남한테도 잘할 수 있다고 생각하기 때문이다. 그래서 나를 위해 점심 한 끼라도 잘 챙겨 먹으려 한다.

갑자기 냉면이 생각났다. 그러나 냉면 한 그릇 먹으러 밖에 나가기는 좀 그랬다. 제대로 먹으려면 을지로까지 나가야 하는데, 점심 한 끼 해결하자고 한 시간을 버리는 게 영 마뜩찮았다. 그때 며칠 전 먹었던 열무국수가 떠올랐다.

'남은 돼지국밥 국물을 활용해서 열무국수를 만들어볼까?'

괜찮은 아이디어다 싶어 우선 국밥 국물을 냉동고에 넣었다. 국물이 차게 식을수록 국물 속에 있던 돼지기름이 응고될 테고, 그러면 맑은 육수를 얻을 수 있을 것 같았다.

국물을 식히는 동안 국수 삶을 물을 끓였다. 계란도 삶아야 하는데 설거지하기 귀찮으니 떡볶이를 할 때처럼 깨끗이 씻어 국수랑 같이 삶아버리면 될 것 같았다. 물이 끓기 전에 계란을 넣으면 면이 익을 즈음에는 얼추 반숙이 될 터였다.

물이 끓고 국수와 계란을 넣어 삶았다. 그 사이 냉동고를 열어보니 고기 국물이 하얗게 기름을 띄우고 있었다. 기름을 체로 걸러내 얻은 깔끔한 고기 육수에 열무김치 국물과 멸치액젓을 넣고 장국을 만들었다.

"우아, 끝내준다!"

맛을 보니 혼자 먹기 아까울 정도였다. 며칠 전 김치 국물에 멸치액젓으로 간을 해 만들었던 열무국수 장국보다 맛이 더 깊었다. 역시 장국에는 고기 국물이 들어가야 한다는 사실을 새삼 다시 깨달았다. 물론 냉면집에서 먹는 장국에 비하면 맛이 세지 않다고 느낄 수도 있다. 그럴 때면 소금 조금 넣으면 그만이다. 하지만 강한 맛보다는 은은한 맛이 끌리는 날이라 따로 소금을 넣지는 않았다.

이내 다 삶아진 면을 건져내 장국에 담고, 예상처럼 노른자가 익다 만 계란 반쪽을 올려 식탁 위에 차렸다. 고요한 오후의 한때가 후루룩 후루룩 면발 넘기는 맛있는 소리와 함께 흘러갔다.

윤희에게 아침부터 타박 받은 돼지국밥이지만, 점심에는 시원한 열무국수로 환골탈태했다. 냉면 생각이 가실 정도로 맛있게 국수 한 그릇 잘 먹었다. 시원하게 한 끼 잘 먹었으니, 이제 윤희를 위한 저녁을 고민해야 할 차례였다. 힘들고 지친 윤희에게 힘을 줄 음식은 뭐가 좋을까……. 역시 돼지갈비일까?

넘어지면 어때,
다시 일어서면 되는 걸

자전거와 탕수육

"아빠 아빠, 손 놔!"

"진짜 아빠가 안 잡아줘도 돼?"

"응, 해볼게."

자전거 뒷바퀴에 달린 보조바퀴를 뗀 날이었다. 윤희가 아빠의 도움 없이 혼자 첫 페달을 밟으며 외쳤다. 넘어지지 않을까, 혹시라도 다치는 것은 아닐까 걱정이 됐지만 윤희의 용기에 나도 용기를 냈다. 넘어져도 손발 좀 까지는 것뿐이리라 스스로를 다독이며 윤희의 자전거에서, 아니 윤희에게서 손을 놓았다. 당장 옆으로 쓰러질 듯 기우뚱기우뚱 흔들리면서도 자전거가 앞으로 나아갔다. 윤희가 텅 빈 운동장을 달렸다. 혼자서 씩씩하게 앞으로 나아갔다.

초등학교 1학년 봄방학 때였다. 맞벌이 탓에 장모님 댁에서 먹고 자다시피 하던 윤희를 집으로 데려와 점심을 해 먹였다. 점심을 먹은 후 내

푹신푹신한 배를 베고 누워 소화를 시키던 윤희가 심심하다고 투덜거렸다. 나도 모처럼 윤희와 함께하는 주말 오후를 이대로 보내고 싶지는 않았다. 무얼 하면 좋을까 고민하던 차에 베란다에 뒹굴고 있는 자전거가 보였다. 순간 괜찮은 생각이 떠올랐다.

"김윤, 우리 자전거 타러 갈까?"

"재미없어. 나 이제 자전거 잘 타."

"아니, 뒤에 있는 작은 바퀴 떼고 두발자전거 연습해볼까?"

내 말에 윤희의 눈이 동그래졌다.

"그, 그럴까?"

윤희의 목소리가 살짝 떨렸다. 네발자전거도 아니고 두발자전거라니! 언젠가는 두발자전거를 탈 날이 올 거라 예상했겠지만 갑자기 그날이 오늘이라니, 두려움과 설렘이 동시에 찾아온 것이다. 하지만 윤희는 용기를 냈다. 저 스스로도 알고 있는 것 같았다. 엄마 아빠의 손을 잡지 않고도 혼자 걸을 수 있듯이, 학교에 갈 수 있듯이, 이제는 보조바퀴 없는 자전거를 타야 할 때라고.

차 트렁크에 윤희의 자전거를 싣고 한강공원으로 출발했다. 자전거 가게에 들러 보조바퀴를 떼는 것도 잊지 않았다. 그런데 도착한 한강공원은 사람이 너무 많아 두발자전거를 연습하기에 적합하지 않아 보였다. 쌩쌩 달리는 자전거야 괜찮겠지만 윤희의 휘청대는 자전거가 어떤 사고를 일으킬지 알 수 없었다. 그래서 선유도공원을 시작으로 가양공원까지 순회를 했지만 가는 곳마다 마땅치 않았다.

두발자전거를 탄다는 기대감에 발갛게 물들었던 윤희 얼굴이 금세 시무룩해졌다. 윤희를 보는 내 맘도 타들어갔다. 아직 초봄이라 해도 일찍 질 텐데, 자칫하면 헛고생만 할 수도 있었다. 그랬다가는 며칠을 윤희의 잔소리에 시달려야 할 것이다. 그렇게 조바심을 낼 때였다. 불현듯 운동장이란 단어가 떠올랐다. 왜 공원만 생각하고 운동장은 생각도 못했는지 한심스러울 정도였다. 결국 핸들을 돌려 다시 집 근처로 돌아와 학교를 찾아가니 텅 빈 운동장이 펼쳐져 있었다.

"뭐야? 그냥 여기로 왔으면 됐잖아!"

"아빠도 운전 연습 좀 했어. 아하하하."

말도 안 되는 변명을 하고는 재빨리 자전거를 내렸다. 윤희도 지금은 화를 낼 때가 아니라 자전거를 탈 때라는 걸 알고 있었다.

잠시 뒤 윤희가 두발자전거에 올라탔다. 나는 윤희가 넘어질까 봐 안장 뒤를 힘껏 움켜쥐었다.

"아빠, 출발한다."

"그래, 출발!"

윤희가 페달을 굴렸고 자전거가 천천히 앞으로 나아가기 시작했다. 허리를 구부린 엉거주춤한 자세로 나도 안장을 잡은 채 앞으로 달렸다.

"그래, 그렇게 계속 페달을 밟는 거야. 절대 발을 멈춰서는 안 돼!"

쉴 새 없이 윤희에게 이야기해주며 윤희와 함께, 자전거와 함께 달렸다. 그렇게 휘청대던 자전거의 궤도가 조금씩 일직선을 그리기 시작했다. 그리고 얼마 뒤 윤희가 용기를 냈다.

"아빠, 이제 손 치워!"

겁이 나서 뒤는 돌아보지도 못하고 소리만 질렀다.

"괜찮겠어?"

"응, 나 혼자 탈 수 있어!"

윤희의 말에 결국 자전거에서 손을 뗐다. 뻐근한 허리를 펴고 이마에 맺힌 땀을 닦으며 혼자 달려가는 윤희를 바라보았다. 그리고 얼른 휴대폰을 꺼내 운동장을 가로지르는 윤희를 찍었다. 처음으로 두발자전거를 탄 날을 역사에 남기기 위해서.

'그런데…… 우리 딸 뭐야? 왜 저렇게 잘 타?'

자전거는 쓰러지지 않았다. 보통은 몇 번 넘어져야 제대로 페달을 굴릴 수 있다는데 윤희는 한 번도 넘어지지 않았다. 여전히 조금씩 휘청거리기는 했지만 제법 속도까지 냈다. 윤희가 혼자 페달을 밟으며 환호성을 터뜨렸다.

"아빠, 나 좀 봐! 나 잘 타지!"

운동장을 달리는 윤희의 자전거를 보니 문득 어릴 때가 생각났다. 아버지가 고물상 리어카에서 500원을 주고 산 내 첫 자전거가 기억 속으로 달려왔다. 내 첫 자전거는 봄과 여름의 경계 지점인 생일날 아버지께 받은 선물이었다.

처음에는 자전거가 500원인 줄 까맣게 몰랐다. 부평 미군부대에서 군무원으로 일하시던 아버지는 평일에 쉬는 경우가 많았다. 휴일이나 개인 휴가가 미국식이었기 때문이다. 그런 날이면 아버지는 새벽녘부터 낚시가방을 메고 나가시거나 집에서 고장 난 물건들을 고치고는 하셨는데, 어느 날 고물 자전거를 싣고 집 앞을 지나가는 수레가 눈에 띄었던 것이다. 아버지는 고물 값 500원에 자전거를 받아 망가진 부품을 교체하고 페인트칠까지 새로 하셨다. 그리고 며칠 뒤 생일을 맞는 막내아들에게 선물로 주셨다. 그렇게 내 첫 자전거는 내 생일날처럼 새것도 헌것도 아닌 묘한 경계 지점의 물품이었다.

손재주가 뛰어나 평생 일만 하시다가 잘 있으라는 말 한마디 없이 돌아가신 아버지께서 선물해주셨던 자전거를 떠올리던 것도 잠시. 윤희의 환호성이 들렸다.

"아빠 아빠, 나 좀 봐봐!

윤희가 겁도 없이 한 손을 손잡이에서 떼고는 나를 향해 흔들고 있었다. 대체 누굴 닮아서 저렇게 겁이 없는지……. 소심한 김씨 집안이 아니라 호탕한 아내의 DNA를 물려받은 게 분명했다. 그래도 키는 작아도 학창 시절 농구, 축구 반대표로 뛰었던 내 운동신경을 닮은 것 같아 다행이었다. 그렇게 운동장을 돌며 두발자전거에 익숙해질 무렵 해가 저물었다.

"김윤, 배고프지?"

"응, 어떻게 알았어?"

"네 얼굴에 딱 쓰여 있어. '아빠 윤희 배고파요' 하고 말이야."

부모들은 자식 얼굴만 봐도 배가 고픈지 안 고픈지 아는 법이다. 그리고 오늘 같은 날 집에 가서 밥을 먹으면 안 된다는 것도 잘 알고 있다.

"우리 윤희 힘 좀 썼으니 고기 먹자. 돼지갈비? 아니면 탕수육?"

"아, 몰라. 고르기 너무 어려워!"

"그럼 오늘은 탕수육 먹자. 어때?"

"콜!"

자전거를 못 탈까 전전긍긍하던 윤희의 얼굴은 어느새 혼자서 자전거 타기에 성공했다는 자부심으로 활짝 피어 있었다. 네발자전거에서 두발 자전거로 옮겨 타면서 그 사이에 또 한 뼘 커진 윤희가 내 앞에서 활짝 웃고 있었다.

이게 할아버지가
해주시던 맛이야

· · · · · · · · · · · · · ·

라드 넣은 계란밥

나는 어릴 적 '경기도 평택시 팽성읍 안정리'에서 살았다. 동네 사람들은 이곳을 '물땅크'로 불렀다. 동네 옆에 위치한 미군 부대에 있는 어마어마하게 커다란 물탱크가 유독 눈에 띄어 그리 불렀던 것이다. 그 물땅크 동네에서 누나는 국민학교를 다녔고, 형과 나는 물땅크를 떠나 부평으로 이사를 온 뒤에 국민학교에 다니기 시작했다.

아버지가 평택에서 부평의 미군 부대로 근무지를 옮긴 뒤에도 어머니는 평택을 자주 찾으셨다. 친목계를 하던 동네 분들을 만나러 다니셨던 것이다. 어머니를 따라 평택에 갈 때면 새벽의 어스름한 자취가 남아 있는 영등포역에서 비둘기호를 탔는데, 지정 좌석이 있는 통일호를 타자고 조르다가 혼이 났던 기억도 난다. 그래도 기차에서 가끔 사주시는 삶은 계란과 사이다 때문에 어떻게든 졸린 눈을 비비고 아등바등 어머니를 따라 나서려고 했었다.

하지만 아버지가 쉬시는 날이면 어머니께서는 어린 나를 깨우지 않고 혼자 평택에 가셨다. 데리고 가봐야 짐만 되고 기차 칸에서 이것저것 사 달라고 떼만 쓰니 몰래 가셨던 거다. 그렇게 형도 누나도 학교에 가고 아버지와 둘이 있는 날은 아버지께서 손수 점심을 차려주셨는데, 지금도 유독 기억에 남는 게 계란밥이다.

아버지께서는 석유곤로로 지은 밥을 큰 사발에 담고 깡통에 든 '빠다'를 한 숟갈 푹 떠서 밥 위에 올렸다. 그리고 아껴먹던 계란 두 개를 꺼내 부친 계란프라이와 빨간색 뚜껑의 양조간장을 넣어 비벼 내게 점심을 주시곤 했다. 다른 반찬이야 냉장고가 귀했던 시절인지라 찬장에서 꺼낸 시어 빠진 김치나 오이지가 전부였지만 정말 맛있었다. 그런데 가끔 아버지가 해주신 계란프라이가 다 익지 않고 반숙일 때가 있었다. 그러면 나는 지금의 윤희처럼 비릿한 맛이 싫다며 투정을 부렸다. 그때마다 아버지께서는 혀를 차며 말씀하셨다.

"미군 애들이 왜 덩치가 큰지 알아? 걔들은 후라이를 흰자만 익혀 먹어서 그래."

아버지의 말이 진짜인지 아닌지는 식품 MD가 된 지금도 모르겠지만, 어쨌든 아버지는 막내의 투정에 귀찮은데도 다시 석유곤로를 켜고 계란을 바짝 익혀주셨다. 이런 아버지를 보고 자란 탓에 나도 윤희한테 밥 먹을 때는 잔소리를 안 하는 것인지도 모르겠다.

아버지는 가끔 중국집 볶음밥처럼 빠다에 밥을 볶다가 계란을 깨어 넣고 마무리한 계란볶음밥을 해주시기도 했다. 지방과 단백질이 많이 부족했던 당시를 생각하면 정말 그만한 메뉴가 없었다. 물론 그 탓에 나는 중국집 볶음밥을 중학교 다닐 때까지 먹어보지 못했다. 가뭄에 콩 나듯 중국집에 음식을 시키는 날, 내가 볶음밥을 먹으려고 하면, 아버지께서 집에서 해먹으면 되는데 뭐 하러 볶음밥을 시키느냐고 뭐라 하셨기 때문이다. 그 탓인지 지금도 중국집에서 볶음밥을 시킬 때면 나도 모르게 잠시 주뼛거리곤 한다. 아버지한테 혼나던 기억이 떠오르는 것이다.

어느 날 김치볶음밥을 좋아하는 윤희에게 볶음밥을 먹자고 말하고는 김치 대신 계란을 풀어 소금 간을 한 뒤 맛있게 볶았다. 갓 만든 계란볶음밥에서 나는 따스한 김에 새록새록 아버지의 모습을 떠올리며 윤희를 불렀다.

"잠시만, 화장실."

윤희가 방에서 나와 화장실로 쪼르르 달려갔다. 윤희는 밥을 먹자고 하면 화장실부터 갔다 온다. 유치원에 입학한 뒤부터 생긴 버릇이다. 유치원에서 밥 먹기 전에 손부터 씻어야 한다고 가르쳤던 것 같은데 중학생인 지금도 여전히 버릇이 남아 있다. 좋은 습관이니 나도 뭐라 하지 않는다. 그런데 맛있는 김치볶음밥을 상상하며 화장실에 갔다 온 윤희가 식탁 위를 보자마자 눈을 부릅떴다.

"이, 이게 뭐야? 김치는 어디 갔어? 아빠, 밥에 대체 뭘 한 거야?"

"오늘의 볶음밥은 김치가 아니라 계란볶음밥이야. 먹어봐, 이것도 맛있어."

"으으으, 아빠 미워!"

배고프다고 성화를 부리던 녀석이 결국에는 먹는 둥 마는 둥 했다. 배는 고파도 자기 입맛에 맞지 않으니 허기가 가실 정도만 딱 먹고 숟가락을 놓았던 것이다. 계란볶음밥을 먹는 사이 들려준 할아버지와 아빠의 추억은 귓등으로 흘리고 말이다. 그렇게 그날 저녁 밥상의 테마는 추억의 맛이었지만, 끝은 라면 야식으로 맺었다. 그 이후로 두 번 정도 계란볶음밥을 더 시도했지만 윤희의 입맛을 돌리는데 번번이 실패하고 말았다.

그러다가 출장을 간 남원의 버크셔 농장에서 돼지고기 지방을 녹인 라드를 얻어 왔다. 어렸을 때 본 깡통에 들어 있던 라드는 노란빛이 돌았는데 그날 남원에서 가져온 라드는 고운 흰색이었다. 라드로 어떤 음식을 만들어볼까 궁리하다가 갑자기 계란밥이 생각났다. 그 누가 '시련은 있어도 실패는 없다!'라고 말했던가. 나도 오기 아닌 오기를 부려보고 싶었다. 윤희에게 아버지의 맛을 꼭 전해주고 싶었다.

'계란볶음밥을 안 먹으면, 계란밥을 해보자!'

먼저 계란프라이를 했다. 날계란으로 하면 밥이 질어져 윤희가 손도 대지 않을 것 같았기 때문이다. 고체 라드를 팬에 올리고 가열했다. 미리 가열한 팬에 계란을 넣어야 흰자가 퍼지기 전에 형태를 잡기가 쉽다. 약한 불에 계란을 익히다가 뚜껑을 닫고 불을 강하게 키워 테두리를 바삭하게 익혔다. 식용유 대신 라드를 사용할 때는 기름이 많이 튀기 때문에 뚜껑을 닫는 게 좋다. 이렇게 하면 계란흰자의 테두리는 바삭하게, 노른자 쪽은 부드럽게 익는다. 노른자는 겉만 살짝 익은 상태라 밥과 비비기도 좋다.

흰 쌀밥을 그릇에 담고 계란프라이를 올린 뒤 참기
름과 간장을 넣고 비볐다. 향이 여린 저온 압착 참기
름이라 라드의 고소한 향내와 잘 어울렸다. 이번에
는 반응이 어떨까? 윤희를 부르는 내 목소리에 긴장
이 흘렀다.

"뭐야? 아빠, 뭐야?"

"계란프라이 넣고 비볐어."

윤희가 입술을 삐죽이더니 수저로 조금 떠서 맛을 보았다. 그리고 이
내 자기 그릇에 계란이 비벼진 밥을 담았다.

"괜찮아?"

"응, 괜찮네."

윤희가 고개를 끄덕이고는 계란밥을 먹기 시작했다.

요즘 취업 면접이 그렇게 어렵다는데, 면접도 이런 면접이 있을까 하
는 생각이 들었다. 하지만 괜찮다. 이렇게 윤희랑 나랑 같이 먹는 음식
이 또 하나 늘었으니까. 그러면 된 거다. 그리고 윤희에게 소개시켜줄
또 다른 음식을 만들기 위해 나는 내일도 고민할 것이다. 그게 아빠의
몫이니까.

콘서트에 간
딸을 기다리며

혼자서 커피

"아빠, 나도 저기 가고 싶어!"

윤희와 대만을 여행할 때였다. 숙소로 잡은 호텔로 가는 도중에 윤희가 뜬금없는 말을 꺼냈다. 여행을 왔는데 또 어디를 가고 싶다는 얘긴가 싶던 찰나, 윤희의 손가락이 가리키는 방향을 보니 커다란 체육관 외벽을 뒤덮은 어마어마한 크기의 포스터가 눈에 들어왔다. 소녀시대 아홉 명이 활짝 웃고 있었다. 방과 후에 댄스 학원에 다닐 정도로 춤과 음악을 좋아하는 윤희는 남자 아이돌에 열광하는 친구들과 달리 소녀시대를 좋아했다. 그런 소녀시대가 대만에서 콘서트를 한다니 가고 싶다고 성화를 부렸던 것이다. 푹푹 찌는 날씨에 무거운 짐을 헉헉대며 끌던 내가 무슨 말을 할 수 있으랴. 결국 윤희를 달랠 수밖에 없었다.

"벌써 표 다 팔렸을 거야. 그리고 여기는 대만이잖아. 아빠도 어떻게 티켓 구하는지 잘 모른단 말이야."

그리고 일단 소나기를 피하는 심정으로 한마디 덧붙였다.

"윤, 한국에 돌아가서 소녀시대 콘서트하면 꼭 보내줄게. 알았지?"

그렇게 약속을 하고 나서야 무사히 숙소로 돌아갈 수 있었다. 그리고 그날의 약속을 까맣게 잊고 있었다. 내 잘못이 아니었다. 여행 중에 잠깐 나눈 말을 일일이 어떻게 다 기억을 한단 말인가. 문제는 윤희가 1년 전의 약속을 절대 잊지 않고 있었다는 것이다!

그날로부터 1년여가 지난 어느 날이었다. 퇴근길 지하철에서 이리저리 부대끼던 내게 심각한 전화가 걸려왔다. 윤희의 목소리가 착 가라앉아 있었다.

"아빠, 할 이야기 있어. 진짜 중요해."

"김윤, 목소리가 왜 그래? 무슨 일 있어? 아빠 지하철이라 길게 이야기 못해. 급한 일이면 빨리 말해."

"그럼 집에 와서 얘기해. 근데 이건 아빠가 꼭 들어줘야 하는 거야."

"알았어. 아빠 거의 다 도착했어."

전화를 끊고 곰곰이 생각해봐도 딱히 떠오르는 게 없었다. 생일은 이미 지난 뒤였고, 최근에는 공수표를 남발하지도 않은 것 같은데…… 집에 도착해 현관문을 열고 신발도 벗기 전에 윤희가 와락 나를 안았다. 순간 촉이 왔다.

'아, 이건 정말 큰 건이구나!'

옷을 갈아입고 나오니 윤희가 또 안겨 어리광을 부렸다. 순간 다시 촉이 왔다.

'이건 좀 큰 게 아니라 완전 대박 크구나!'

내 손을 꼭 붙잡고 눈을 마주치느라 여념 없는 윤희에게 무슨 일이냐고 묻자, 윤희가 내 책임론으로 공격을 시작했다.

"이건 아빠가 보내준다고 약속한 거야. 아빠가 대만에서 그랬잖아. 소녀시대 콘서트에 보내준다고!"

심각한 목소리로 아빠 심장을 벌렁거리게 만든 녀석의 얼굴에 웃음이 가득했다.

'아……!'

그제야 어렴풋이 그날의 일이 떠올랐다. 그렇게 나는 1년 전의 약속도지키는 최고의 아빠가 됐다. 아니, 반드시 되어야만 했다. 알아보니 공연은 말일이었고, 예매는 다음 날 저녁부터 시작이었다. 그때 얄팍한 생각이 머릿속을 스쳤다.

'야구도 순식간에 매진이 되는데, 하물며 소시 콘서트 예매를 윤희가할 수 있겠어?'

윤희가 알았다면 아마 부녀의 연을 끊자고 달려들지 않았을까. 아무튼 겉으로는 큰소리 탕탕 치며 예매가 된다면 콘서트에 보내주겠다고흔쾌히 대답을 했다. 하지만 다음 날 설마가 사람을 잡았다. 아니, 윤희가 나를 잡았다. 윤희에게서 문자메시지가 왔다. 예금주와 금액, 계좌번호가 적힌 문자였다. 예매에 성공한 것이었다. 흔히들 예매 잘하는 사람을 보고 '금손'이라고 하는데, 내 딸이 그 금손일 줄이야! 입금하기 전에윤희와 통화를 했다.

"김윤, 진짜 혼자 갈 수 있어?"

"응, 가능할 거 같아."

'그래. 네 엄마 닮았으면 혼자 잘 갔다 올 거다'라고 생각하며 입금을 하고 윤희에게 문자를 보냈다.

– 입금 완료

곧바로 답장이 왔다.

– 사랑해 빠!

지갑은 얇아졌지만 기분은 좋았다. 빠는 윤희가 크면서 사라진, 진짜 기분이 좋을 때 나를 부르던 말이었기 때문이다.

마침내 콘서트 날이 다가왔다. 콘서트장으로 가면서 다시 걱정이 되기 시작했다. 아직 초등학생인데 혼자 콘서트에 보내도 괜찮은가 싶었다. 하지만 윤희의 얼굴은 두려움은커녕 소시 언니들을 본다는 기대감으로 발갛게 달아올라 있었다. 그런 윤희를 보니 쓴웃음이 새어 나왔다. 어린 윤희는 용기를 내는데 아빠는 마지막까지 안절부절못하는 모습이 쓸쓸했던 것이다. 나도 용기를 내야 할 때라는 것을 깨닫는 순간이었다.

공연장 근처에 도착해 돼지갈비를 먹이고, 생수 하나를 사서 손에 들려주며 마지막으로 신신당부를 했다.

"혹시라도 무슨 일 있으면 아빠한테 전화해. 끝나면 다시 여기로 오고. 알았지?"

"응, 알았어. 이따 봐."

윤희가 뒤도 안 돌아보고 쏜살같이 콘서트장을 향해 뛰어갔다.

윤희를 보내고 근처 카페에 앉아 가져온 책을 펼쳤다. 하지만 윤희 걱정 때문에 책이 눈에 들어오지 않았다. 그렇게 좌불안석으로 카페를 들락날락하다 보니 금세 공연 시간 세 시간이 지나갔다. 윤희와 약속한 곳으로 가니 한두 명씩 밖으로 나오고 있었다. 막차 때문에 미리 발걸음을 서두르는 아이들이었다. 그러고도 몇 곡의 앵콜 곡이 흐른 뒤에야 관람객들이 우르르 쏟아져 나오기 시작했다. 그중에 땀으로 흠뻑 샤워한 윤희가 보였다. 발갛게 상기된 윤희 얼굴을 보니 괜히 나 혼자서 안절부절 걱정했나 싶었다. 평소 처음 보는 사람과는 눈도 제대로 마주치지 못하던 윤희가 옆의 언니들한테 과자도 얻어먹었다고 콘서트에서의 일을 신나게 늘어놓다가 배를 움켜잡았다.

"아빠, 나 배고파!"

기다려줘서 고맙다는 말을 듣고 싶었는데, 아직 그 말을 들으려면 윤희가 더 자라야겠지 싶었다.

"다음에도 또 콘서트 갈래?"

"당연, 콜이지."

대답하는 윤희의 얼굴이 밝게 빛나고 있었다.

그날 이후 윤희가 콘서트에 갈 때마다 나는 콘서트장 근처에서 윤희를 기다린다. 몇 번 경험이 쌓이다 보니 요즘은 윤희가 공연을 보는 시간에 맞춰 영화를 보거나 사우나에 가서 피로를 푸는 노하우까지 쌓았다.

나와 아내가 집에 없는 시간이 많고, 형제자매도 없는 윤희가 혼자서

할 수 있는 게 이렇게 하나둘 늘어가고 있다. 나와 아내가 모두 일이 있어 밥을 차려주지 못할 때면 카드를 식탁 위에 올려놓는데 그러면 윤희는 혼자서도 먹고 싶은 것을 잘 시켜 먹는다.

윤희가 혼자 물건을 주문하고 구입하는 게 익숙해지다 보니 나도 덕을 본 적이 있다. 윤희가 6학년 수학여행 준비를 할 때였다. 여행 가방을 인터넷으로 주문했는데, 배송사고가 나서 여행 전날까지도 가방을 받지 못했다. 그때 나는 제주도에 있었고, 아내도 지방에 출장을 간 상황이라 윤희의 성화가 장난이 아니었다.

"김윤, 아빠 말 잘 들어. 우선 세뱃돈 모은 통장 가지고 은행에 가서 돈을 찾아. 그리고 아빠랑 영화 보러 가는 백화점에 가서 가방을 사."

"혼자 어떻게 사?"

"김윤, 콘서트 갈 때 혼자 들어가지? 아빠 없어도 윤희 혼자 잘 놀지?"

"하지만 그거랑 같지는 않잖아."

"아빠랑 계속 통화하면서 하면 괜찮을 거야. 알았지?"

"응, 알았어."

통화를 마친 후 한동안 연락이 없었다. 걱정이 돼 전화를 하려던 참이었다. 휴대폰으로 사진이 전송되더니 곧바로 메시지가 도착했다.

– 노란색? 아님 은색?

사진 속의 가방 중에서 어떤 게 좋은지 의견을 묻는 윤희의 메시지였다. 혼자 힘으로 은행에서 돈을 찾고, 백화점에 가서 가방을 고르고 있었던 것이다. 그 모습을 보며 이제 정말 다 컸다 싶었다. 윤희가 혼자 할 수 있는 것들이 하나 더 늘었다는 생각에 대견함이 앞섰다. 그러나 뒤이어 가슴이 먹먹해졌다. 하나씩 둘씩 자기만의 세계를 만들어가며 조금씩 아빠 엄마 곁에서 멀어지는 윤희를 떠올리니 울적해졌던 것이다. 하지만 어리고 귀여운 윤희도 좋지만, 멋지게 자란 윤희도 기대가 되기 때문에 금세 마음을 추스를 수 있었다. 그래, 그러면 된 거다.

나는 '그러면 된 거다'라는 말을 좋아하고 자주 쓴다.
나에게 찾아온 몇 번의 불행이 선물한 교훈이다.
새옹지마처럼 불행도 내 복이라고, 내 업이라고 받아들이려 노력한다.
그러니 이렇게 하루하루 계속 맛있는 밥상을
차려줄 수 있다는 것만으로도 나는 만족한다.
딸이 하루하루 잘 크고 있다는 사실에 만족한다.
그러면 된 거다.

익숙하기에 더 좋은 맛

멸치액젓 김치찌개

세상에는 헤아릴 수 없이 많은 식재료가 있고, 집 근처에만 나가도 시장과 마트가 있다지만, 밥상을 준비하는 이들은 매일매일 시름에 겨워 묻는다.

'오늘 뭐 먹지?'

아인슈타인도 머리를 싸매고 풀어야 할 만큼 어려운 과학 문제와 비슷하지 않을까 싶다. 어제와 같은 걸 먹어도 안 되고, 며칠 전에 뭘 먹었는지를 떠올려야 하니 말이다. 어디 그뿐인가. 식구들 중에 누가 잘 먹고 누가 안 먹는지를 고려해야 하는 등 별의별 다양한 변수를 생각하며 그날의 식탁을 차려야 한다.

이렇게 힘들게 반찬을 궁리해봐도 딱히 떠오르지 않을 때면 나는 김치찌개를 끓인다. 어제 먹고 오늘 또 먹어도 그나마 윤희에게 덜 구박받는 음식이 김치찌개이기 때문이다. 윤희는 생김치는 싫어하지만 신기하게도 볶거나 끓인 김치는 잘 먹는다. 왜 그런지 물어보면 자기도 모른단다. 하기야 이유가 뭐가 중요할까. 그렇게라도 잘 먹으면 그만이지.

게다가 김치찌개에 무엇을 넣든 윤희는 김치만 먹는다. 좋아하는 돼지고기를 넣어도 김치찌개에 든 건 잘 안 먹는다. 굽는 고기에서 풍기는 불맛이 없어서란다. 돼지고기조차 이런데 꽁치나 다른 재료는 어떻겠는가?

김치냉장고가 없던 시절에는 김치를 장독에 보관했었다. 아무리 시간이 흘러도 설날이 지나 뚜껑을 연 묵은 김칫독에서 나던 그 묘한 냄새를 어떻게 잊을 수 있을까? 어머니께서는 냄새 나는 김치를 박박 빨아 만두를 해주거나 큰 비계가 붙은 돼지고기를 넣고 찌개를 끓이고는 하셨다. 그중에서도 별미는 아주 가끔 펭귄표 꽁치 통조림을 넣고 끓인 김치찌개였다. 그때의 기억 때문인지 가끔 슈퍼에서 꽁치 통조림을 살 때면 다른 브랜드가 있어도 꼭 펭귄표만 고른다. 추억은 정말 힘이 세다.

김치찌개를 맛있게 끓이는 비법은 정말 많은데, 대부분 김치를 볶은 뒤에 끓이라고 조언한다. 맞다. 김치를 볶으면 식감이 더 아삭해지기 때문이다. 그리고 김치를 볶을 때 돼지고기를 먼저 볶아 기름을 낸 후에 같이 볶으면 더 맛있고, 다진 마늘과 청양고추를 같이 넣어 볶으면 훨씬 더 맛이 좋다.

하지만 이런 방법들은 김치가 맛이 없거나 신김치가 없을 때의 비법이다. 김치가 맛있으면 김치 자체가 맛덩어리라 비법 따위 아무 필요 없다. 그냥 물만 넣고 끓여도 충분하다. 돼지고기나 다른 재료들은 단지 거들

뿐, 맛의 대세에는 큰 영향을 주지 않는다. 해 넘긴 김장김치가 있으면 맛있는 김치찌개를 만드는 9부 능선을 넘은 거나 다름없다.

김장철이 되면 우리 집은 양가에서 보낸 김장김치가 김치냉장고 통으로 네댓 개 정도 된다. 3인 가족이 먹기에는 꽤 많은 양이다. 그래서 겨우내 열심히 김치를 먹고 봄이 지나 여름이 올 즈음이면 두 통 정도 남는다. 김치냉장고에서 한 번도 꺼내지 않은 이 김치들은 그냥 먹어도 좋지만 역시 김치찌개를 하면 최고의 맛을 낸다.

맛있는 김치찌개를 끓이는 나만의 비법은 바로 멸치액젓이다. 김장김치가 없어도 멸치액젓을 넣으면 맛있는 김치찌개를 끓일 수 있다.

우리 집에서 사용하는 멸치액젓은 새우젓으로 유명한 광천에서 생산한 것과 경주 감포에서 생산한 것이다. 둘 다 산지를 직접 다녀왔다. 전에는 멸치액젓을 그저 김치 담그는 용도로만 사용했었는데, 산지를 다니다 보니 조미료나 소스 대용으로 사용해도 좋겠다는 생각이 들었다. 쌀국수를 먹을 때 피시소스로 국물 맛을 내는 걸 보면서 멸치액젓을 소스로 활용해도 좋겠다고 확신했던 것이다. 실제로 김장김치가 떨어진 어느 날, 김치찌개를 끓이다 멸치액젓을 넣어봤더니 넣기 전과 후의 찌개 맛이 확연하게 달랐다. 따로 놀던 김치와 국물이 쩍쩍 붙었다. 그전에는 멸치액젓을 한 통 사면 몇 년씩 먹었는데, 그날 이후부터는 떡볶이, 멸치국수 등 국물 요리를 할 때면 빠짐없이 사용하고 있다. 이왕이면 동네 슈퍼마켓이나 대형마트에서 파는 대기업 상품 대신 지방의 중소기업에서 만든 원액을 넣으면 더 좋다. 대기업 제품은 식품 공정 기준에 맞춰 만든 상품이기에 맛이 여릴 수밖에 없다. 원액을 희석해 기준에 맞추는 것이다. 심지어 MSG를 추가한 제품도 많다.

김치찌개는 바로 끓여낸 것보다 다시 끓인 것이 맛있다. 남은 국물에 김치와 돼지고기나 꽁치를 넣고 다시 끓이면 국물 맛이 진해져 더 맛있다. 먹다 남은 음식을 재활용하는 게 좀 그렇지 않겠냐고 할 수 있지만, 한번 맛보시라. 다음부터는 절대 남은 찌개를 버리지 않을 테니 말이다.

김치찌개에 밥 한 끼를 맛있게 잘 먹은 윤희가 자기가 먹은 밥그릇과 수저를 개수대에 갖다 놓았다. 오래전부터 자기가 먹은 식탁 위의 식기는 자기가 치우게 했는데, 이제는 따로 이야기하지 않아도 알아서 잘한다. 그런데 그날따라 윤희가 마지막으로 해야 할 행동을 하지 않았다. 그래서 자기 방으로 들어가려는 윤희를 붙잡았다.

"김윤, 밥 먹고 나면 '잘 먹었습니다' 하는 거 잊었어?"

내가 지적하자 평소라면 혀를 쏙 내밀며 미안하다며 깜박했다고 할 녀석이 눈을 흘겼다.

"잘 먹긴 했는데, 아빠 너무한 거 아냐?"

"뭐가?"

"아무 말 안 했지만 3일 연속 김치찌개는 진짜 너무한 거 아냐? 다른 것 좀 먹자, 아빠!"

아, 깜박했다. 잘 먹었다는 인사를 듣기 전에 미안하다는 사과를 먼저 해야 했구나. 윤희야, 미안하다!

특별한 날에는 역시
달지 않은 돼지갈비

윤희에게 돼지갈비만큼 질리지 않는 음식이 또 있을까? 윤희와 함께 밖에서 밥을 먹을 때면 최우선적으로 윤희에게 간택되는 음식이 돼지갈비다. 그와 견줄 만한 것은 짜장면에 탕수육 정돈데, 탕수육조차 돼지고기로 만드니 윤희가 한돈 홍보대사에 선정된다 해도 하등 이상할 게 없다.

윤희가 좋아하는 고기는 앞서 말한 대로 돼지고기, 닭고기, 오리고기, 소고기 순이다. 소고기가 꼴찌인 이유는 단 하나, 윤희의 입맛에 맞지 않기 때문이다. 가장의 입장에서는 눈물 나게 고마울 따름이다. 윤희가 비싼 소고기마저 사랑한다면 어땠을까? 가뜩이나 높은 우리 집 엥겔지수는 천장을 뚫고 하늘까지 치솟았을 거다.

이런 입맛을 가진 윤희가 특별한 날인 초등학교 입학식 날 어떤 음식을 원했겠는가? 그런데 아내가 그만 무심코 집에서 가깝다는 이유로 소불고기 전문점에 예약을 해버린 게 문제였다. 중학생이 된 뒤로는 소고기도 무난하게 먹지만, 당시만 해도 윤희는 진짜 소고기를 입에도 대지 않았다. 소고기라도 굽는 날에는 윤희가 먹을 돼지고기를 따로 준비해야 할 정도였다. 값비싼 1++ 소고기를 입에 넣어줘도 윤희 입은 필터링하기 바빴다. 다른 사람 입에는 살살 녹는 값비싼 고기가 윤희 입에만 들어가면 왜 고무처럼 질겨지는지 알다가도 모를 일이었다. 윤희는 소고기를 씹다가 뱉어내고는 "질겨, 돼지고기 줘"만 외쳤다. 그런 윤희의 특별한 기념일에 소불고기집을 예약하다니, 윤희 반응이 어땠겠는가.

"왜 소고기야? 엄마 먹고 싶어서 이리로 왔지? 오늘은 돼지갈비 먹어야 하는 거 아냐?"

윤희의 볼멘소리에 아내의 얼굴에 '아차' 두 글자가 선명히 쓰여 있었다.

"엄마가 여기 돼지갈비도 있는 줄 알았대. 돼지갈비는 주말에 아빠랑 먹자."

"좋아, 한 번만 봐주겠어."

윤희는 결국 고기 국물에만 밥을 비벼서 먹었다. 그런 윤희의 얼굴에는 '엄마 미워' 네 글자가 또렷이 쓰여 있었다.

주말이 되었고, 약속을 지키기 위해 동네 정육점에서 목살을 샀다. 바깥에서 사먹는 돼지갈비는 대부분 앞다릿살이나 목살로 만든다. 왕갈비라 불리는 것들은 뒷다릿살에 연육제를 넣어 부드럽게 만든 것들이 대부분이다.

우선 돼지고기 목살에 칼집을 냈다. 칼집이라 해봐야 고기 표면을 가로와 세로로 살짝 자르는 수준이지만, 양념이 스며드는 데는 별 문제 없다. 그리고 양념을 준비했다. 식당에서 파는 돼지갈비의 진한 갈색 양념은 캐러멜 색소로 낸 것이다. 집에서 돼지갈비 양념을 하면 음식점 같은 갈색이 나지 않는 이유가 그래서다.

캐러멜 색소에는 설탕만으로 만든 색소, 아황산염을 넣은 색소, 암모늄을 넣은 색소, 아황산염과 암모늄을 함께 섞은 색소 네 가지가 있다. 캐러멜 색소의 역할은 단지 진한 갈색을 내기 위함이다. 그런데 아황산염과 암모늄을 굳이 먹을 이유가 있을까? 집에서 진한 색을 내려면 간장을 사용하면 된다. 하지만 너무 많이 넣으면 짜서 먹지 못할 수도 있으니 조심해야 한다. 캐러멜 색소만큼 진하지는 않지만 설탕과 간장을 물에 타서 졸이면 비슷한 색을 얻을 수 있다. 설탕과 간장의 아미노산이 열에 의해 메일라드 반응을 일으켜 색과 향을 좋게 하는 것이다(식빵의 겉면이 열에 군침 돌게 갈색으로 변한 것 또한 메일라드 반응이다). 설탕과 간장을 졸일 때는 너무 센 불에 졸이지 말고 약한 불에서 졸여야 한다. 졸임액에 점성이 생기면 가스 불을 끄고, 양념을 치면 된다. 졸임액을 희석해 참기름, 마늘 등으로 간을 맞추며 양념을 하는 것이다.

프라이팬을 달구고 양념에 잰 돼지갈비를 올렸다. 오븐에 구우면 편하기는 하지만 돼지고기는 굽는 과정에서 고기가 말라 퍽퍽해진다. 그래서 귀찮아도 프라이팬에 굽는다. 그게 가장 좋다. 돼지갈비를 굽는 동안 남은 고기를 넣고 김치찌개를 끓였다. 고기를 재활용하는 데 김치찌

 개만 한 게 없기도 하거니와 양념된 고기를 넣으면 양념의 감칠맛과 고기 지방의 맛이 더해져 국물 맛이 더 좋아지기 때문이다.

　　돼지갈비와 김치찌개를 식탁에 차리고 윤희를 불렀다. 입학식 날 먹지 못해 한이 됐던 돼지갈비를 맛있게 먹던 윤희가 생각난 게 있다는 듯 물었다.

　　"그런데 아빠, 왜 아빠가 하는 돼지갈비는 안 달아?"

　　"아빠 입맛에는 단데?"

　　"저 밑의 식당은 달단 말이야."

　　아주 가끔 밥하기 싫을 때 윤희랑 가서 먹는 동네 식당의 돼지갈비와 비교하는 거였다. 그래서 돼지갈비 양념을 하면서 들어간 설탕의 양을 직접 보여주었다. 그러자 윤희가 눈을 동그랗게 떴다.

　　"우아, 엄청 많다!"

　　"이렇게 많이 넣었는데도 윤희는 안 달다고 하는 거야. 그럼 식당에서는 설탕을 얼마나 넣을까?"

　　"음…… 이따만큼?"

　　윤희가 팔을 크게 벌렸다. 그러고는 얼른 돼지고기를 입에 넣고 맛있게 먹었다.

　　그날 이후로 윤희는 내가 해주는 돼지갈비를 유독 더 좋아하게 됐다. 자기도 아는 거다. 아빠가 식당보다는 조금 맛이 없어도 몸에 더 좋은 돼지갈비를 해주고 있다는 것을. 자기의 건강을 위해 노력하고 있다는 것을. 그렇게 정성껏 만든 음식으로 윤희와 보다 깊은 정을 하루하루 쌓고 있다. 좋은 음식이 지닌 힘이다.

윤희의 초등학교 졸업식이었다. 사진을 찍기 위해 강당 위층으로 올라가 졸업모를 쓰고 졸업가운을 입은 윤희를 카메라 앵글에 담았다. 홀쩍 자란 윤희의 모습에 새삼 가슴이 먹먹했다. 툭하면 지방으로 출장을 다니는 아빠, 야간 근무로 바쁜 엄마 때문에 형제자매도 없는 윤희는 참 많이 외로웠을 거다. 그럼에도 속 한 번 썩이지 않고 잘 큰 윤희가 너무너무 대견하고 고맙다. 또 그만큼 아빠 품을 떠날 시간이 점점 가까워지고 있는 것 같아 주책없이 가슴이 쓰리다.

윤희는 어릴 적 좋아했던 음식을 지금도 좋아한다. 어릴 적 좋아하지 않던 음식도 역시 그다지 좋아하지 않는다. 정말 한결같은 딸이다. 나 역시도 여전히 골고루 먹으라고 잔소리하지 않는 한결같은 아빠가 되려고 노력한다. 앞으로 자라며 친구들과 어울리면서 자연스레 먹는 음식들이 늘어날 테니 미리 걱정하지 않는다. 밥 먹을 때면 나쁜 생각 말고, 힘들게 하던 생각 내려놓고, 즐겁고 편하게 먹으면 그걸로 된 거라 믿는다.

초등학교 졸업식 날에는 입학식 때 먹지 못했던 돼지갈비를 먹었다. 특별한 날에는 역시 돼지갈비니까. 앞으로도 윤희에게 맛있는 돼지갈비를 해줄 수 있으면, 같이 맛있게 먹을 수 있으면 그걸로 된 거다.

딸의 마음을 사로잡는
아빠의 비법 레시피 10

꿀을 넣은
진저포크

재료 돼지고기, 생강, 간장, 꿀, 식초, 청양고추, 버터, 파

1 채를 썰고 잘게 다진 생강에 간장과 꿀을 더해 양념장을 만든다.
2 따로 노는 양념 맛을 잡아주기 위해 식초를 한 방울 넣는다.
3 돼지고기 뒷다리살을 자르고 양념을 발라 재운다.
4 파를 채 썬 뒤, 프라이팬에 버터를 조금 두르고 돼지고기와 채 썬 파를 함께 올린다.

☆ 양념장에 청양고추를 넣어 매콤함을 더하면 맛이 더 풍부해진다!

낙지와 함께
돼지고기 볶음

재료 돼지고기, 낙지, 청양고추, 고춧가루, 양배추, 실파, 멸치액젓, 참기름, 식용유

1 양배추, 실파, 청양고추, 돼지고기, 낙지를 손질한다.
2 식용유에 돼지고기와 양배추를 볶는다.
3 돼지고기와 양배추가 익을 무렵 나머지 재료와 청양고추, 고춧가루를 넣고 센불로 빠르게 볶는다.
4 간을 위해 멸치액젓을 넣고, 참기름을 넣어 향을 더한다.

☆ 처음 고기와 채소를 볶을 때, 식용유 대신 청양고추, 고춧가루, 올리브 오일로 고추기름을 먼저 만들어 사용하면 더 깊은 매콤함을 맛볼 수 있다!

누구나
좋아하는
고추장
오리 불고기

재료 오리고기, 고추장, 고춧가루, 다진 마늘, 멸치액젓, 설탕, 양파, 대파

1 고추장, 고춧가루, 다진 마늘, 설탕, 대파, 양파, 멸치액젓을 넣고 양념을 만든다.
2 만든 양념에 오리고기를 재워놓는다.
3 오리고기에 양념을 재워놓는 사이 상추, 오이 등 쌈채소를 씻어 다듬는다.
4 양념된 고기를 팬에 굽는다.

☆ 양념을 만들 때 소금 대신 멸치액젓을 넣으면 맛이 더 풍부해진다!

튀기지 않은
닭강정

재료 순살 닭고기, 소금, 후추, 고추장, 케첩, 꿀, 다진 마늘

1 순살 닭고기에 소금과 후추로 밑간을 한 뒤, 한 시간 정도 재운다.
2 오븐을 170도로 맞추고 재워둔 닭을 20분 정도 굽는다.
3 닭을 굽는 동안 프라이팬에 약불로 고추장, 케첩, 꿀, 다진 마늘을 넣고 소스를 만든다.
4 오븐에서 익은 닭을 꺼내 양념 소스와 함께 볶아준다.

☆ 소스가 새콤한 맛이 부족하다면 식초를 두어 방울 넣으면 좋다!

올리브 오일로
구운
떡갈비

재료 소고기, 돼지고기, 양파, 대파, 간장, 참기름, 설탕, 소금, 마늘, 후추, 바질, 멸치액젓, 계란, 올리브 오일

1 소고기, 양파, 대파를 같이 넣고 칼로 10여 분 정도 다진다.
2 다진 소고기에 간장, 멸치액젓, 참기름, 설탕, 마늘, 후추, 바질, 다진 돼지고기, 계란 두 개를 넣고 반죽을 한다.
3 반죽에 소금을 조금씩 넣어 떡갈비 반죽을 차지게 한다.
4 팬을 달군 후 올리브 오일을 두르고 떡갈비를 굽는다.

☆ 소고기는 믹서로 갈거나 다짐육을 사용해도 좋지만 씹는 맛이 부족하다. 팔이 아프더라도 꼭 칼로 다지자!

육즙 가득
숙성육
스테이크

재료 숙성육 소고기, 소금, 올리브 오일, 버터

1 2주 정도 냉장고에서 숙성시킨 소고기를 꺼내 소금 간을 한다.
2 가열한 프라이팬에 고기를 넣어 굽는다.
3 고기의 한쪽 면이 익으면 올리브 오일을 부은 뒤 불을 중간 정도로 줄인다.
4 고기 표면이 짙은 갈색이 되면 버터를 한 술 넣고 불을 약하게 줄인 뒤 앞뒤로 굽는다.

☆ 다 구워진 고기를 젓가락으로 꺼내 집게 위에 올려 잠시 뜸을 들이면 육즙이 더욱 골고루 퍼진다!

제대로 된
멸치국물
잔치국수

재료 멸치, 대파, 김치, 소면

1 물에 멸치, 대파를 넣고 끓여 육수를 낸다.
2 소면을 삶은 뒤, 찬물에 헹궈 물기를 뺀다.
3 그릇에 면을 담고, 끓인 육수를 붓는다.
4 김치, 지단, 김을 고명으로 얹는다.

☆ 더 깊은 맛 나는 육수를 원한다면 멸치는 볶아서 수분을 날려 구수한 맛을 돋우고, 대파는 구워 단맛을 올린 다음에 끓이면 좋다!

윤기 좔좔
기름떡볶이

재료 떡볶이 떡, 식용유, 고추장, 다진 마늘, 청양고추, 꿀, 케첩

1 식용유를 두른 팬에 떡을 볶고 유산지에 건져내 기름을 뺀다.
2 팬에 식용유를 조금 더 두르고 한쪽으로 기울여 기름을 모은다.
3 모아진 기름에 고추장, 다진 마늘, 청양고추 한 개, 꿀, 케첩을 넣고 볶아 소스를 만든다.
4 기름을 뺀 떡을 소스에 넣고 비빈다.

☆ 소스를 만들 때 설탕 대신 케첩과 꿀을 넣으면 단맛이 훨씬 살아나고 광택까지 난다!

양배추를
곁들인
오징어 항정살
불고기

재료 돼지고기, 오징어, 고추장, 고춧가루, 설탕, 마늘, 간장, 식초

1 오징어를 손질한다.
2 돼지고기(항정살)에 소금을 뿌리고 약한 불에 굽는다.
3 고기 굽는 사이 손질한 오징어에 고추장, 고춧가루, 설탕, 마늘, 간장으로 양념을 한다.
4 노릇하게 익은 항정살에 양념한 오징어를 더해 센불로 빠르게 볶는다.

☆ 매콤한 요리에는 상추나 깻잎보다 데친 양배추가 쌈채소로 궁합이 더 좋다!

들기름을 넣은
소고기 뭇국

재료 소고기, 무, 들기름, 소금, 쪽파

1 소고기를 물에 담가 고기의 핏물을 뺀다.
2 무를 썰고, 핏물을 뺀 고기를 다듬는다.
3 냄비에 썰어놓은 무, 다듬어 놓은 소고기, 들기름 약간, 소금을 넣고 끓인다.
4 끓고 있는 국에 쪽파를 썰어 넣어 파 향이 퍼지도록 약간 더 끓인다.

☆ 재료의 맛을 잡아먹는 참기름 대신 들기름을 넣으면 국물이 더 고소해진다!

딸에게 차려주는 식탁

어른이 되어서도 너를 지켜줄 가장 따뜻하고 든든한 기억

초판 1쇄 발행 2017년 12월 27일

지은이 | 김진영
발행인 | 문태진
본부장 | 김보경
책임편집 | 이희산　편집1팀 | 김혜연 이희산
표지 디자인 | 박대성　본문 디자인 | 이현주
기획편집팀 | 박은영 김예원 임지선 정다이
마케팅팀 | 한정덕 최지연 김재선 장철용
디자인팀 | 윤지예 이현주
경영지원팀 | 노강희 윤현성 김송이 박미경 이지복
강연팀 | 장진항 조은빛 강유정 정미진
펴낸곳 | (주)인플루엔셜
출판신고 | 2012년 5월 18일 제300-2012-1043호
주소 | (04511) 서울특별시 중구 통일로2길 16, AIA타워 8층
전화 | 02)720-1034(기획편집)　02)720-1024(마케팅)　02)720-1042(강연섭외)
팩스 | 02)720-1043　전자우편 | books@influential.co.kr
홈페이지 | www.influential.co.kr

ⓒ 김진영, 2017
ISBN 979-11-86560-59-4 03810